流浪地球

劉慈欣

大森 望　古市雅子＝訳

角川文庫
24003

銀行
故事

目次

流浪地球

1　制動時代

ぼくは夜を見たことがなかった。星を見たこともなかった。春も、秋も、冬も知らなかった。

ぼくが生まれたのは制動時代の終わりごろだ。当時、地球は自転を止めたばかりだった。地球の自転を止めるのにかかった時間は四十二年。連合政府の計画より三年長くかかった。最後に日没を見たときの話を母さんから聞いたことがある。太陽は、まるで地平線で静止したみたいにほとんど動かなくて、三日がかりでやっと沈んだそうだ。それ以降は、〝昼〟も〝夜〟もなくなった。東半球はかなり長いあいだ（たぶん十年以上）、永遠の黄昏の中にいた。沈んだあとも、太陽が地平線のすぐ下にずっと留まって、空に光を放ちつづけていたからだ。その長い黄昏の時代に、ぼくは生まれた。

黄昏といっても、地球エンジンが北半球全体を煌々と照らしているおかげで、薄暗くはなかった。エンジンは巨大な推力を地球に与える。この力に耐えられるくらいプレートが頑丈なのはユーラシア大陸と北アメリカ大陸だけだから、全部で一万二千基におよぶ地球エンジンは、この二つの大陸の平野部に設置されていた。

ぼくが住んでいる場所からも、数百基のエンジンが噴射するプラズマの光柱が見えた。パルテノン神殿のような、巨大な宮殿を思い浮かべてみてほしい。その宮殿の中には、無数の巨大な柱が天を衝くように立ち並び、巨大な蛍光灯さながら青白い強烈な光を放っている。あなたは、その巨大な宮殿の床に生息する一個のバクテリアだ。そんなふうに想像すれば、ぼくのいる世界がどんなものか、だいたいわかってもらえると思う。でも実際は、これでもまだ正確とは言えない。地球の自転を止めるのに使われるのは、地球エンジンが生み出す推力の接線成分だ。そのため、地球エンジンの噴射には一定の角度をつける必要があり、天空の巨大な光柱はすべて斜めになっている。つまり、あなたがいる大宮殿は、いまにも倒れそうに傾いているわけだ。南半球の人が北半球に来ると、この景観にパニック発作を起こすことも珍しくない。

でも、そんな光景よりもっと恐ろしいのは、エンジンがもたらす酷暑だ。屋外の気温は摂氏七十度から八十度に達し、冷却スーツを着なければ外出できない。この暑さのせいで、しょっちゅう大雨が降る。真っ黒な雨雲をプラズマビーム群が貫く光景は、まるで悪夢のようだ。青白く強烈な光柱の輝きを雲が散乱させて、狂暴に逆巻く虹色の光暈をつくりだし、空全体が白熱したマグマに覆われたみたいに輝く。ぼくの祖父は、寄る年波で頭がぼけてしまったのか、それともあまりの暑さに我慢できなくなったのか、ある日、土砂降りの雨が降り出したのを見て有頂天になり、家族が止める間もなく外に飛び出した。地球エンジンの超高温プラズマビーム群によって雨はすでに沸点近くまで加熱されていたから、祖父は大火傷を負った。

北半球に生まれたぼくの世代の人間にとって、こんなことはみんな、ごくあたりまえの日常だった。制動時代以前の人たちにとって、太陽や星や月があたりまえだったのと同じこと。そういう昔のことを、ぼくらは前太陽時代と呼んでいる。憧れの黄金時代！

小学校に入ると、先生たちがクラスの生徒三十人を引率し、授業の一環として世界一周旅行に連れていってくれた。ぼくが三歳のときに地球の自転はもう完全にストップしていたから、地球エンジンはその静止状態を維持するのと、針路を微調整するのに使われているだけだった。だから、六歳までの三年間は、エンジンがフル回転しているときとくらべて、プラズマ柱の光度が比較的弱い時期だった。そのおかげでこんな旅行が可能になり、ぼくらは自分たちの世界をよく知ることができた。

まず最初に間近で見学したのは、石家荘市近郊にある地球エンジンだった。太行山脈を貫く鉄道トンネルの入口付近に位置するそのエンジンは、金属製の巨大な山のごとく頭上にそびえ、空の半分を占領していた。それにくらべたら、西のほうに見える太行山脈はなだらかな丘みたいなものだった。

「きっとチョモランマに負けないくらい高いぞ」ひとりの生徒がそう叫ぶと、先生が笑いながら、このエンジンの高さは一万一千メートルで、チョモランマより二千メートルも高いと教えてくれた。ぼくらの担任は、若くて美人の星先生だった。

「〝神さまのトーチランプ〟と呼ばれてるの」と先生は言った。ぼくらはエンジンがつくる巨大な影の中に立ち、大地を伝わる振動を感じていた。

地球エンジンは、おおまかに言うと大小二つのタイプがあり、大きいほうを〝山〟、小さいほうを〝峰〟と呼ぶ。ぼくらが登ったのは華北794号山だった。〝山〟に登るのは〝峰〟に登るより時間がかかる。〝峰〟は巨大なエレベーターで昇り降りできるけれど、〝山〟はうねうねとつづく道路を車でぐるぐる登っていかなきゃいけない。ぼくらを乗せたバスは、始まりも終わりも見えない長い車列に加わり、なめらかな鉄の道路を登っていった。道路の左側は青い金属の絶壁で、右側は底の見えない深淵(しんえん)だった。道路に数珠(じゅず)つなぎになっている車は、太行山で採掘した岩石を満載した五十トンの大型ダンプカーだった。

ほどなく、ぼくらのバスは高度五千メートル地点を超えた。地球エンジンが放つ青みがかった輝きに呑(の)まれて、眼下の大地はのっぺりした空白にしか見えなかった。星先生に言われて、ぼくらは酸素マスクをつけた。プラズマビームの噴射口に近づくにつれ、光の強さと温度が急激に上昇した。マスクの色もしだいに濃くなり、冷却スーツのマイクロコンプレッサーもゴーッと音をたててフルパワーで稼働しはじめた。

六千メートル地点まで来ると、燃料取り入れ口が見えてきた。次々にやってくるダンプカーが荷台を傾けて岩石を落とし、暗赤色に輝く大きな穴にそれらが音もなく呑み込まれる。

「地球エンジンはどうやって岩石を燃料にするんですか？」ぼくは星先生にたずねた。

「重元素融合の原理はとてもむずかしいから、いま説明してもあなたたちにはわからないでしょう。でも、これだけは覚えておいて。地球エンジンは人類がいままでにつくりだした機械の中でいちばん強力なの。たとえば、この華北７９４号山は、最大出力だと、百五十億トンの推力を地球に与えられる」

ぼくらを乗せたバスはとうとう頂上にたどり着いた。プラズマビームの噴射口はすぐ頭上にある。光柱の直径が大きすぎて、空を見上げても、青い輝きを放つプラズマの巨大な壁しか見えなかった。その壁が、目の届くかぎりどこまでも高くそそり立っている。そのとき、やつれた顔をした哲学の先生が何日か前の授業で出した謎々がふと頭に浮かんだ。

「平野をずっと歩いてると、とつぜん壁にぶつかりました。その壁は、上はどこまでも高く、下はどこまでも深く、左も右も、どこまでも遠くつづいています。さて、この壁はなにかな？」

その答えを思い出して、背すじにさむけが走り、ぼくはぶるっと身震いした。それから、となりの席にすわっている星先生に、この謎々を出してみた。先生はしばらくじっと考えていたが、やがてあきらめたように首を振った。ぼくは先生の耳もとで、この謎々の恐ろしい答えをささやいた。

「死、です」

先生は二、三秒、黙ってぼくを見つめていたが、とつぜんぼくの体に手をまわしてぎゅっと抱き寄せた。ぼくは先生の肩に頭を預け、窓の外、はるか遠くのほうに目を向けた。バスのまわりから地平線まで、ぼんやり霞む大地に金属の巨峰群が立ち並び、その峰のひとつひとつから光柱が斜めに伸びて、揺れ動く空を貫いている。それはまるで、傾いた宇宙的な森のようだった。

その後まもなく、バスは海岸に到着した。摩天楼のてっぺんがいくつも海面から突き出しているのが見えた。引き潮になると、ビルの無数の窓から白く泡立つ海水が流れ落ち、たくさんの滝をつくる。……制動時代が終わりを告げる前から、地球環境に対する影響はおそろしく大きくなっていた。地球エンジンによる加速が生み出した高潮が北半球にある都市の三分の二を呑み込み、プラズマビームの高熱は極地の氷河を溶かして、それにともなう大洪水は南半球にまで被害をもたらした。祖父は三十年前、百メートルを超える巨大な波が上海を呑み込むところを目撃したという。その話をするとき、祖父はいまでも、焦点の合わない遠い目になる。

ぼくらの地球は、旅立ちの前から、すでに見る影もなく変わってしまった。これから先の長い年月、宇宙を流浪する旅の途中で、いったいどれほどの苦難が待ち受けているのだろうか。

ぼくらは、遠洋客船と呼ばれる古い交通手段で海を渡った。地球エンジンの光柱群はじょじょに遠ざかり、一日経つと完全に見えなくなった。そのとき、海は西と東を夕焼けと朝焼けとにはさまれていた。西側は地球エンジンの光柱による青白い夕焼け、東側は水平線の下にある太陽が照らすピンクの朝焼けだ。海面は両方の光を反射して、青とピンク、二色に分かれて輝いている。ぼくらの船はちょうど両者の境界線上を進んでいた。なんとも不思議な景色だった。けれど、青白い夕焼けがだんだん弱くなり、ピンクの朝焼けが強くなってくると、船上の子どもたちのあいだに不安が広がった。みんな船室に隠れ、カーテンをぴったり閉めて出てこなくなり、デッキから子どもの姿が消えた。翌日、もっとも恐れていた時が来た。教室として使っている大きな船室に集まった生徒たちに向かって、星先生はおごそかに言った。

「みんな、これからデッキに出て、日の出を見ますよ」

生徒たちは表情をこわばらせ、凍りついたようになった。歩き出す生徒はひとりもいなかった。星先生が何度うながしても、だれもそこから動こうとしない。

「言わんこっちゃない。世界一周体験授業は、現代史を教える前にやるべきなんだよ。そのほうが生徒も受け入れやすかったのに」と、べつの先生が言った。

「そんな単純な話じゃないわ。みんな、現代史の授業を受けるずっと前に、まわりから学んでるんだから」星(シン)先生はそう答えてから、学級委員の生徒たちに向かって言った。「まずあなたたちから行きなさい。怖がることなんかないのよ。はじめて日の出を見たときは、先生もとても緊張したけど、一度見ればもうだいじょうぶ」

子どもたちはしぶしぶ立ち上がり、ドアに向かって歩き出した。そのとき、湿った小さな手がぼくの手を掴(つか)んだ。振り向くと、霊儿(リン)だった。

「こわい……」彼女はか細い声で言った。

「テレビで太陽を見たことあるだろ、あれといっしょだよ」ぼくはなだめるように言った。

「いっしょなわけない。テレビで見る蛇と本物の蛇がおんなじだと思う?」

「……どっちにしたって行かなきゃいけない。じゃないと単位がもらえないよ!」

ぼくはリンとぎゅっと手をつないで、ほかの子たちといっしょに、おそるおそるデッキに向かった。それは、生まれてはじめて見る日の出だった。

「人類が太陽に恐怖を感じるようになったのは、この三、四世紀のことよ。それまでは、怖がるどころか、太陽は荘厳で力強く、美しいものだと思っていたの。その当時、地球はまだ自転していたから、日の出と日の入りが毎日見られた。太陽が昇ると喜びの声をあげ、沈むときはその美しさを讃えたそうよ」

船首に立って説明する星先生の長い髪が海風になびいていた。先生のうしろでは、空と海が接するところからいくすじもの光芒が差し、想像もできない大きな怪物が海の下で鼻息をたてているかのようだった。

ぼくらはついに、そのおそろしい炎を目にした。最初は空と海が接する線上にあるひとつの点でしかなかったけれど、すぐに大きくなり、しだいに丸みを帯びてきた。ぼくは恐怖のあまり、のどになにかが詰まったように息が苦しくなった。足もとの甲板がとつぜん消え失せ、深い海の底にゆっくりゆっくりと落ちていく気がした。ぼくといっしょに、リンも落ちていく。リンは蜘蛛の糸のように細く小さな体をぼくにぴったり押しつけて震えていた。ほかの子たちも、そこにいたすべての人も、世界のすべても、いっしょに落ちていった。ぼくはまた、あの謎々を思い出した。哲学の先生に、その壁は何色なんですかと訊ねたら、先生は黒だと答えた。でもぼくは、黒じゃないと思う。ぼくが想像する死の壁は雪のように真っ白だ。だからプラズマの壁を見たときにその謎々を思い出したのだ。いまこの時代、死は黒じゃない。死は、電光の色だ。最後の電光が光ると、世界は一瞬にして水蒸気になる。

太陽の内部で水素がヘリウムに変わるスピードが加速していることに天体物理学者たちが気づいたのは、いまから三世紀以上前のことだった。彼らは一万機を超える探査機を飛ばして太陽を調査し、ついにこの恒星の完全な数理モデルを確立した。

そのモデルを使ってスーパーコンピュータで計算した結果、太陽はすでにヘルツシュプルング＝ラッセル図における主系列から外れはじめていることがわかった。ヘリウムがまもなく太陽コアに達し、ヘリウムフラッシュと呼ばれる激しい爆発を起こす。そのあと太陽は低温で燃えつづける赤色巨星となり、急激に膨張して、その直径は地球の公転軌道よりも大きくなる。もっとも、そのずっと前に、地球はヘリウムフラッシュによって蒸発しているだろう。

この現象は、四百年後に起こると予想された。その時点から数えて、すでに三百八十年が経過している。

太陽の異変は、太陽系にあるすべての地球型惑星を破壊し呑み込むばかりか、すべての木星型惑星のかたちと軌道を変えてしまうだろう。最初のヘリウムフラッシュが起きたあと、太陽コアにふたたび重元素が蓄積されると、また核融合が生じ、新たなヘリウムフラッシュが起こる。この現象は、一定の期間、何度もくりかえされる。〝一定の期間〟といっても、恒星の寿命にとってのことなので、その長さは人類の歴史の数千回分にも相当する。

つまり、人類はこの先、太陽系で生きつづけることはできない。唯一生き延びる道は太陽系以外のべつの星系に移住することだが、人類の現在の技術力では、移住の選択肢はプロキシマ・ケンタウリしかない。それは太陽系からいちばん近い恒星で、四・三光年の旅になる。移住先に関しては全人類が合意に達するのは簡単だったけれど、どうやってそこまで行くかについては激しい議論になった。

教育効果を高めるため、客船は太平洋上を二度折り返したので、ぼくらは日の出を二回見ることができた。二度めにはもうすっかり慣れて、南半球の子どもたちが太陽の光を毎日浴びても平気でいられることを不思議に思わなくなった。

そのあと、船は夜明けに向かって航海した。この数日、海の上は涼しかったのに、太陽が高く昇るにつれて気温がまた上昇しはじめた。自分の船室でうとうとしていると、外から騒がしい声が聞こえてきた。リンが船室のドアから頭を出して言った。

「ねえ、宇宙船派と地球派がまたケンカしてる!」

四世紀も前からつづいているケンカだから、正直どうでもよかったけれど、それでも一応ようすを見てみることにした。船室を出ると、男の子数人が取っ組み合っていた。例によって阿東(アードン)がケンカをふっかけたんだとひと目でわかった。阿東の父親は頑固な宇宙船派で、反政府暴動に加わったため、いまもまだ刑務所にいる。阿東自身も父親譲りの宇宙船派だ。

星(シン)先生は腕っ節の強い船員数人を助けに呼んで、揉(も)めている連中をなんとか引き離した。阿東は鼻血を流しながらこぶしを振り上げ、「地球派を海へ突き落とせ!」と叫んだ。

「先生も地球派なんだけど、海へ突き落とす?」星先生はたずねた。

「地球派は海へ突き落とせ!」阿東はひるまず叫んだ。いま、世界じゅうで宇宙船派が勢力を盛り返し、手がつけられなくなっている。

「なんでそんなに地球派が嫌いなの?」星先生が訊(き)くと、宇宙船派の男の子が口々に叫び出した。

「地球派のバカといっしょに地球で死ぬなんてイヤだ!」

「おれたちは宇宙船に乗って旅立つぞ！　宇宙船ばんざい！」

するとそのとき、星（シン）先生が手首のプロジェクターを押した。目の前の空間にホログラフィック映像が現れ、子どもたちはたちまちそれに注意を奪われて静かになった。宙に映し出されているのは、透明なガラスの球体だった。直径は十センチくらいで、三分の二くらいまで水が満たされている。水の中には小さなエビが一匹と、ひと枝の珊瑚（さんご）、それに緑の藻（も）。エビは水中をゆったり泳いでいた。

「これは阿東（アードン）が自然科学の授業の課題として提出したものよ」と星先生が言った。「肉眼で見えるエビや珊瑚のほかに、水の中には目に見えないバクテリアがいる。密閉されたこのガラス球の中で、生物たちは相互依存して生きているの。小エビは藻を食べ、水中から酸素をとりこんで、有機物が含まれた糞（ふん）と二酸化炭素を排出する。その糞をバクテリアが無機物と二酸化炭素に分解する。その無機物と人工照明の光で藻は光合成を行い、栄養素をつくり、成長し、繁殖する。それと同時に、エビが呼吸する酸素も放出するの。ガラス球の中の生態循環は、光を浴びているかぎりずっとつづく。先生がいままでに見た課題の中ではこれが一番の出来ね。ここには阿東と宇宙船派全員の夢がつまってる。この球体こそ、みんなの夢の宇宙船の縮図でしょ！　阿東の説明だと、厳密な数理モデルを使ってコンピュータで計算した結果に基づいて設計し、代謝のバランスが完璧（かんぺき）になるように、中に入れる生物すべての遺伝子を調整したそうよ。この小さな世界は、エビの寿命が尽きるまでずっと生きつづけると、阿東はかたく信じていた。

先生たちはみんなこの作品を褒めそやして、生態循環のために必要な強さの人工照明の下に置いておいた。阿東が言うとおり、彼がつくったこの小さな世界が生きつづけることを、みんな心の中で祈っていたの。でも、それからまだ二週間も経っていないのに……」

星先生は、持ってきた箱の中から、ホログラフィーではない、本物のガラス球をとりだした。水は濁り、水面に小エビの死骸(しがい)が浮いている。藻は生命の緑色を失って茶色く枯れ、毛で覆われた膜のように珊瑚にへばりついていた。

「この小さな世界は死んでしまった。だれか、理由がわかる人？」星先生は生命を失ったガラス球を子どもたちにかざして見せた。

「小さすぎたんだ！」とだれかが叫んだ。

「そう、小さすぎたの」先生はうなずいた。「このぐらい小さな生態系だと、どんなに緻密(ちみつ)に設計したとしても、時の流れに打ち克つことはできない。宇宙船派の人たちが考えている宇宙船もそれと同じよ」

「おれたちの宇宙船は、上海やニューヨークと同じくらい大きくできる」阿東の声はさっきより小さくなっていた。

「ええ、そう。人類のいまの技術では、せいぜいそのくらいの大きさの宇宙船しかつくれない。そのサイズの生態系は、地球とくらべてずっと小さい。小さすぎるの」

「だったら惑星を見つけるさ！」

「そんなこと、自分だって信じてないでしょう。プロキシマ・ケンタウリの近傍に、人類が居住できそうな惑星はひとつもない。居住可能な惑星を持つ恒星は、いちばん近くても八百五十光年の彼方。いまの人類が建造できるいちばん速い宇宙船でも、光速の〇・五パーセントしか出ないから、そこまで行くには十七万年かかる。宇宙船のサイズだと、その十分の一の期間さえ、生態系を維持できない」星(シン)先生は子どもたちに向かって言った。「いいですか、みなさん。いつまでもずっと生命を維持できるのは、生態循環が止まることのない、地球サイズの生態系だけ。わたしたち人類がもしも地球を離れるとしたら、それは赤ん坊が砂漠の真ん中でお母さんのもとを離れるようなものよ！」

「でも……」阿東(アードン)は口ごもった。「星先生、それじゃ間に合わないよ。地球にとっても、ぼくたちにとっても、ぜんぜん間に合わない。地球が加速して太陽を離れる前に、太陽が爆発しちゃう！」

「時間はじゅうぶんあります。何度も言ってるでしょう。連合政府を信じなさい！　一万歩譲って、もし信じられないとしても、だったらこう言えばいいの。人類は誇りをもって死にます。なぜなら、最善を尽くしたのだから！」

人類脱出計画は、五つのステップに分かれる。ステップ1は、地球エンジンの噴射口を地球の自転と反対方向に向け、自転を止める。ステップ2では、地球エンジンをフルパワーで稼働し、脱出速度に達するまで加速して、地球を太陽系から離脱させる。ステップ3では恒星間宇宙でなおも加速をつづけ、プロキシマ・ケンタウリを目指す。ステップ4では、地球エンジンを逆方向に向けて自転を再開し、減速を開始する。ステップ5では、プロキシマ・ケンタウリの軌道に入り、この恒星をめぐる惑星となる。この五つのステップを、それぞれ、制動時代、脱出時代、流浪時代Ⅰ（加速）、流浪時代Ⅱ（減速）、新太陽時代と呼ぶ。

移動完了までにかかる時間はおよそ二千五百年。百世代以上にわたると推定されている。

ぼくらの客船は航海をつづけて、地球の闇夜のエリアに入った。ここには太陽光も地球エンジンの光も届かない。大西洋の涼しい海風に吹かれながら、ぼくらははじめて星空を見た。なんという景色だろう。息を呑むほど美しかった。星先生はぼくとリンの体に片腕をまわし、もう片方の手で星空を指さした。

「ほら、ケンタウルス座が見えるでしょう。あれがプロキシマ・ケンタウリ、わたしたちの新しい故郷よ！」

そう言って、先生は泣き出した。ぼくらもいっしょに泣き、まわりにいた船長や船員も――鍛え抜かれた海の男たちが――涙を流した。その場にいたすべての人が、涙に潤んだ目で先生の指さす方向を見た。星空は涙で歪み、震えていたけれど、その星だけは動かなかった。それは、闇夜に荒れ狂う海の上からはるか彼方に見える灯台の光であり、氷雪の荒野で凍死しかけているひとりぼっちの旅人に希望を与える焚火の輝きだった。ぼくらの心に火を灯す新しい太陽――これから百世代かけて苦難の道のりを歩む人類にとって、それが唯一の支えだった。

＊＊＊

帰りの航海の途中、ぼくらは地球の旅立ちが近づいたことを示す最初の前兆を目にした。夜空に出現した巨大な彗星──月だ。月を連れていくことはできないから、地球が加速するときにぶつからないよう、月面にもエンジンを設置して地球周回軌道から外に押し出すことになっていた。月エンジンの噴射で生まれた長い尾がその青い輝きで海面を染め、星々が見えなくなった。月が軌道を離れるさいに、その引力によって巨大な波が生じるため、ぼくらは客船から飛行機に乗り換えて北半球に帰った。

とうとう、旅立ちの日がやってきた！

飛行機を降りると、地球エンジンのまばゆい輝きで目が眩んだ。光柱は以前にくらべて何倍も明るくなり、もう斜めではなく、天に向かってまっすぐそそり立っている。地球エンジンはフルパワーで稼働し、加速によって生まれた百メートル級の波がすべての大陸に轟々と襲いかかった。灼熱のハリケーンがプラズマの柱のあいだを荒れ狂って、煮えたぎる泡を吐き出し、陸地のすべての大木を根こそぎに倒してゆく。宇宙から見ると、ぼくらの惑星は巨大な彗星となり、青い尾が漆黒の宇宙を貫いていた。

地球は旅立った。人類は旅立った。

その旅立ちの直前、祖父が世を去った。火傷から細菌に感染したのが原因だった。祖父は死ぬ間際に何度もこうつぶやいていた。

「おお、地球よ、わが流浪の地球よ……」

2　脱出時代

学校が地下都市に引っ越すこととなり、ぼくらは住民の第一陣に加わった。スクールバスは大きなトンネルに入った。トンネルはゆるやかな下り勾配で地下に向かって延びている。三十分も走ると、街に入ったと告げられた。しかし、窓の外に都市の気配はまったくない。複雑に入り組んだ支道の入口やぴったり閉じられた無数のドアが窓の向こうを飛ぶように過ぎていくのをべつにすれば、そこは高い天井の照明に照らされた、すべてがメタリックなブルーブラックの単調な世界だった。残りの人生の大部分をここで過ごさなければならないと思うと、ぼくは暗い気持ちになった。

「原始人は洞穴に住んでいたけれど、わたしたちはまた洞穴に戻るのね」リンが小さな声でそうつぶやいたが、星先生が耳ざとくそれを聞きつけた。

「しかたないわ。みんな、地上はもうすぐとてもおそろしい場所になるのよ。寒いときには、吐いた唾が地面に落ちる前に凍ってしまうくらい寒く、暑いときには、吐いた唾が地面に落ちる前に蒸発してしまうくらい暑くなる！」

「寒くなるのはわかる。地球は太陽からどんどん離れていくんだから。でも、暑くなるのはどうして？」同じバスに乗っていた低学年の女の子が質問した。

「おいおい。遷移軌道を習っただろ？」ぼくはぴしゃりと言った。

リンは悲しみをまぎらわせようとするみたいに、しんぼう強く説明をはじめた。

「習ってない」

「つまりね、地球エンジンには思ってるほど大きな力はなくて、地球をちょっと加速させることしかできないの。太陽の軌道からいっぺんに押し出せるわけじゃないから、地球が太陽から離れるまでに、太陽のまわりを何度もぐるぐる回らなきゃいけないのよ。十五回も！　その十五回のあいだに、地球はどんどん加速する。いま、地球は円を描いて太陽のまわりを回っているけど、スピードが速くなるにつれて、その軌道が楕円になっていく。どんどん速くなって、どんどん楕円がつぶれていくにつれて、太陽はだんだんその楕円の端っこのほうに移動していく。地球は太陽からすごく遠くなるから、当然寒くなる……」

「でも……やっぱり理屈に合わないよ！　地球が太陽からいちばん遠くなる場所は寒い。でも、楕円の反対の端っこだと、太陽までの距離は……ええと、うーん。ちょっと考えさせて」女の子は唇を嚙んだ。「軌道力学にしたがって考えると、太陽との距離は、いまより近くなるはずないでしょ。なのにどうしていまより暑くなるの？」

この子はほんとに小さな天才だ。記憶遺伝子技術はこんな小さな子どもにまで、大人のような知識を与えた。まったく、人類は幸運だ。でなきゃ、地球エンジンみたいな神さま顔負けの奇跡をたった四半世紀で現実のものにするなんて、とても不可能だっただろう。

「でも、地球エンジンがあるだろ、おばかちゃん」とぼくは言った。「いま、一万基以上の巨大なトーチランプがフルパワーで稼働してる。地球は、ロケットのエンジンノズルを固定する、ガスコンロのリングみたいなものなんだ。……さあ、もう静かにしてくれ。うるさいよ」

ぼくらの地下生活はこうしてはじまった。地下五百メートルに位置し、百万以上の人口を有するこんな都市が、あらゆる大陸のあちこちに散らばっている。ぼくはこの地下都市で小学校を卒業し、中学校に進学した。教育課目は理工系に集中し、芸術や哲学は最小限にまで減らされている。人類に、そんなものを楽しむ余裕はなくなってしまった。いまは人類にとって歴史上もっとも忙しい時代で、すべての人間がやってもやっても終わらないくらい仕事がある。おもしろいのは、地球上のあらゆる宗教が一夜にして影もかたちもなくなってしまったことだ。人々はついに悟ったのだ。たとえ神さまがいたとしても、そいつはどうしようもないろくでなしだということに。歴史の授業はまだあるけれど、教科書に記された前太陽時代の歴史は、ぼくらにとって、エデンの園の神話のようにしか思えなかった。

父は空軍の宇宙飛行士で、地上と低軌道とを行き来するミッションに忙しく、家にいる時間はほとんどなかった。太陽系脱出のための加速がスタートして五年め、地球が遠日点にあるとき、家族みんなで海に出かけたのを覚えている。〝遠日点の日〟は、新年やクリスマスのような祝日だった。この日は地球が太陽からもっとも遠いところにあるため、人々がかりそめの安心感を抱けるからだ。ぼくらは、むかし地上で暮らしていたときのように、原子力電池がついた密閉式の耐寒スーツを着た。外は地球エンジンの眩い光柱が林立し、その強烈な光にすべて呑み込まれてほかのものはなにも見えず、地上の風景が以前と変わっていたとしても判別できなかった。長時間エア・カーに乗って光柱の輝きが届かない場所にまでたどりつくと、ようやくビーチを目にすることができた。このとき、太陽はすでに前よりはるかに小さくなり、ずっと空の同じ位置にかかっていた。その光は、太陽の周囲を朝陽のように丸く照らすだけで、空は暗く深い群青色だった。星々もはっきり見えた。でも、海はどこにあるんだろう。一瞬、そんな莫迦(ばか)な疑問が頭をよぎった。周囲を見渡しても、真っ白な氷原がどこまでも広がるばかりだったからだ。その氷原が海なんだとすぐ気づいた。その凍りついた海の上で、大はしゃぎしている人たちがたくさんいた。紺色の空を花火が照らし、人々は思いきり羽目をはずして騒いでいる。あちこちに酔っ払いが転がり、それよりもっと大勢の人々が声を嗄(か)らしててんでに好きな歌を歌っている。みんな、自分の声で他人の声をかき消そうとするように声を張り上げている。

「こんな世の中でも、みんな好きなように生きている。悪いことじゃない」父はそれから、とつぜん思い出したようにこうつけ加えた。「そうだ、言い忘れていたが、父さんは黎星(リーシン)が好きになった。おまえたちと別れて、彼女といっしょになるよ」

「だれよ、それ?」母が静かにたずねた。

「小学校のときのぼくの先生」父のかわりに、ぼくがそう答えた。中学校に入って、もう二年になる。父と星先生はどこで知り合ったんだろう。もしかしたら、二年前の卒業式だろうか?

「そう。じゃあ、好きにすれば」母は言った。

「しばらくしたらきっと飽きると思う。そうしたら戻ってくる。どうかな」

「あなたがいいなら、もちろんいいわよ」母の声は凍った海面のように静かだったが、とつぜん感情を昂らせると、空に上がった花火を指して、「わあ、なんてきれい！　きっとホログラフィック回折格子を使ってるのね！」と、心から感動したように言った。

四世紀前の映画や小説は、この時代の人々にとって理解しがたいところがあった。前太陽時代の人間は、どうしてこれほど多くの感情を生存に関係ないことに注いでいたのだろう。主人公の男性や女性が恋愛に傷ついたり泣いたりしているのを見ると、言葉では言い表せないくらい異様に感じる。この時代、死の脅威と生き延びたいという欲望が他のすべてを押しのけてしまった結果、いま現在の太陽の状態と地球の位置以外には、ほんとうの意味で心を動かすものなどなにひとつなかった。すべての関心がただ一点に集中したこの状態が長くつづくことで、人類の心理や精神のありようはじょじょに本質的な変化をこうむった。愛だの恋だの、心の問題にはほとんど関心を払わず、せいぜいギャンブラーがルーレット盤を見つめる合間にコップの水をひと口飲むくらいの感覚だった。

二ヵ月後、父はほんとうに星先生のところから家に戻ってきた。母は喜ぶことも怒ることもなかった。

父はぼくに向かって言った。「黎星はおまえを誉めていたぞ。創造力のある生徒だって」

母はなんのことだろうという顔で、「だれ、それ？」とたずねた。

「星先生だよ。ぼくの小学校の先生。父さんがこの二ヵ月いっしょに住んでた人！」

「ああ、思い出した！」母は笑って首を振った。「まだ四十にもならないのに、すぐ忘れちゃう。もう、情けないったら」母は天井に映されたホログラフィーの星空を見上げ、それから壁四面のホログラフィーの森を見まわすと、父に向かって言った。「戻ってきてくれてよかった。この画像、とりかえてほしいの。もう見飽きちゃったんだけど、設定のやりかたがわからなくて」

地球がふたたび太陽に近づきはじめるころには、ぼくら家族はみんな、このことを忘れてしまった。

ある日、海が溶けはじめているというニュースを見て、ぼくら家族はまた海辺に行った。ちょうど地球が火星軌道を通過するころで、太陽光の照射量はまだ地球をあたためられるほど大きくないはずだが、地球エンジンの影響で、地表の気温が海の氷を溶かすくらいにまで上昇していた。耐熱スーツも耐寒スーツもなしに地上に出られるというのは、ほんとうに楽しい経験だった。ぼくらが暮らす北半球の空はあいかわらず地球エンジンに照らされていたが、南半球に行くと、太陽が近づいていることが実感できた。空は明るく真っ青で、太陽は旅立つ前と同じようにまばゆく輝いている。しかし、空から眺めるかぎりでは、海はまだ真っ白の氷原のままで、少しも溶けているように見えなかった。ぼくらはがっかりした気分でエア・カーを降りた。と、そのとき、天地をひっくり返すような轟音が響き渡った。この惑星のいちばん深いところから聞こえてくるような音だった。地球が爆発するんじゃないかとつい心配になるくらいだった。

「海の音だ！」父が言った。「気温が急激に上がって、厚い氷の層が不均衡にあたためられたせいだな。氷阪の地震みたいなものだ」

とつぜん、雷鳴のようなかん高く鋭い音が、轟々と低く鳴り響いていた音に重なると、ぼくらのうしろで海を見ていた人たちが歓声をあげはじめた。氷を切り裂く黒い稲妻のように、凍りついた海面に長い亀裂が走るのが見えた。轟音が響きつづけるなか、氷海のあちこちに同じような亀裂が走り、そこから海水が噴出して、いくすじもの奔流が氷原を洗いはじめた……。

家に帰る途中、ぼくらは空から変わりゆく地上の景観を眺めた。荒涼としていた大地のあちこちに野草が顔を出してさまざまな花を咲かせ、枯れた森に若葉が緑の服を着せている……すべての生命が時を惜しむかのように生命エネルギーを発散していた。

地球と太陽の距離が日ごと近づくにつれ、人々の胸の奥にわだかまる不安も募っていった。地上に出て春を楽しむ人はじょじょに減り、ほとんどの人が地下深くの都市にこもった。来たるべき酷暑や豪雨、台風から逃れるためではなく、太陽がだんだん近づいてくる恐怖から逃れるためだった。

ある日、ぼくが昼寝から目を覚ますと、父と母が低い声で話し合っていた。

「ほんとうにもう間に合わないかも」

「過去四回も、近日点に来るたびに同じ噂があったじゃないか」

「でも今度はほんとうよ。ドクター・チャンドラーがそう言ってたって、奥さんから聞いたもの。旦那さんは天文学者で、航行委員会のメンバーなのよ。あなたも名前は知ってるでしょ。ヘリウム濃縮率の増大が観測されたと彼が言ってたんだって」

「いいかい、われわれは希望を捨てちゃいけない。でもそれは、希望が本物だからじゃなくて、われわれ自身が気高くふるまうためだ。前太陽時代、気高くふるまうには、資産や権力や才能が必要だった。でもいまは、希望さえあればいい。この時代にあって、希望は黄金や宝石と同じだ。長くは生きられなかったとしても、われわれは希望を持ちつづけなければいけない！　あしたになったら、息子にも同じ話をしよう」

みんなと同じように、ぼくも近日点が近づくにつれ、そわそわしはじめた。ある日の放課後、気がつくといつのまにか市の中央広場にやってきて、広場の真ん中にある円形の噴水池のそばにぼんやり佇（たたず）み、きらきらと青く光る水面や、その光をドーム天井に幻のように反射して揺れる波紋を眺めていた。そのとき、リンがいることに気づいた。小さな瓶とストローを持ち、シャボン玉を吹いている。ストローの先から泡が離れると、宙を漂うその球をぼうっと見つめ、それらが消えてしまうと、またシャボン玉を吹く……。

「まだそんなもので遊んでるのかい？　おもしろい？」リンのもとに歩み寄ってたずねた。

リンはぼくに気づくと、うれしそうに言った。「ねえ、いっしょに旅行に行かない？」

「旅行？　どこへ？」

「もちろん地上よ！」リンは腕につけたコンピュータからホログラフィック映像を投影した。夕暮れのビーチ、かすかな風にそよぐ棕櫚（しゅろ）の木、次々に打ち寄せる白波。カップルが何組も砂浜に佇み、金をちりばめた海を背景に、その姿が黒いシルエットになっている。

「夢娜（モンナ）と大剛（ダーガン）がこの写真を送ってきたの。いま二人で世界を旅してるんだって。外はまだそんなに暑くないみたい。地上は最高。行こうよ！」

「あの二人、授業をサボったせいで、ついこのあいだ退学になったばかりじゃないか」

「ふん、ほんとは退学が怖いんじゃなくて太陽が怖いくせに！」

「自分は怖くないのかい？　きみこそ、太陽恐怖症のせいで精神科にかかったくせに」

「でも、いまのわたしは違う。ちゃんと教えてもらったのよ！　ほら」リンはストローでシャボン玉を吹くと、「よく見て！」と指さした。

ぼくはシャボン玉のひとつに目を凝らした。泡の表面で光と色が激しく揺れ動き、虹色の輝きが、人間の脳では処理しきれないほど複雑で精妙なパターンを描き出している。それはまるで、シャボン玉が自分の寿命のはかなさを知り、膨大な記憶の中にある無数の幻想や伝説を残そうと、世界に向かって必死に発信しているかのようだった。光と色の饗宴（きょうえん）はほどなく無音の破裂とともに終わり、湿りけを帯びた空気だけが残ったが、それもほんの半秒ほどのことで、シャボン玉は最初からなにも存在しなかったかのように消え失せた。

「ほらね？　地球は宇宙に浮かぶシャボン玉なのよ。ぽんとはじけて、消えてしまう。怖いことなんかある？」

「そうじゃないよ。計算によると、ヘリウムフラッシュが起きてから地球が完全に蒸発するまでに、すくなくとも百時間はかかる」

「それがいちばん怖いのよ！」リンは大声で叫んだ。「わたしたちは地下五百メートルで、餡（シャ）儿餅（ルビン）の中のお肉みたいに、まずはゆっくり焼かれて、それから蒸発する！」

全身にさむけが走り、ぼくは思わず身震いした。

「でも、地上は違う。地上では、すべてが一瞬で蒸発する。地上にいる人は、このシャボン玉みたいに、一瞬でぽんとはじける。だから、ヘリウムフラッシュのときは地上にいたほうがいいのよ」

なぜだろう、ぼくはいっしょに行かなかった。リンは阿東(アードン)と二人で地上に行った。その後ぼくは、二人のどちらとも、二度と会うことはなかった。

しかし結局、ヘリウムフラッシュは起こらず、地球は高速で近日点を通過し、六回めの遠日点到達に向けて進みはじめた。全人類が安堵(あんど)の息を吐いた。この時点で、地球の自転はもうストップしていた。地球は自転することなく太陽を周回し、ユーラシア大陸側の地球エンジンは地球の進行方向を向いたままの状態だった。そのため、たまに地球の方向を微調整する必要が生じたとき以外は稼働することがなく、ぼくらは静かで長い夜のなか、宇宙を航行していた。一方、北アメリカ大陸のエンジンはフルパワーで稼働し、北アメリカ大陸はロケット噴射口を支えるバーナー・リングのようになっている。太陽に面した西半球も、場所によっては草木が燃え出すほどの高温に達した。

太陽の重力を利用した地球の加速は、こんなふうに一年ごとに進んでいった。地球が遠日点に向かって上昇しているあいだ、人々は地球と太陽の距離が日ごと遠くなることに安堵しているが、年が改まり、地球が太陽に向かって下降しはじめると、日ごとに緊張を募らせる。近日点に到達するたび、今度こそヘリウムフラッシュが起こるという噂が飛び交い、遠日点に近づくにつれて、だんだん小さくなる太陽と同じように人々の不安も小さくなるが、遠日点を越えたとたん、次のパニックの種が芽吹く。まるで、人類の精神状態が空中ブランコに乗っているようだった。あるいは、惑星規模のロシアンルーレットと呼ぶほうが正確かもしれない。近日点から遠日点に向かって上昇し、遠日点からまた太陽へと近づいていく過程は、リボルバーの弾倉を回しているようなもの。そして近日点を通過するとき、ひきがねを引く！　毎回、ひきがねを引くときは、その前のときよりもさらに緊張する。こうして、ぼくの少年時代は、かわるがわるやってくる恐怖と安堵とともに過ぎていった。よく考えると、たとえ遠日点にいたとしても、ヘリウムフラッシュの安全圏というわけではない。もしそこで太陽が爆発したら、地球は気化するかわりにゆっくりと液化することになる。そんな終末を迎えるくらいなら、近日点にいるほうがまだましだ。

脱出時代には、大災害が矢継ぎ早に襲ってきた。

地球エンジンの推力によって地球の公転速度と軌道が変化した結果、鉄とニッケルから成るコアの相平衡が乱れ、その影響がグーテンベルク不連続面を越えてマントルにまで波及した。すべての大陸で火山の噴火が頻発し、人類の地下都市に深刻な脅威を与えた。地球エンジン稼働から六度めの公転周期以降、世界じゅうの地下都市で、マグマの噴出による災害が頻繁に起こるようになった。

その日は、ちょうど学校から帰る途中に警戒警報のサイレンが鳴り、市政府の放送が聞こえた。

「F112市にお住まいのみなさんはご注意ください。市北部の障壁が地殻応力によって破壊されました。マグマが流入しています！　マグマが流入しています！　マグマはすでに第四区にまで達しました！　ハイウェイ出口は封鎖されています。全市民は中央広場に集合し、エレベーターで地上に避難してください。避難は、緊急事態法第五条にしたがって実施されます。くりかえします。避難は緊急事態法第五条にしたがって実施されます」

地下通路が織りなす迷路を見まわした。いまのところ、街は不気味なくらいノーマルに見えた。でも、危険が迫っているのはわかっていた。外に通じるルートは二つしかない。その片方は、去年、市の防壁を強化する工事のために封鎖された。もしもう片方のルートもふさがったら、縦孔で地上に直結しているエレベーターで脱出するしかない。エレベーターの最大積載量はとても小さく、この都市の三十六万の市民を運ぶには長い時間がかかる。しかし、生き延びるチャンスを奪い合う必要はない。避難の手順は、連合政府の緊急事態法にすべて定められている。

前太陽時代には、倫理学上のこんなジレンマがあったという。あるとき、洪水が起こった。あなたに救えるのはひとりだけ。自分の父親を救うべきか、それとも息子を救うべきか？　いまの人間には、こんなジレンマが成り立つこと自体が理解できない。

中央広場に着くと、すでに人々が年齢順に長い列をつくっていた。エレベーターにいちばん近い場所にいるのはロボット保育士が抱きかかえた赤ん坊、次に幼稚園の子どもたち、それから小学生……。ぼくが並ぶべき位置は、真ん中より少し前あたりだ。父は低軌道で勤務中だから、街にはいま、ぼくと母しかいない。母の姿が見えなかったから、母を捜して、道路沿いに何キロもつづく列の後方へと歩き出したが、ほどなく兵士に止められてしまい、もとの位置に戻った。母がこの列のいちばんうしろにいるのはわかっている。この街は、主に大学町として機能しているので、一般の家庭はそれほど多くない。そのため、母は年齢が高いグループに入っていた。

長蛇の列の歩みはものすごくのろかった。三時間経ってようやくぼくの番が来たが、エレベーターに乗り込むときも、ほっとするどころじゃなかった。母が無事に脱出するまでに、まだ二万人以上の大学生を先に行かせなければならない。そして、あたりにはすでに、強烈な硫黄のにおいが漂いはじめていた……。

ぼくが地上に出た二時間半後、地下五百メートルにある街全体がマグマに呑み込まれた。母の最後の瞬間を想像すると、胸が張り裂けそうだった。脱出できなかった一万八千人といっしょに、母は中央広場に雪崩れ込むマグマを目にしただろう。街はもう停電になっていたから、マグマのあのおそろしい赤黒い光しか見えなかったはずだ。広場のあの大きな白いドーム天井は高温でだんだん黒くなり、犠牲者はみんな、マグマに触れる前に、千度以上の高温に生命を奪われたはずだ。

それでも、人生はつづく。この残酷で恐ろしい現実にあっても、ときおり愛の火花が散って、人間を惹きつける。十二回めの遠日点に到達したとき、民衆の緊張をやわらげるべく、連合政府は二世紀以上中断していたオリンピックをとつぜん再開した。ぼくはスノーモービル・ラリーの選手としてオリンピックに参加した。レースはスノーモービルで上海を出発し、凍った太平洋を横断して、ニューヨークがゴールとなる。

スターター・ピストルが鳴ると、百台を超えるスノーモービルが時速二百キロのスピードで凍った海を走り出した。はじめのうちは何台かいっしょに走っていたが、二日も経つと前後に散らばって、地平線の向こうに消えてしまった。このときにはもう、地球エンジンの光は見えなくなり、ぼくは地球のもっとも暗い場所にいた。目に映る世界は広々とした星空と、宇宙の果てまで広がる氷原だった。いや、それともここが宇宙の果てなのかもしれない。そして、無限につづく星空と無限につづく氷原から成る宇宙には、ぼくひとりしかいない。雪崩（なだれ）のような孤独に押しつぶされて、泣きたい気分だった。ぼくはがむしゃらにソリを進めた。順位なんかどうでもいい。この恐ろしい孤独に殺される前に、できるだけ早く逃げ出したい一心だった。心の中では、もはや対岸など存在しなかった。

そのとき、空の果てに人影が現れた。近づくにつれて、それが若い女性だとわかった。スノーモービルのかたわらに立ち、長い髪を氷原の寒風になびかせている。こんなときに異性と出会うことがどんな意味を持っているかわかるだろうか。ぼくの後半生はこうして決まった。彼女は日本人で、山彬加代子（やまあきかよこ）といった。女子選手はぼくらより十二時間早くスタートしていたが、彼女のスノーモービルは氷の割れ目にひっかかり、片方の滑走板（スキー）がぽっきり折れてしまっていた。ぼくはスノーモービルの修理を手伝いながら、さっき感じたことを彼女に話してみた。

「そうなの！　わたしも同じことを感じた！　まるで宇宙に自分ひとりしかいないみたいな感

覚。だから、あなたが遠くに現れたとき、まるで太陽が昇ってきたみたいだった！」

「どうして救援機を呼ばなかったんだい？」

「これは人類の精神を体現したレースなのよ」彼女は小さなこぶしを振り上げると、日本人特有の頑固さを発揮して言った。「宇宙を流浪しているあいだ、地球は救援なんか呼べないでしょ！」

「でも、いまは救援を呼ぶしかなさそうだね。きみもぼくもスキーの予備を積んでないから、もうこれ以上、スノーモービルは直せないよ」

「じゃあ、あなたのソリに乗せてもらえない？　順位を気にしないならだけど」

もちろん気にするわけがない。そこでぼくは加代子といっしょに、凍った太平洋を横断する長い道のりに出発した。

ハワイを過ぎると、地平線に太陽の輝きが見えた。その小さな太陽に照らされた無限につづく氷原の上で、ぼくらは連合政府民政部に結婚の申請書を送った。

ニューヨークに着いたときには、レースの審判団はみんな待ちくたびれて帰ってしまっていた。しかし、民政部の役人がひとり、ぼくらの到着を待ってくれていた。彼はぼくらの結婚を祝ったのち、職務の履行にとりかかった。彼が手を振ってホログラフィック映像を出すと、そこには数万の点が並んでいた。それぞれの点は、この数日のあいだに連合政府に婚姻届を出したカップルを示している。現在の地球をとりまく環境の過酷さに鑑みて、新婚カップルの三組に一組だけが、抽選により子どもを持つ権利を得られると法律で決まっている。加代子は宙に浮かんだ数万の点を前にしてさんざん迷っていたが、真ん中のひとつをクリックした。それが緑色に変わると、彼女は飛び上がって喜んだ。しかしぼくは、たまらない気持ちになった。ぼくらの子どもは、こんな苦難の時代に生まれて、果たしてしあわせだろうか。しかし、役人は大喜びだった。緑のランプがつくたびに、とてもうれしくなるという。役人がウォッカの瓶をとりだし、ぼくら三人は、人類が生き延びたことを祝ってひと口ずつまわし飲みをした。背後には、はるか遠い太陽のかすかな光が自由の女神を金色の輝きに染めていた。酔って朦朧としたぼくの目に涙があふれてきた。

地球よ、わが流浪の地球よ！

別れぎわ、役人はぼくらに鍵を渡すと、ろれつの怪しい口調で言った。「これはお二人に割り当てられたアジアの新居の鍵です。さあ、どうぞご帰宅ください。すばらしい我が家へ！」

「どこがどうすばらしいんです？」ぼくは冷たく訊き返した。「アジアの地下都市は危険だらけだ。もちろん、西半球のあなたたちにはわからないでしょうけどね」

「まもなくわれわれも、あなたがたには無縁の災害に直面しますよ。地球はもうすぐ小惑星帯に突入します。今回は、西半球が進行方向を向くことになりますから」

「これまでの周回軌道でも、何回か小惑星帯を通過したけど、なにもなかったじゃないですか」

「小惑星帯の端をかすめただけでしたからね。もちろん、宇宙艦隊で対応できました。レーザーと核弾頭で地球の運行ルート上にある小惑星を排除したんです。でも今回は……ニュースを見てないんですか？　今回、地球は小惑星帯の中央を突っ切るんですよ！　艦隊は大きな小惑星に対応するだけでせいいっぱいですよ……」

　アジアに戻る機内で、加代子がたずねた。「小惑星って大きいの？」

　父はいま、宇宙艦隊でちょうどその仕事をしている。だから、政府がパニックを避けるためにいつもどおり情報を統制していても、少しは状況を知ることができた。ぼくは加代子に説明した。小惑星には大きな山ぐらいのサイズのものもあって、五千万トン級の熱核爆弾を使っても小さな穴ができるぐらいだ。

「だから、人類が持つ武器の中でもっとも威力が大きいものを使うしかない」ぼくはわざとあいまいに言った。

「反物質爆弾のこと？」

「それしかないだろ」

「宇宙艦隊の航続距離ってどのくらい？」

「いまはまだ短いね。父さんは、百五十万キロくらいだって言ってた」

「わあ、だったらわたしたちも見られるね！」

「見ないほうがいいよ」

　それでもやっぱり、加代子は見た。それも、防護眼鏡なしで。反物質爆弾の最初の閃光(せんこう)は、ぼくらの飛行機が飛び立ってからまもなく、宇宙からやってきた。そのとき飛行機の窓から星を眺めていた加代子は、閃光のせいで一時間以上も目が見えなくなり、視力が回復してからも一カ月以上のあいだ目が赤く腫(は)れて涙が止まらなかった。その閃光につづく恐怖の時間、反物質爆弾は小惑星を爆撃しつづけた。破壊的な輝きが漆黒の宇宙のあちこちで無数に閃(ひらめ)き、まるで巨人のカメラマンたちの集団が地球を囲んで熱狂的にフラッシュを焚(た)いて撮影しているかのようだった。

三十分後、火球が見えはじめた。宇宙を切り裂くような長い尾を引き、怖いような美しさがあった。火球は少しずつ数が増え、すこしずつ尾が長くなっていった。だしぬけに爆音が鳴り響き、同時に機体が揺れた。加代子は悲鳴をあげてぼくにしがみついた。飛行機が流星に衝突したと思ったようだ。しばらくして、機長がアナウンスした。

「みなさん、安心してください。これは流星が音速の壁を突破したときに生まれる超音速(ソニック)の爆音(ブーム)です。聴覚が損なわれる可能性がありますので、ヘッドフォンを装着してください。飛行の安全が保障できないため、ハワイに緊急着陸します」

そのときぼくは、あるひとつの火球をじっと見ていた。その火球は他のものとくらべてサイズが大きく、大気の摩擦で燃え尽きるとはとても思えなかった。思ったとおり、火球はじょじょに小さくなりつつも空を疾駆し、やがて凍った海に墜(お)ちた。高度数万メートルの距離から見ていると、墜落地点に小さな白い点が現れ、それはすぐに白く大きな円になって、ものすごい速さで凍った海面に広がっていった。

「あれは波？」加代子が震えた声でたずねた。

「波だ。高さ数百メートルの波。でも、海は凍っているから、すぐに小さくなるだろう」ぼくは自分で自分を安心させるように言って、下を見るのはやめた。

飛行機はまもなくホノルル空港に着陸した。ぼくらは現地政府が手配してくれた車でただちに地下都市に向かった。車は海岸沿いを走った。空には見渡すかぎり火球が広がり、炎を身にまとった赤い悪魔の軍勢が宇宙の一点からいっせいに飛び出してきたかに見えた。流星がひとつ、ビーチからそう遠くない海面に墜ちた。水柱は見えなかったが、蒸気でできた白いきのこ雲が高々と立ち昇った。波は氷の下から岸に伝わり、ぶあつい氷の層がバリバリと音をたてて割れ、氷は波のかたちになった。邪悪な巨獣の群れが氷の下の海で泳いでいるかのようだった。

「あの隕石（いんせき）の大きさはどのくらい？」ぼくは迎えの役人にたずねた。

「せいぜい五キログラムぐらいでしょう。あなたの頭よりも小さい。でも、ここから八百メートル北の海域に二十トンの隕石が墜ちたと、たったいま連絡がありました」

そのとき、彼の腕の通信機が鳴った。役人はそれをちらっと見ると、運転手に向かって言った。「204号ゲートにはもう間に合わない。近くのゲートに入ってくれ！」

車は角を曲がって、地下都市のゲート前で停まった。車を降りると、ゲートの入口に数人の兵士がいたが、彼らは凍りついたように立ちつくし、恐怖に満ちた目でじっと遠くを見つめていた。そちらに視線を移すと、凍った海が空と接する地平線に黒いすじが見えた。一見、低く垂れ込めた雲のようだが、雲にしては高さが揃いすぎている。むしろ、地平線に横たわる長い長い壁のようだ。よく見ると、壁のてっぺんは白くなっている。

「あれはなんですか？」加代子が怯（おび）えた声で兵士にたずねると、身の毛もよだつような答えが返ってきた。

「波だ」

地下都市の巨大な鉄門がガラガラと閉まり、十分も経っただろうか。巨人が地を転がるようなゴロゴロという低い音が地上から響いてきた。ぼくらは顔を見合わせた。みんな、わかっていた。高さ百メートルを超える大波が、いままさにハワイに襲いかかろうとしている。そして、すべての大陸が同じ運命に見舞われている。しかし、それよりもっと恐ろしいことがあった。まるで巨大なこぶしが宇宙から地球を殴りつづけているみたいに、かすかな振動が地下から伝わってくる。ぼくらの魂の深いところに直接伝わってくるかのようだった。それは、流星雨が地球に衝突したことによる振動だった。

ぼくらの惑星は、この残忍な爆撃に一週間もさらされつづけた。

地下都市を出るとき、加代子が叫んだ。

「うわっ。空がこんな色になるなんて」

空は泥のような灰色に染まっていた。小惑星が陸地に衝突したとき舞い上がった粉塵が大気中に充満しているためだった。太陽も星もすべてこの果てしない灰色に隠されて、宇宙全体が濃い霧に包まれているみたいだった。地上では、巨大な津波が残した海水が山脈さながらに凍りついていた。なんとか倒壊せずに持ちこたえた高層ビル群が氷原のあちこちからぽつぽつ顔を出し、その壁から無数のつららが下がっている。降り積もった粉塵の層が氷原をびっしり覆って、すべてを包む灰色で塗り込め、他のあらゆる色彩を奪い去ってしまった。

ほどなく、ぼくと加代子はアジアに戻る旅を再開した。とっくに意味を失った日付変更線を飛行機が通過するとき、ぼくらは人類が経験したもっとも暗い闇夜を過ごした。飛行機は墨汁の海に潜っているかのようだった。窓の外の、ひとすじの光もない世界を見て、ぼくらはこれ以上ないほど暗い気持ちになった。

「いつ終わるのかしら」と加代子がつぶやいたが、それがこの旅のことなのか、それともこの苦難に満ちた生活のことなのか、ぼくにはわからなかった。いまのぼくには、どちらにも終わりがないように思えた。そうさ。地球がヘリウムフラッシュの圏外に脱出し、人類が生き延びたとして、それがなんになる？　果てしなく長い階段のいちばん下の段にたどりついただけのこと。百代あとの子孫たちがその階段の最上段にたどり着き、新生活の光明を見るころには、ぼくらの骨はとっくに灰になっている。未来の苦難など想像したくもない。妻と子どもを連れて、先の見えないこのぬかるんだ道を行くことなんて、考えたくもなかった。疲れた。もう動けない……ぼくが悲しみと絶望で窒息しそうになったそのとき、機内に女性の声が響いた。

「だめ！　やめて！　あなた！」

声がしたほうを振り向くと、女性の乗客がとなりの男性の手から銃を奪ったところだった。男は銃口を自分のこめかみに当てようとしていたらしい。痩せ細った男は、生気のない目でぼんやり前方を見つめている。女は彼の膝に顔を埋めて嗚咽しはじめた。

「静かにしろ」男は冷たく言った。

やがて女のすすり泣きがおさまると、飛行機のエンジン音だけが葬送曲のように小さく響くばかりになった。飛行機はこの巨大な暗闇にへばりついたまま微動だにしていないのではないか。宇宙全体が、暗闇とこの飛行機以外、なにもなくなってしまったような気がした。ぼくの胸にしがみつく加代子は、全身が冷え切っていた。

とつぜん、客室の前方が騒がしくなった。乗客たちが声をひそめ、興奮した口調でなにごとかしゃべっている。窓の外を見ると、前方にぼうっとした光が出現していた。光は青く、はっきりしたかたちはなく、前方に広がる粉塵の漂う夜空を均等に照らしている。

それは、地球エンジンの光だった。

西半球の地球エンジンは、その三分の一が流星雨によって破壊されていたが、被害の程度は事前の予想より小さかった。裏側にあたる東半球の地球エンジンには、直接の被害はなかった。推力だけで言えば、地球の太陽系脱出にとってじゅうぶんな数のエンジンが残っている。

前方のぼんやりした青い光は、深海からゆっくりゆっくり浮上してきたダイバーがようやく目にした海面の光のようだった。やっと息ができるようになった。

さっきの女性の声が聞こえた。「苦痛や恐怖も、生きてるからこそ感じられるのよ、あなた。死んだら……死んだらなにもない。暗闇があるだけよ。生きてるほうがいいじゃない。そうでしょう？」

痩せた男はなにも答えず、前方の青い光を見つめたまま涙を流した。彼は生きていけるだろう。あの青い希望の光さえあれば、ぼくらは生きていける。父から聞いた希望の話をまた思い出した。

飛行機を降りると、ぼくと加代子は地下都市の新居には向かわず、地上に設置された宇宙艦隊の基地へ、父を訪ねていった。しかし、ぼくらが基地で対面することができたのは、勲章だけだった。死後に授与される、氷のように冷たいメダル。ひとりの空軍少将が勲章をぼくに手渡し、事情を説明した。地球の針路にある小惑星群を除去する任務の最中、反物質爆弾で破壊された小惑星のかけらが、父の搭乗していたひとり乗りの小型宇宙艇を直撃したという。
「小惑星片と宇宙艇の相対速度は秒速百キロ以上でした。ぶつかった衝撃により、宇宙艇は一瞬で気化した。お父上は苦痛を感じる時間もなかった。まったく苦痛のない死だったことはわたしが保証します」と少将は言った。

地球が太陽に向かってふたたび下降しはじめたころ、ぼくと加代子は春のようすを見ようとふたたび地上に出たが、今度もまた空振りだった。陰鬱な空の下、世界はまだ灰色だ。大地には津波が残した凍った湖が点在するだけで、緑はどこにも見えない。空気中に漂う粉塵が陽光をさえぎり、気温もなかなか上がらなかった。近日点に達しても、海と大地は凍ったままで、太陽はぼんやりしたハレーションにしか見えず、埃の向こうに佇む亡霊のようだった。

三年後、大気中の粉塵はようやく消えた。地球はついに最後の近日点を通過し、遠日点に向かって上昇しはじめた。最後の近日点では、東半球の人々は、地球の歴史上もっとも早い日の出と日の入りを見ることになった。地平線から飛び出した太陽は猛スピードで空を横切った。太陽がつくるあらゆるものの影は、まるで時計の秒針のようにせわしなく動いた。地球はじまって以来もっとも短いその一日は、まる一時間にも満たなかった。

太陽が没して闇が訪れると、ぼくはすこし感傷的になった。あっという間に過ぎてしまったこの一日は、太陽系四十五億年の歴史を手短に要約したダイジェスト映像のようだった。そして、この宇宙の終末まで待っても、地球がこの太陽系に戻ることは二度とない。

「暗くなってきた」加代子が悲しげに言った。

「いちばん長い夜だ」ぼくは言った。東半球のこの夜は、これから二千五百年つづく。百世代後、プロキシマ・ケンタウリの陽光がふたたびこの大陸を照らすまで。西半球はもっとも長い昼を迎えるが、東半球の夜にくらべればほんの一瞬だ。西半球では、太陽はほどなく天のいちばん高いところまで昇り、そこを動かないまま次第に小さくなって、半世紀もすれば夜空の星々と見分けがつかなくなる。

地球が予定している旅程には、木星とのランデブーが必要不可欠だった。航行委員会の計画によれば、地球が太陽をめぐる十五回めの公転軌道がこんなに平べったい楕円になっているのは、遠日点を木星軌道にまで到達させるためだ。地球は衝突ギリギリのところで木星とすれ違い、木星の巨大な引力にひっぱってもらうことで、最終的に太陽系を脱出できるスピードを獲得する。

近日点を過ぎて二カ月経つと、木星が肉眼ではっきり見えるようになった。最初のうちはぼんやりした光の点だったが、すぐに円盤の形状が見分けられるようになり、さらに一カ月が過ぎると、かつての満月くらいの大きさになった。色は暗い赤で、縞模様もぼんやり見える。やがて、この十五年ずっと垂直だった地球エンジンのプラズマ柱がいくつか角度を変えはじめた。木星とのランデブーに向けて、進行方向の最終調整を開始したのだ。木星はじょじょに地平線へと沈んでいった。その後三ヵ月、木星は地球の反対側にあったため、ぼくらには見えなかったが、二つの惑星がたがいに接近しつつあることはわかっていた。

ある日、東半球でも木星がまた見えるようになったというニュースが、ほとんど不意打ちのように伝えられた。人々は木星を見ようといっせいに地上を目指した。地下都市のエアロックを抜けて地上に出ると、十五年間ずっとうまずたゆまず稼働していた地球エンジンがすべて停止していた。空にはふたたび星々が見えた。地球と木星の最終ランデブーがいままさに進行していた。

すべての人々が緊張した面持ちで西の地平線を見つめた。地平線にひとすじの暗く赤い光が現れると、それはじょじょに長く伸びて、地平線全体にまで広がった。目を凝らすと、その暗く赤い光の上に、漆黒の星空との境界線がくっきり引かれているのがわかった。境界線は弓なりに湾曲し、地平線の端から端まで届くその巨大な弓がゆっくりと空に昇ってくる。巨大な弓の下の空は暗く赤い光に変わり、まるで星空と同じ大きさの赤い暗幕が地球と宇宙とのあいだを隔てているかのようだった。そのときようやく、それがなんなのかを理解して、ぼくは思わずあえぎ声を洩らした。その赤い暗幕は、木星だ！

木星の体積が地球の千三百倍だということは以前から知識として知ってはいたけれど、木星の巨大さを心の底から実感したのはこのときがはじめてだった。

この巨大モンスターが地平線から昇ってきたときに感じた恐怖や抑圧感は、言葉ではとうてい言い表せない。ある記者がこう書いている。「わたしが悪夢を見ているのか、それとも宇宙全体が、造物主の狂える巨大な脳が見ている悪夢なのか」

恐怖とともに昇ってきた木星は、やがて空の半分を占めた。このとき、ぼくらは木星の雲の中に、嵐のような暴風が起きているのをはっきり目にした。暴風は重なり合う雲の層をかき混ぜ、カオス的な模様をつくりだしている。その厚い雲の下には、液体水素と液体ヘリウムの沸き立つ海がある。有名な大赤斑も現れた。数十万年前から木星の表面にあるこの巨大な渦は、地球が三個入るくらい大きかった。いまや、木星はすでに空を埋めつくしていた。地球はまるで、木星の煮えたぎる暗く赤い雲海を漂う風船のようだ。木星の大赤斑は、いま、空のちょうど真ん中にあり、赤い巨眼がぼくらの世界を見つめているみたいだった。大地は不気味な赤い光に覆われている……小さな地球がこの巨大な怪物の引力から逃れられるとは、とても信じられなかった。地上から見ると、地球は木星の衛星になることすらできず、見渡すかぎり雲海が広がるあの地獄に墜落する運命だとしか思えない。しかし、地球の運行を管理するエンジニアの計算は正しかった。暗く赤く混沌とした空はじょじょに移動し、どれくらいの時間が経っただろうか、西の空の一角が黒く染まりはじめ、すぐにそれが大きく広がって、星が瞬き出した。地球は木星の引力の魔手を逃れたのだ。

そのとき、かん高い警報が鳴りはじめた。木星の引力にひっぱられていた海水が内陸のほうに戻ってきたのだ。のちに報じられたところでは、高さ百メートルに達する大波がふたたびすべての大陸を襲ったという。地下都市のゲートに駆け込む直前、いまだ空の半分を占めている木星に最後の一瞥を投げた。木星の雲海にははっきりしたひっかき傷があった。地球の引力が木星の表面につけた傷痕だった。あとで知ったことだが、ぼくたちの地球も木星の表面に、液体水素と液体ヘリウムの巨大な高波を起こしていたのである。このとき、木星の巨大な引力は、地球を恒星間宇宙に向かって、大きな加速をつけて投げ飛ばすところだった。

木星を離れたときには、地球は太陽系脱出に必要な第三宇宙速度に達していた。死だけが潜む太陽のほうに戻る必要はすでになく、地球は茫漠たる恒星間宇宙へと飛び出した。長い長い流浪時代のはじまりだった。

そして、木星の暗く赤い影のもと、ぼくの息子は地球の地下深くで産声をあげた。

３　反乱

木星通過後、ユーラシア大陸では一万基の地球エンジンがふたたびフルパワーで稼働しはじめた。今度は、五百年は止まらずに地球を加速しつづけなければならない。その五百年のあいだに、エンジンはユーラシア大陸の山脈の半分を燃料として使い果たすことになる。

四世紀以上にわたる死の恐怖から解放されて、人々は安堵の息をついていた。しかし、予想されていたような乱痴気騒ぎはまったくなく、そのあとの出来事はすべての人の想像を超えていた。

地下都市の祝賀大会が終わったあと、ぼくは耐寒スーツを着てひとりで地上に来ていた。子どものころに親しんだ山々はすべてスーパーショベルカーで平らにされ、大地にはむきだしの岩石や硬い凍土が広がるだけだった。凍土のあちこちにある白いかたまりは、高潮の海水が蒸発したあとに残った塩だった。祖父や父が一生を過ごした人口数千万の大都市はいまや一面の廃墟となっている。鉄筋がむきだしになった高層ビルの残骸が、地球エンジンのプラズマ柱の青い光に照らされて長い影を落としている姿は、先史時代の巨獣の骨格標本を思わせる。長期にわたる洪水や隕石落下によって地上のすべてが破壊された。人類と自然が千年以上にわたって築き上げてきた都市や植生は跡形もなく消え去り、地球の表面は火星のように荒涼としている。

このころ、加代子は落ち着かないようすだった。子どもを置いて、しょっちゅうひとりでエア・カーを運転して旅行に出かけた。戻ってきても、西半球に行ってきたのと言うだけだった。ある日ついに、その旅行にぼくを連れていってくれた。

ぼくらのエア・カーはマッハ4の速度で二時間飛行し、とうとう太陽が見えてきた。太平洋上に昇ったばかりの小さな太陽は、凍りついた海面に弱々しく冷たい光を投げかけている。加代子はエア・カーを高度五千メートルに滞空させると、後部座席からなにか長いものをとりだした。カバーを外すと、それは天体望遠鏡だった。アマチュアが使うようなタイプだ。加代子は窓を開け、望遠鏡の焦点を太陽に合わせてぼくに覗(のぞ)かせた。

着色レンズ越しに、数百倍に拡大された太陽が見えた。表面をゆっくり移動するいくつかの黒点も、太陽のまわりのかすかな紅炎(プロミネンス)もはっきりと見えた。

加代子は望遠鏡を車載コンピュータと接続して太陽の映像を保存した。それから、太陽のべつの画像をスクリーンに呼び出した。

「これが四世紀前の太陽の画像」コンピュータは二つの画像の比較をはじめた。「わかる？」加代子は画面を指して言った。「光度、画素配列、確率分布、レイヤー数値――すべてのパラメータが完全に一致してる！」

「だからなに？　おもちゃの望遠鏡に低レベルな画像処理プログラム。そしてきみは無知な素人だ……」ぼくは首を振った。「根も葉もない噂に飛びつくのはやめたほうがいい」

「無知なのはそっちよ」そう言うと、彼女は望遠鏡をかたづけて帰途に就いた。気がつくと、ぼくらの車の上にも下にも数台のエア・カーが滞空し、望遠鏡を太陽に向けていた。

それからの数ヵ月で、ある恐ろしい噂が野火のように全世界に広がり、より大きく精密な機器で自発的に太陽を観察する人々が増えていった。そしてついに、あるNGOが、太陽に向けて無人探査機を送り出した。三ヵ月後、目標に到達した探査機が送ってきたデータは、噂が事実であることを証明した。

過去四世紀のあいだに、太陽はまったく変化していない。

いま、すべての大陸の地下都市は、火山のように噴火寸前の状況だった。ある日、連合政府の法令に基づいて、ぼくと加代子は息子を保育センターに預けた。帰り道、ぼくらは二人とも、たがいをつないでいた唯一の絆が切れたことを感じた。市の中央広場まで来ると、だれかが演説していた。そのまわりで、支持者たちが市民に武器を配っている。

「市民のみなさん！　地球はだまされました！　人類はだまされました！　文明はだまされま

した！　われわれはみんな、壮大なぺてんの犠牲になったのです！　このぺてんの大きさとおそろしさには、神も衝撃を受けるでしょう！　太陽は昔の太陽のままです。過去も現在も未来も、太陽は爆発などしません。太陽こそ、まさに永遠です！　爆発の危険があるのは、連合政府の悪辣（あくらつ）な野心です！　独裁帝国を築くために、彼らがすべてを捏造（ねつぞう）したのです！　彼らが地球を破壊した！　彼らが人類文明を破壊した！　良識ある市民のみなさん、武器を持ち、われわれの星を救おうではありませんか！　人類と文明を救いましょう!!　連合政府を倒し、地球エンジンを制御して、われわれの星をこの寒々とした恒星間宇宙から本来の軌道に戻すのです！　太陽の温かいふところに戻ろうではありませんか!!」

　加代子は黙って歩いていくと、サブマシンガンを受けとって、武器を持つ市民の列に加わった。彼女はふりかえりもせず、彼らとともに地下都市の深い霧の奥へと消えていった。ぼくはそこに立ちつくしていた。ポケットの中の手は、父が命と忠誠で贖（あがな）ったあのメダルをぎゅっと握りしめていた。てのひらの皮膚が破れて血がにじむほど強く……。

　三日後、すべての大陸で同時に反乱が爆発した。

　反乱軍は到るところにいて、人々は大挙して呼びかけに応じた。いまとなっては、政府にだまされていたことを疑う人はほとんどいなかった。でもぼくは、政府軍に入隊した。政府をかたく信じていたからではない。ぼくの家は三代つづく軍人の家系で、ぼくの心にもその忠誠の種があったということだ。どのような状況下にあっても、連合政府に背くなんて想像できないことだった。

アメリカ、アフリカ、オセアニア、南極大陸が相次いで陥落した。連合政府は防衛線を縮小し、地球エンジンがある東アジアと中央アジアを死守しようとした。反乱軍はすぐに包囲網を敷いた。彼らのほうが圧倒的に優勢だったが、長期にわたる反乱軍の攻撃にもかかわらず戦局が動かなかったのは、ひとえに地球エンジンのおかげだった。地球エンジンに被害がおよばないよう、反乱軍が重火器の使用を控えたため、連合政府はかろうじて生き延びることができた。こうして双方がにらみ合ったまま三カ月が過ぎた。連合政府の十二個師団は相次いで反乱軍に寝返り、中央アジアと東アジアの防衛線はすべて崩壊した。二カ月後、大勢はすでに決し、連合政府は十万にも満たない軍とともに、海岸に近い地球エンジン管制センターで、幾重にも包囲されていた。

ぼくはかろうじて残る政府軍の少佐のひとりだった。管制センターは中規模都市ほどの大きさがあり、その中心が地球航行ブリッジだった。ぼくはレーザービームで腕を負傷し、管制センターの傷病兵病棟に横たわっていた。そのベッドの上で、加代子がオーストラリア戦役で死亡したことを知らされた。ぼくは病棟の傷病兵全員と同じく、一日じゅう酒を飲んで酔っ払っていた。外の戦況などまったくわからないし、興味もなかった。どれほど経っただろうか、だれかが大声で話している声が聞こえた。

「どうしてこんなことになったかわかるか？　この戦争で反人類の立場に立ったことで自分を責めているからだ。わたしもそうだ」

声の主のほうに目をやると、男の肩には大将の階級章がついていた。「だが、そんなことはどうでもいい。われわれには、自分の魂を救う最後のチャンスが残っている。地球航行ブリッジはここからたったの三ブロックだ。占領しよう。占領して、外にいる理知的な人類に明け渡そう！　連合政府に対する責任はもう果たした。今度は人類に対する責任を果たす番だ！」

ぼくは怪我していないほうの手で銃をとると、傷病兵の興奮した一団に交じって鋼鉄の道を進み、ブリッジへと突入した。意外なことに、途中、まったく抵抗に遭わなかった。それどころか、複雑に入り組んだ鋼鉄の通路を進むうちに、少しずつ人々が集まり、数が増えていった。ついに、ぼくらは巨大なゲートの前に着いた。鋼鉄のゲートは高々とそびえ立ち、見上げてもてっぺんが見えないほどだった。ゴゴゴゴと音をたてて扉が開き、ぼくたちは地球航行ブリッジへと雪崩れ込んだ。

これまで何度もテレビで見たことはあったが、それでもやはり、その壮大さに全員が目を見張った。もっとも、見た目では部屋の大きさは判然としなかった。ブリッジの空間全体が巨大なホログラフィック映像に占められていたからだ。ホログラフィーは、太陽系のシミュレーション映像だった。全方向に無限に広がる黒い空間で、部屋に足を踏み入れた人間は、まるで宇宙に浮かんでいるように感じる。可能なかぎり正確な比率で再現しているため、太陽は遠くで光る蛍のように小さいが、それでも見分けることはできた。そのはるか遠い光の点を中心にして、鮮やかな赤の螺旋(らせん)が伸びている。巨大な黒い大海原に同心円状に広がる赤い波のような螺旋は、地球がたどってきたルートを示している。螺旋の外側のほうで、ルートを示す線は緑色に変わっている。その緑色の線は、地球がこれから旅しなければならない航路だった。緑の線はぼくらの頭上を通って、きらめく天の川の向こうに消えている。茫漠たるこの漆黒の宇宙には、無数の輝く塵が漂っている。いくつかこちらに近づいてきた塵に目を凝らすと、それらはすべてヴァーチャル・ディスプレイだった。複雑な数字や曲線が画面上をスクロールしている。ぼくの視線は、全人類がよく知っている地球航行デッキに吸い寄せられた。デッキは、漆黒の宇宙に浮かぶ銀白色の小惑星のようだった。それを見ると、この空間がいったいどれほどの大きさなのか、ますますわからなくなってくる。デッキ自体がひとつの広場で、五千人以上の人々がそこに集まっていた。連合政府の主要メンバー、地球航行計画を担当する星間移民委員会の大多数、そして最後まで政府に忠誠を誓う人々。そのとき、最高執政官の声が黒い空間に響き渡った。

「われわれは最後まで戦い抜くつもりだった。しかしそれでは、地球エンジンが制御不能に陥る可能性がある。そうなれば、核融合反応の暴走が地球を焼き、海水をすべて蒸発させてしまうかもしれない。そのため、われわれは降伏することを選んだ。みなさんの気持ちは理解できる。人類は、すでに四十世代にわたってつらく苦しい戦いに耐えてきた。その苦難の日々は、さらに百代もつづく。その間、いつまでも理性を保ちつづけることなど贅沢な望みだ。しかし、すべての人々に、われわれのことを覚えておいてほしいと願う。ここに立つ五千人の中には、連合政府の最高執政官もいれば、末端の兵士もいる。われわれは最後まで信念を持ちつづけた。真実が証明される日を、われわれがこの目で見ることはないだろう。しかし、人類が万代まで生き永らえたら、後代の人々はみな、われわれの墓前で涙を流すに違いない。この地球という惑星が、われわれにとって永遠の記念碑となる！」

　管制センターの巨大な扉がゴゴゴと開き、最後の地球派である五千人が出ていった。彼らは反乱軍に護送されて海岸まで歩いた。道の両側に押し寄せた市民たちは、彼らに向かってつばを吐き、石や氷を投げつけた。スーツのフェイスプレートが割れて、零下百度を下回る外気によって顔が麻痺する者もいたが、彼らは歩みを止めなかった。ひとりの少女が、渾身の力を込めて大きな氷のかたまりを老人に向かって投げつけた。その目に宿る怒りの炎は、フェイスプレート越しにも燃え盛っていた。

　彼ら全員が死刑に処されると聞いたときは、寛容すぎると思った。死ぬだけ？　たった一度死ぬだけで、彼らの罪は許されるのか？　狂気のぺてんを仕組んで地球もろとも人類文明を滅ぼした罪が、そんなことで許されるのか？　一万回は死ぬべきだ！　太陽の爆発を予測した天体物理学者や、地球エンジンを発明した技術者たちのことを思い出した。彼らは一世紀も前に死んでいるが、そいつらを墓から起こして、一万回死刑にしてやりたい。

　それでも、いい処刑方法を考え出してくれた死刑執行者たちには感謝したい。死刑囚全員の耐寒スーツから核エネルギー電池を抜きとり、そのまま彼らを大海の氷原に置き去りにする。マイナス百度の極寒がゆっくりとやつらの命を奪い去るだろう。

　かくして、人類文明史上もっとも邪悪でもっとも恥ずべき罪人たちは、氷の海に黒いかたまりのように寄り集まって立っていた。海岸では十数万の人々がそれを見守っていた。十数万人の歯がギリギリと歯噛みし、十数万人の瞳があの少女と同じ怒りの炎を燃やしていた。

そのとき、すべての地球エンジンが稼働を停止し、氷原の上に壮麗な星空が出現した。冷酷な寒さが無数のナイフとなって彼らの体に突き刺さり、血液を凍らせ、命が少しずつ体から流れ出ていくところを思い浮かべた。その情景は想像の中で快楽に変わり、ぼくの全身を駆け巡った。彼らが極寒の責め苦のなかでゆっくり死んでいくのを見て、海岸の人々の気分は高揚し、「オー・ソレ・ミオ」を歌い出した。ぼくもいっしょに歌いながら、星空を見上げた。ほかの星々よりわずかに大きな、黄色く輝く丸い星が見える。あれが太陽だ。

おお、わが太陽よ
生命の母、万物の父
天上に輝くわが神よ！
不変にして永遠なる
あなたを巡る星屑(ほしくず)たるわれらが
あなたが滅びる日を夢見るとは
なんと愚かだったことか！

一時間が経ち、反人類の罪人たちはまだ氷原に佇立(ちょりつ)していたが、命ある者はひとりとてなく、その血液はすべて凍りついていた。
そのときとつぜん、ぼくは目が見えなくなった。数秒後、視力がじょじょに回復し、氷原、海岸、見物人たちの姿がまたぼんやり見えてきた。やがて、すべてがくっきり見えるようになった——それどころか、さっきまでよりずっとくっきりして見えた。なぜなら、世界全体がまばゆい白い光に包まれていたからだ。さっき目が見えなくなったのも、突如現れたその強烈な光のせいだった。

しかし、空に星々がまた現れることはなかった。すべての星がその白い光に呑み込まれていたからだ。宇宙全体がその光に照らされて溶けてしまったかのようだった。その光は、宇宙のある一点から放射され、その点がいまや宇宙の中心となっている。その一点は、ぼくがさっき見ていた方角にあった。

太陽がヘリウムフラッシュを起こしたのだ。

「オー・ソレ・ミオ」の合唱はやみ、海岸上の十数万人はただ茫然(ぼうぜん)と立ちつくし、氷原に佇む死刑囚五千人の死体と同じく、硬い岩石のように凍りついていた。

太陽は最後の光と熱を地球めがけて放射した。地球表面の凍りついた二酸化炭素が最初に溶け、白い蒸気がもうもうと立ち昇った。次に不均等に熱せられた海面の氷が溶けはじめ、天地をひっくり返すような轟音が氷の層から鳴り響いた。地面を照らす光が少しずつやわらぎ、空にはかすかに青い光が現れた。そして、強烈な太陽風によって生じたオーロラが色鮮やかな光のカーテンを蒼穹(そうきゅう)に揺らめかせた……。

突然のこのまばゆい陽光のもと、最後の地球派たちは、五千体の彫像のように、いまだ氷上にしっかり立っていた。

太陽の爆発はわずかな時間しかつづかなかった。二時間後には急激に光が弱くなり、ほどなく消えた。太陽があった場所には暗く赤い球体が現れた。そのサイズはすこしずつ膨張し、太陽時代の色褪せた奇妙な思い出のように、かつての地球から見る太陽と同じくらいの大きさになっていた。つまり実際には、すでに火星軌道を超えるほど大きく膨張していたのである。同じ地球型惑星だった水星、金星、火星は、この時点ではもう、一億度を超える太陽の強烈な熱放射を浴びて煙と化していた。

しかし、その赤い円盤は、すでにぼくたちの太陽ではなかった。もう二度と光や熱を放出することはない。宇宙に貼りつけられた、氷のように冷たい一枚の赤い紙にすぎない。その暗く赤い光は、まわりの星明かりを反射しているだけ。質量の小さい恒星の進化の到達点——赤色巨星である。

五十億年の壮麗な生涯ははかなく消える幻となり、太陽は死んだ。

幸運なことに、人類はまだ生きていた。

4　流浪時代

こうして往時をふりかえっているいまは、あの日からすでに半世紀が過ぎている。二十年前、地球は冥王星の軌道の外に出て、太陽系を離れ、冷たく荒涼とした恒星間宇宙の深遠で孤独な旅をつづけている。

最後に地上に出たのは十年以上前だ。息子夫婦が連れていってくれた。息子の嫁は金髪碧眼のお嬢さんで、もうすぐ母親になる。

地上に出ると、地球エンジンはフルパワーで稼働しているものの、巨大なプラズマ柱が見えないことに気づいた。地球から大気が消え、プラズマの光を反射するものがなくなったからだ。地表には、黄緑色をした半透明の見慣れない結晶が散らばっていた。固体化した酸素と窒素で、凍結した空気の名残りだった。

おもしろいことに、空気は地球の表面で均等に凍りつくわけではない。丘陵のように不規則に隆起した半透明の小さな山があちこちに散らばって、かつてはなめらかで平坦だった大洋の氷原に奇観をもたらしている。頭上の空には、やはり凍りついたように動かない天の川がかかっているが、いまは星々の光がまぶしすぎて、長く見ていると目が痛くなった。

地球エンジンはこのまま五百年は稼働をつづけなければならない。地球は光速の千分の五まで加速し、そのまま千三百年航行すると、旅程の三分の二を終えたことになる。エンジンの方向を逆転させて、そこから五百年つづく減速期に入る。二千四百年後、地球はプロキシマ・ケンタウリに到達し、そこから百年かけてその星をめぐる安定した軌道に入り、プロキシマ星系の惑星のひとつとなる。

わたしはもう忘れられたでしょう
流浪の旅路は果てしなく長いから

でも、そのときは教えてください
東の空にまた朝日が昇ったときは

わたしはもう忘れられたでしょう
旅立ちははるか遠いむかしだから
でも、そのときは教えてください
人類がふたたび青空を見たときは

わたしはもう忘れられたでしょう
太陽系ははるか遠いむかしだから
でも、そのときは教えてください
木々にふたたび花が咲いたときは

この歌を聞くたびに、老いてこわばったこの体にまた温かいものが流れてくる。涙も涸(か)れたと思った目もまた潤んでくる。ケンタウルス座の三つの黄金の太陽が順番に地平線から昇ってくるところが目に浮かぶ。すべてがそのあたたかい光を浴びている。凍結した大気が溶け出し、空が紺碧(こんぺき)に変わる。二千年以上前の種子が、氷の溶けた土の層から再生し、大地は緑になる。百代あとの子孫たちが緑の草原でほがらかに笑い、草原には透きとおった小川が流れ、小川には銀色の小魚が泳ぎ……そして加代子がいる。緑の大地をぼくに向かって走ってくる。若く美しく、まるで天使のような加代子が……。

おお、地球よ、わが流浪の地球よ……。

ミクロ紀元

1　回帰

〈先駆者〉は、自分が全宇宙でたったひとりの人間であることを悟った。

宇宙船が冥王星軌道を通過したとき、それがわかった。そこから見る太陽はただの薄暗い星で、三十年前、彼が太陽系を出たときと変わらなかった。しかし、船のコンピュータが行った視差分析の結果、冥王星の軌道がかなり外に広がっていることが判明した。軌道の広がりから計算すると、太陽は、彼が出発したときとくらべて四・七四パーセントの質量を失っていることになる。そこから導かれる結論はただひとつ。その結論が彼の心をふるわせ、魂を凍りつかせた。

それは、すでに起こってしまったのだ。

実際、彼が出航した時点で、人類はそれが起こることを知っていた。万を超える探査機が太陽に送り込まれ、天体物理学者たちは、太陽がまもなく短期間のスーパーフレアを起こし、それによっておよそ五パーセントの質量が失われると予測していた。

もし太陽に記憶があるとしたら、とくに不安を感じたりはしていないだろう。数十億年という長い半生において、太陽は、それとは比較にならないほどの大きな変化を何度も経験している。渦を巻く星雲の乱流から太陽が誕生したときには、さらに劇的な変化がミリ秒単位で起きた。重力崩壊から生じた核融合の炎が星雲の混沌たる暗闇を照らした、あの輝かしいひととき……。

太陽は、自分の生命が過程にすぎないことを知っている。その過程において、いまはもっとも安定している期間だが、それでもときおり、ごく小さな変異が突発的に起こることは避けられない。静かな水面にたまに小さな泡が浮かんできてぽんとはじけるようなものだ。エネルギーと質量の損失はごくわずかだ。そのスーパーフレアのあとも、太陽はあいかわらず太陽でありつづける。見かけの明るさがマイナス26・8等級の、中レベルの大きさの恒星であることに変わりはない。

そのフレアは、太陽系の他の惑星にもさほど大きな影響を与えないだろう。水星の氷は溶けるかもしれないし、金星の濃密な大気は剥がされてしまう可能性が高いが、それより外側を周回する惑星が受ける影響はもっと小さい。火星は、地表が溶けて、色が赤から黒に変わるかもしれない。地球はどうか。せいぜい百時間くらいのあいだ、表面温度が摂氏四千度まで上昇する程度だろう。まちがいなく海は蒸発し、地表の岩石は溶ける。しかし、せいぜいそのくらいだ。その後、太陽はすぐまたもとの姿に戻る。とはいえ、質量を失っているから、各惑星の軌道はそれぞれ少しだけ外側にずれる。この影響はさらに小さい。たとえば地球の場合、気温が少し下がる。平均気温は零下百十度くらいになるだろう。この寒冷化により、溶けた地表はふたたび凝固し、水と大気が少しは残るだろう。

当時の人々のあいだで流行したジョークがある。人間と神とのあいだで、こんなやりとりが交わされる。

「神よ、あなたにとっては一万年もほんの一瞬でしょうね」

「そのとおり。一万年は一秒だ」

「神よ、あなたにとっては巨万の富も小銭程度でしょうね」

「そのとおり。ほんの小銭だ」

「神よ、どうかわたしに、ほんの小銭をお恵みください」

「よかろう。一秒待ちなさい」

いまは、太陽が人類に対して〝ほんの一秒〟待つように言っている。計算によれば、スーパーフレアが起こるのはいまから一万八千年後。太陽にとっては、確かにほんの一秒にすぎない。しかし、〝一秒〟後に起こることを知った結果、いま地球に生きる人類のあいだでは、すべてに超然とした無関心な態度が蔓延(まんえん)した。この無関心は、一種の思想にまで発展した。それが社会に影響を与えないわけがなかった。人類は日に日にシニカルになっていった。

とはいえ、人類には少なくともまだ四、五百世代の時間がある。そのあいだに、生き延びる方法をゆっくり考えればいい。

二世紀後、人類は最初の行動を起こした。周囲百光年以内に移住できる惑星を持つ恒星がないか探査するため、恒星間宇宙船を送り出したのである。宇宙船は〈方舟〉と名づけられ、搭乗する宇宙飛行士たちは〈先駆者〉と呼ばれるようになった。

方舟は六十の恒星、六十の煉獄を通過した。ひとつだけ、惑星を持つ恒星が見つかったが、その惑星は直径八千キロの溶けた金属のしずくで、液体であるため、つねに形状が変化していた。

人類は孤独であるという証拠をさらに積み上げたことが、方舟の唯一の成果だった。

方舟は二十三年にわたって航宙をつづけていた。しかしそれは〝方舟時間〟の二十三年だった。宇宙船は光速に近い速度で航行しているため、地球時間ではすでに二万五千年が過ぎていた。当初予定されていた探査プランにしたがえば、方舟はとうの昔に地球に帰還しているはずだった。

光速に近いスピードで航行しているとき、通信は不可能だ。光速の半分以下に減速してはじめて地球との通信が可能になるが、減速には大量のエネルギーと時間を要する。そのため、方舟は船内時間で一ヵ月に一回だけ減速し、地球からのメッセージを受信することになっていた。しかし、そのとき受けとれるメッセージは、前回受信したメッセージから百年後に発信されたものだ。方舟と地球を隔てる相対的な時間は、高倍率の望遠鏡で星を観察するのとよく似ている。望遠鏡がほんの少しでも動けば、視野の中の星は一瞬で大きな距離を動き、視野からはずれてしまう。

方舟が受信した最後のメッセージは、出発から方舟時間で十三年後、地球時間で一万七千年後に地球から発信されたものだった。その一ヵ月後、方舟がふたたび減速したとき、受信したメッセージは静寂だけだった。一万年以上前に予測された太陽のスーパーフレアの時期に誤差があったのだろう。方舟時間でこの一ヵ月、地球時間でこの百年のあいだに、それは起こった。

宇宙船〈方舟〉はほんとうに宇宙の方舟になった。しかし、この方舟に乗っているのは、ノアただひとりだ。他の七名の〈先駆者〉のうち四名は、方舟から四光年の距離で起きた新星爆発の放射線で死亡した。二名は病死し、残る一名（男性だった）は、最後の減速時に地球からの連絡がなかった時点で拳銃自殺を遂げた。

ただひとり生き残ったこの先駆者は、その後、長いあいだ、通信可能な速度に抑えて船を航行させた。やがて光速近くまで加速したものの、心の中のかすかな希望の火に誘われて、すぐまた減速し、メッセージの受信を試みた。けんめいに耳をそばだてたが、宇宙から聞こえてくるのは静寂だけだった。このようにして、方舟はひんぱんに加速と減速をくりかえしたため、帰りの旅には長い時間がかかった。

そのあいだじゅう、静寂が破られることはなかった。

出発から地球時間で二万五千年後、方舟は太陽系に戻った。予定よりも九千年遅れの帰還だった。

2　記念碑

冥王星軌道を通過した方舟は、太陽系の内懐に向かって航行をつづけていた。方舟のような恒星間宇宙船にとって、太陽系内を航行することは、外洋客船が港湾内を航行するにひとしい。

太陽はたちまち大きく、明るくなった。望遠鏡で木星を観測すると、この巨大惑星の表面が以前とはまったく様変わりしていた。大赤斑は消え失せ、荒れ狂う雲の帯はいっそう混沌として見える。先駆者は、他の惑星を観察するのをやめて、地球へ直行した。

先駆者がふるえる手でボタンを押すと、大きな舷窓を覆っていた金属のシャッターがゆっくり開きはじめた。おお、わが蒼きクリスタル、宇宙の碧き瞳、青き天使よ……。先駆者はじっと目を閉じて祈った。

かなり時間が経ってから、無理やり目を見開いた。

その目に映ったのは、モノクロームの地球だった。

黒は、溶けたあとふたたび凝固した岩石の色。墓石の黒だった。白は蒸発してふたたび凍った海の色。死装束の白だった。

方舟は低軌道に入り、黒い大陸と白い海の上空をゆっくり周回した。なんの遺跡も見当たらなかった。すべては溶け去ってしまった。文明は霞のごとく消え失せた。

しかし、記念碑くらい残っているはずだ。四千度の熱に耐えたモニュメントが。

先駆者がそう考えたまさにそのとき、それに応えるように、モニュメントが現れた。それは、地上から送信された動画データだった。方舟がそれを受信し、二千年前の映像をコンピュータがスクリーンに流した。先駆者は、耐高温カメラで撮影されたとおぼしき二千年前の大災禍を見た。想像していたのと違って、スーパーフレア発生時、太陽がとつぜん輝度を増すことはなかった。太陽から迸った破滅的なエネルギーは、可視光線ではなく、主に可視スペクトルの外にある放射線として伝わったのである。青い空がとつぜん地獄のような赤に変わり、そして悪夢のような紫になった。

当時の都市の見慣れた高層ビル群は数千度の高温に焙られてまず黒い煙を発し、それから炭のように赤黒い輝きを放ち、最後は蠟のように溶けた。灼熱のマグマが山々から流れ出して巨大な滝となり、無数の滝が集まって赤く輝くマグマの大河となり、火砕流の洪水が大地を覆った。もともと海だった場所には、凝結した水蒸気がつくる巨大なきのこ雲だけが残された。兇暴に波打つ雲のはらわたはマグマの禍々しい赤に染まり、てっぺんは空の冷酷な紫が透けて見えた。水蒸気の雲は容赦ないスピードで好き放題に大きくなり、大地のすべてを呑み込んだ……。

霧が霽れて、その下の地表が見えるようになったのは数年後だった。溶融していた大地はじょじょに冷えはじめ、火砕流の波紋が刻まれた黒い岩石がすべてを覆っていた。マグマの川はまだ残り、大地に複雑な火の編み目を描いている。人類の痕跡は完全に消え失せ、文明はすべてが夢だったかのように、影もかたちもなくなった。

そのさらに数年後、蒸発した海水がつくりだした雲はふたたび凝結して水に戻り、豪雨となって灼熱の大地に降り注ぎ、また蒸発して地上を蒸気で覆った。世界は巨大な蒸し器の中にあるかのように薄暗く、蒸し暑く、湿っていた。

大雨は数十年降りつづき、大地はさらに冷却され、海には少しずつ水が戻っていった。それから百年以上経ち、海水が蒸発してできた雲がようやく消えた。空はふたたび青くなり、太陽がまた顔を出した。そして、地球の軌道は少し外にずれ、その結果、気温は急激に下降し、海は完全に凍りついた。空には一片の雲もなく、死んだ世界は極寒のなか、静寂に支配された。

映像が切り替わり、今度はある都市の情景が映し出された。最初に見えたのは、林立する細長い高層ビル群だった。カメラが高層ビルの上からゆっくり降りていくと、大きな広場が現れた。人の波に埋めつくされている。カメラがさらに下降すると、すべての人々が空を見上げているのがわかった。カメラは最後に広場の中央にある舞台で静止した。

舞台には、おそらくまだ十代と思われる美しい女の子が立っていた。彼女は画面ごしに先駆者に向かって手を振り、かわいらしく呼びかけてきた。「ねえ、見たわよ！　とっても速く飛ぶ星！　方舟1号でしょ？」

先駆者は太陽系に戻ってくるまで、旅の最後の時間をほとんどVRゲームの中で過ごしてきた。コンピュータがプレーヤーの脳波を受信し、プレーヤーの思考にしたがって三次元の画面を構築するタイプのゲームだった。ゲーム内に登場する人間やモノはすべてプレーヤーの想像の範囲内にあるため、本物の現実とくらべるとさまざまな限界がある。先駆者は寂しさをまぎらわすために、たったひとつの家庭から広大な王国まで、無数のヴァーチャル世界を次から次へと創造してきた。

その長い経験があったから、いまスクリーンに映し出されている都市が現実世界ではなくヴァーチャル世界に過ぎないと、先駆者にはひとめでわかった。しかも、かなりクオリティが低い。おそらく、いいかげんにつくったものだろう。想像力を駆使して生み出されるこうしたヴヴァーチャル世界には誤りがつきものだが、いま目の前のスクリーンに映る世界は、むしろまちがいのほうが多いくらいだった。

まず、カメラが摩天楼の前を通過するとき、おおぜいの人々がビルの高層階の窓から出てきて、数百メートル下に向かって飛び降りた。めまいがするような高さから落下したのに、彼らはなにごともなかったかのように着地した。また、地上の人間がジャンプするときは、軽功の術でも会得しているかのごとく、ビルの何階も上までひと息に跳び上がった。彼らはビルの壁から突き出している踏み板（そういう板が数階ごとに設置されていた）を踏んでまたジャンプすると、さらに数階上まで跳び上がる。こんなふうにジャンプをつづけて屋上まで上がったり、高層階の窓から中に入ったりする。どうやらこの街のビルにはドアもエレベーターもなく、この方式で出入りするように設計されているらしい。

カメラが広場の舞台に移ると、また妙なものが見つかった。人々の海の中に、いくつか巨大な水晶玉が糸で吊るされている。水晶玉の直径は一メートル近い。だれかが水晶玉の中に手を突っ込んで、一部を軽くつかんでとりだすと、それはたちまち小さな水晶玉に姿を変え、大きな水晶玉のほうはもとどおりのジャンボ球体に戻る。小さな水晶玉を握った人物はそれを口の中に放り込む……。

こういう明らかに非現実的な事象のほかにも、この世界をデザインした人物のでたらめさと非論理性が如実に表われている部分があった。都市のあらゆる場所に、妙なかたちをしたものが浮かんでいる。大きいものは二、三メートル、小さいものは五十センチほど。破れたスポンジのようなものもあれば、曲がった大きな枝のようなものもあり、ゆっくり空中を漂っている。

大きな枝のようなものがひとつ、舞台上にいるあの女の子のほうに漂っていくのが見えた。彼女が手を伸ばしてそれを軽く押すと、その枝はまた向きを変えて漂い去っていく……。そのとき、先駆者はことの真相に思い至った。破滅の瀬戸際にある世界で、明晰(めいせき)でまともな思考を保つことは不可能だったに違いない。

このVR映像は、おそらくなんらかの自動装置によって生成されている。災厄が訪れる前に、高温と放射線から守るため、地下深くに埋められていた装置が、周囲の安全を確認した時点で、荒廃した地上へと自動的に出てきたのだろう。その装置はプログラムにしたがって宇宙の監視を継続し、地球に帰還した宇宙船を探知すると、この映像を自動送信するようにプログラムされていた。コミカルでゴタゴタしたこの映像は、たぶん、生存者に慰めを与えるという善意の目的からつくられたものだろう。

「ということは、あのあとも、方舟が送り出されたのか？」先駆者はたずねた。

「もちろんよ！　出航したのは十二隻」女の子が言った。荒唐無稽(むけい)で支離滅裂な映像はともかく、この女の子はすばらしくよくできていた。東洋と西洋のエッセンスを融合させたような美しい顔には天真爛漫(らんまん)な魅力があふれている。彼女にとっては、この宇宙全体が遊び場のようだ。大きな目は歌を歌っているようにくるくると表情を変え、長い髪は重力を失ったかのように宙を漂い、水中のマーメイドみたいに見える。

「じゃあ、ほかにも生きている人間はいるのか？」先駆者の心に最後の希望が野火のように燃え広がった。

「あなたみたいな人？」彼女は無邪気な表情で訊き返した。

「もちろん、ぼくのような本物の人間だ。きみみたいな、コンピュータがつくったヴァーチャルの人間ではなく」

「このまえ方舟が戻ってきたのは七百三十年前。あなたが乗ってるのは最後の方舟よ。宇宙船に女の人はいる？」

「ぼくだけだ」

「女の人はいないの？」彼女はショックを受けたように大きく目を見開いた。

「ぼくだけだと言っただろ。まだ戻ってきてない宇宙船はないのか？」

「一隻もない」女の子は、白くて小さいやわらかそうな手を胸の前で組んだ。「なんて悲しいことかしら。なんてさびしい……。あなたが最後のひとりよ。あとは……」嗚咽が止まらず、言葉が出てこない。「あとは……クローンをつくるしか……」美しい少女が顔を覆って泣き出すと、広場の人々もそろって泣き出した。

先駆者の心は沈んだ。人類の絶滅が、否定しようのない事実になってしまった。

「わたしがだれだか訊かないの？」女の子はふたたび顔を上げ、先駆者を見つめて言った。その顔は、また純粋さをとり戻していた。悲しみなど、あっという間に忘れてしまったかのようだった。

「なんの興味もないね」

「でもわたし、地球の指導者なのよ！」女の子は愛嬌たっぷりに叫んだ。

「そうだ、彼女は地球連合政府の最高執政官だ！」下にいる人々は、雷にでも打たれたかのように、一瞬で悲しみを興奮に変えた。まったく、なんて粗悪な製品だ。

先駆者はこのつまらないゲームにうんざりして立ち上がった。

「どうしてそう無関心なの？　首都の全住民があなたを出迎えに集まっているのよ、先輩！　無視しないで！」女の子が泣きながら叫んだ。

先駆者は、もともとの、まだ答えが得られていない疑問を思い出し、スクリーンをふりかえってたずねた。「人類はなにか残したか？」

「誘導するから、したがってね。そしたら、自然にわかるから！」

3　首都

先駆者は、方舟を軌道に残して離着陸モジュールに乗り込み、ビーコンの誘導にしたがって着陸シークエンスを開始した。彼はヴィデオグラスを装着していた。この眼鏡は、眼下の惑星から送られてくる映像メッセージを片方のレンズに投影することができる。

「先輩、もうすぐ地球の首都に到着するわ。この惑星最大の都市じゃないけど、まちがいなくいちばん美しい都市よ。きっと好きになる！　でも、都市から離れたところに着陸してね、被害が出る可能性があるから……」ヴィデオグラスの画面では、地球の指導者だというあの女の子がしゃべりつづけていた。

先駆者はヴィデオグラスの画面を切り替え、離着陸モジュールの真下のエリアを表示させた。現在、高度は約一万メートル。下は一面、黒い荒野だ。

高度が下がるにつれて、画面の映像はますますでたらめになってきた。数千年前、このヴァーチャル世界を設計した人間は、悲しみのどん底に沈んでいたのだろう。もしくは、映像を生成しているコンピュータのメモリが数千年の歳月で劣化したのかもしれない。画面では、あの女の子が歌を歌いはじめた。

おお、尊き使者、あなたはマクロ紀元から来た！
輝かしいマクロ紀元
偉大なるマクロ紀元
華麗なるマクロ紀元
炎のなかに消えた幻

美しい歌い手は、歌いながら飛び跳ねはじめた。舞台から一気に数十メートルの高さまで跳び上がると、舞台に着地し、またジャンプして、今度は広場に隣接する高層ビルの屋上に降り立った。そしてまたジャンプすると、広場を跳び越えて反対側に着地した。まるで魅惑的な小さなノミのようだった。

彼女はもういちど跳躍し、空中に浮かんでいる奇妙な木の幹みたいなものに飛びつくと、それに乗って人々の上を旋回し、スレンダーな肢体を優雅にくねらせた。

広場を埋めた人々の海は興奮に沸き、大声で合唱しはじめた。「マクロ紀元、マクロ紀元……」だれもがちょっとジャンプするだけで空中高く跳び上がるので、振動する太鼓の皮の上にばら撒（ま）かれた砂粒のように見えた。

先駆者はもう我慢できなくなり、音と映像を同時に切った。事態は思っていた以上にひどい。災厄が起こる前、絶滅寸前の人類は、時空を超えて生き残った先駆者たちに嫉妬（しっと）して、こんないかれた映像で苦しめようと考えたのか。

しかし、あの映像がもたらした不快感は時間とともにじょじょに薄れ、離着陸モジュールが地面に触れた振動を感じたときには、先駆者はつかのま、都合のいい幻想に浸った。もしかしたら、高高度からはよく見えなかったものの、ほんとうに都市の近郊に着陸したのではないか？

しかし、離着陸モジュールを出て、見渡すかぎりの黒い荒野に降り立つと、その幻想は消え失せ、氷のような失望が胸に広がった。

先駆者は注意深く宇宙服のヘルメットをはずした。冷気が一気に襲ってきた。空気は希薄ながら、なんとか呼吸は維持できた。気温はマイナス四十度前後。太陽は真上で輝いているが、空は大災禍の前の夜明けや夕暮れの群青色だった。手袋をはずしてみたが、太陽の熱は感じられない。空気が薄いため、陽光が散乱し、熱を伝える力が弱いのだろう。空にはいくつか明るい星が見えた。二千年近く前に凝固したばかりの大地には、マグマが流れた波の紋様があちこちに見えた。地面は風化しはじめているものの依然として硬く、土は見えなかった。波紋の残る大地は地平線まで広がり、その手前にいくつか小さな丘がある。反対の方向は、凍った海がはるか彼方で白く光っている。

先駆者は注意深くあたりを調べて、信号波の出どころを見つけた。大地の岩石にはめこまれた透明な半球形のシールドだ。直径は約一メートル。お椀(わん)を伏せたような半球の下に、複雑な構造物がある。離れた場所にも似たような透明の半球がいくつもあった。それぞれ二、三十メートルの間隔を置いて並び、地面に浮かんだ泡のように陽射しを反射している。

先駆者はふたたび左のレンズのスクリーンを開いた。コンピュータのヴァーチャルな世界で、あの厚かましい小さな詐欺師は宙を漂う大きな幹の上であいかわらず恍惚(こうこつ)と歌い踊り、ときどきこちらのほうに投げキスを送ってくる。その下の広場では、すべての人たちが彼女に向かって喜びの声をあげていた。

壮大なマクロ紀元！
浪漫的マクロ紀元！
憂鬱(ゆううつ)なマクロ紀元！
か弱いマクロ紀元！

先駆者は茫然と立ちつくしていた。紺色の大空に明るい太陽と透きとおるような星々が輝き、宇宙全体が彼を――人類最後のひとりを――とり囲んでいるようだった。

雪崩のように押し寄せてきた孤独に押しつぶされ、先駆者はその場にうずくまると、顔を覆って泣き出した。

歌声がとつぜんやんで、ヴァーチャル世界のすべての人々が気遣うように彼を見ていた。宙を漂う枝に乗ったあの女の子が、とつぜんにっこり笑った。

「人類のことがそんなに信じられない？」

彼女の言葉のなにかが心の琴線に触れ、全身に震えが走った。実際になにかを感じて、先駆者は立ち上がろうとした。するとそのとき、左のレンズに映っていた都市が暗くなった。まるで黒い雲が太陽を隠したようだった。数歩動くと、都市はたちまち明るくなった。あの透明な半球に近づくと、左レンズの画面では、都市の空が巨大ななにかに占拠されていた。

それは、彼の顔だった。

「見えた！　わたしたちのこと、はっきり見える？　ねえ、拡大鏡とってくれば？」女の子が大声でそう叫ぶと、広場の人波がまた興奮に沸き立った。

先駆者はすべてを理解した。高層ビルから飛び降りる人々の姿を思い返す。ミクロな環境下では、重力によって傷つくことはない。同様に、ミクロのサイズであれば、人間も容易に数百メートル（実際には数百マイクロメートル）の高さまで飛び上がることができる。あの大きな水晶玉の正体は、ただの水だ。ミクロなスケールでは、水のかたちは表面張力に支配される。

巨大水晶玉は小さな水滴で、人々がその水滴の中から掴(つか)みとって飲む水球はさらに小さい。都市空間に浮かぶ、数メートルの長さに見えた奇妙なものは、あの女の子を乗せて浮游(ふゆう)していた大きな木の幹も含め、空気中の小さな埃(ほこり)にすぎない。

あの都市はヴァーチャルではなかった。二万五千年前の、人類のあらゆる都市と同じように、物理的に実在している——直径一メートルの透明なドームの中に。

人類はまだ存在していた。文明もまだ存在していた。

ミクロな都市では、宙に浮かぶ幹に乗った女の子——地球連合政府最高執政官——が、宇宙全体を占めるほど巨大な先駆者に向かって、自信に満ちた態度で手を伸ばした。

「先輩、ミクロ紀元はあなたを歓迎します」

4 ミクロ人類

「大災禍が到来するまでの一万七千年、人類は生き延びるためのあらゆる方法を考えた。いちばん簡単なのはほかの惑星に移住することだけど、あなたの船も含めて、どの方舟も、人類が居住可能な惑星を持つ恒星を発見できなかった。もし見つかっていたとしても、どのみち問題は解決しなかったけどね。大災禍まであと一世紀という時点になっても、地球文明の宇宙航行技術は、全人口の千分の一を移住させるレベルにも達してなかったんだから。

もうひとつのアイデアは、地下深くに移住して、太陽スーパーフレアが終わったら出てくるという方法。でもそれは、死の過程を引き延ばすだけにしかならない。大災禍のあと、地球の生態系は完全に破壊されて、人類を養うことなんかできなくなるから。

一時期、人類は絶望していたの。でもそのとき、ひとりの遺伝子エンジニアが、天啓のように、あるアイデアを思いついた。もし人類の体積を十億分の一に縮小したらどうだろうって。そうすれば、人類社会の尺度も十億分の一に縮小されるから、とっても小さな生態系さえあれば、資源をほんの少し消費するだけで生きていける。全人類はすぐに、これは地球文明を救える唯一の方法だと気づいた。この構想は、二つの技術を基盤にしてる。ひとつは遺伝子工学。人類の遺伝子を改変して、体のサイズを十マイクロメートルくらいまで小さくする。細胞ひとつくらいの大きさしかないけど、体の構造はまったく変わらない。人間と細菌の遺伝子はもともとたいした違いがないから、これは完全に実現可能だった。もうひとつはナノテクノロジー。これは二〇世紀に発展しはじめた技術で、その時点ではすでに、細菌サイズの発電機をつくれるようになってた。その後、ロケットから電子レンジまで、あらゆる設備をナノスケールでつくれるようになったんだけど、ナノエンジニアは彼らの製品がこんな使われかたをするようになるとは夢にも思わなかったでしょうね。

最初のミクロ人類を育てるのはクローンをつくるのと似ていた。ひとりの人間の細胞からすべての遺伝子情報をとりだして、その人そっくりなミクロ人間を育てた。ただし、体積はオリジナルの十億分の一しかない。その後、彼らはマクロ人間（ミクロ人間はあなたたちをそう呼んでる。あなたたちの時代のことはマクロ紀元と呼ぶのよ）と同じように子孫を生み、育てた。

最初のミクロ人間のお披露目はドラマみたいだったわ。あなたの方舟が出航してから一万二千年くらい経ったある日、全世界のテレビに教室が映った。教室では三十人の子どもが授業を受けていた。そのシーンはいたってふつうで、子どもたちもふつうだし、教室もふつう、特別なところはなにもなかった。でも、カメラが引いていくと、その教室は顕微鏡を使って撮影されていることがわかる……」

「ひとつ訊きたいんだけど」先駆者は最高執政官の話をさえぎった。「ミクロ人間の小さな脳で、マクロ人間のような知力を持てるのか？」

「じゃあ、あなたはわたしが莫迦だと思ってるのね？　鯨があなたの何倍も利口だったりするとでも？　知力は脳の大きさで決まるわけじゃない。原子の数と量子状態の数からいって、ミクロ人間の脳の情報処理能力はマクロ人間の脳にじゅうぶん匹敵する……」彼女はいったん口をつぐみ、それから好奇心をあらわにした口調で言った。「ねえ、あなたの宇宙船を案内してくれない？」

「もちろん、喜んで。でも……」今度は先駆者が口をつぐんだ。「どうやって行くんだい？」

「ちょっと待ってね！」

そう言うと、最高執政官は空中のおかしな飛行マシンに飛び乗った。そのマシンは、スクリューがついた大きな羽毛のようだった。すると、広場の人々も、先を争うようにその〝羽毛〟に飛び乗った。この社会には階級という概念がまったく存在しないらしい。乗り込んだ人たちは、まちがいなくごくふつうの一般市民だった。老人もいれば子どももいるが、みんな最高執政官と同じように子どもっぽく、興奮してがやがや騒いでいた。その羽毛はすぐに満席になったが、空中に次々と新しい羽毛が現れ、そのたびにすぐ飛び乗ってくる人々で席が埋まってしまう。ついには都市の空中に乗客を満載した羽毛が数百も浮かび、最高執政官が乗った羽毛に率いられて、威風堂々、同じ方角に向かって飛びはじめた。

先駆者はふたたびあの透明な半球に顔を近づけ、その中のミクロ都市をつぶさに観察した。今回は、摩天楼を見分けることができた。密集して立っているマッチ棒の林のように見える。先駆者は必死に目を凝らし、ようやく羽毛のような交通機関を見つけ出した。コップ一杯のきれいな水の中を漂う小さな白い塵（ちり）のようだった。もし数百の羽毛が集まっていなければ、まったく見つけられなかっただろう。ひとつひとつを肉眼で見分けるのは不可能だ。

ヴィデオグラスの左レンズには、ミクロ人間のカメラマンが想像もできないほど小さなカメラで中継する映像がまだはっきりと映っていた。カメラマンは羽毛の上にいた。ミクロ都市の交通機関では、衝突は珍しくないらしい。高速で飛行する羽毛は、しばしばたがいにぶつかったり、宙を舞う巨大な埃に衝突したり、ときには高くそびえる高層ビルに突き当たったりする。しかし、飛行マシンもその乗客もみんな無事だった。どうやら、この種の衝突はだれも気にしないらしい。実際それは、中学生でも理解できる物理現象だ。物体のサイズが小さければ小さいほど、構造的な強度は高くなる。二台の自転車がぶつかるのと、一万トンクラスのタンカー二隻がぶつかるのでは、その結果はまったく異なる。もし二つの埃がぶつかっても、損傷はまったく生じない。ミクロ世界の人々は、鋼の体でも持っているかのように、怪我する心配をまったくしていない。飛行中の羽毛に近くの高層ビルから飛び乗ろうとする人々もおおぜいいるが、いつも成功するとはかぎらない。失敗すると、眩量がするような高さから転落することになるが、ミクロ人間はなんとも思わず、落下の最中、通り過ぎる窓の中にいる知り合いと挨拶を交わしたりしている。

「まあ、あなたの瞳って黒い海みたい。とっても深い海。深い憂鬱を秘めてる！　あなたの憂鬱がわたしたちの都市を覆い尽くして、博物館にしてしまう！　ああ……」最高執政官はまた悲しげに泣き出した。ほかの人々も同じように泣き出して、羽毛が高層ビルのあちらこちらにぶつかった。

先駆者は左レンズに映る都市の空に浮かぶ自分の巨大な目を見て、数億倍に拡大された深い悲しみに愕然とした。

「どうして博物館なんだ？」先駆者はたずねた。

「だって、悲しみは博物館にしか存在しないもの。ミクロ紀元は悲しみも不安もない時代よ！」地球の指導者は高らかに叫んだ。瑞々しい頬にはまだ涙が残っていたが、表情にはもう悲しみの痕跡などまったくなかった。

「わたしたちは悲しみも不安もない時代に生きている！」人々は熱狂的に唱和した。

ミクロ紀元の人類は、感情の変化がマクロ紀元の人類より百倍も速いらしい。悲しみや憂鬱といった負の感情について、とくにそれが顕著だった。そういう感情から、彼らは一瞬で抜け出すことができる。先駆者がもうひとつ驚いたのは、この時代、そういう負の感情がとても珍しく、ミクロ人間たちはそれを貴重なものと見なして、機会があればいつでも体験したいと思っているらしいことだった。

「子どもみたいに悲しまないで。ミクロ紀元には悲しみなんかないってすぐわかるから！」この言葉を聞いて、先駆者はあっけにとられた。ミクロ人間の精神状態はマクロ時代の子どもみたいだが、彼らの子どもたちはそれに輪をかけて子どもっぽいのだろうと勝手に思い込んでいたからだ。

「つまり、この時代の人間は、歳をとればとるほど……子どもっぽくなる？」

「わたしたちは歳をとればとるほどハッピーになるのよ！」最高執政官は言った。

「そう、ミクロ紀元の人間は、歳をとればとるほどハッピーになる！」人々が大きな声で唱和した。

「でも、憂鬱だって美しいのよ。湖に映る月の光のように、マクロ時代のロマンティシズムを反映している。ああ……」地球の指導者はまた悲嘆の声をあげた。

「そう！　なんと美しい時代だったことか！」ほかの人々も涙を流しながら同意した。

先駆者は笑い出した。「憂鬱がどういうものか、きみたちはまったくわかってないよ、小さい人たち。ほんとうの憂鬱は、泣けないものなんだ」

「体験させてもらえるかしら？」最高執政官はまたうれしそうな表情になった。

「そんなことにならなきゃいいけど」先駆者は軽いため息をついた。

「見て、これがマクロ紀元の記念碑！」羽毛の群れがべつの広場の上空を通過したとき、最高執政官が言った。モニュメントは、太く大きな黒い柱で、どことなく昔のテレビ塔に似ている。柱の壁にはタイヤぐらいの大きさの無数の黒い瓦が鱗のように重なっていた。雲に届くほど高くそびえる柱を長いあいだ見つめてから、ようやくそれがなんなのかに思い当たった。マクロ人間の髪の毛だ。

5　宴会

羽毛の群れは透明なドーム型シールドの見えない出入口から外に出た。最高執政官は、ヴィデオグラスのスクリーンごしに先駆者に向かって言った。

「あなたのシャトルまでは百キロ以上あるから、手の上に降りるわね。連れていってもらうほうが早いから」

先駆者は、すぐうしろにある離着陸モジュールのほうをふりかえった。ミクロ時代には、距離の単位も小さくなっているらしい。先駆者が手を広げると、羽毛の群れが降りてきた。指の上に細かい小さな白い粉末が落ちたように見えた。

スクリーン上では、自分の指紋が半透明の山脈のように見えている。小さな飛行マシンの群れは、その谷間に吸い込まれるように次々に着陸した。最高執政官は最初に羽毛から飛び降りたが、すぐに足を滑らせてひっくり返った。

「ああもう、つるつるする！　脂性肌ね！」そう不平を言ってから、靴を脱いで裸足になると、興味津々のようすであたりを歩きまわった。ほかの人々も羽毛から降りてきて、彼の指の半透明な山と山のあいだに集まった。ざっと計算したところ、手の上には一万人以上のミクロ人間がいる。

先駆者は立ち上がり、指を開いて、離着陸モジュールに向かって慎重な足どりで歩いていった。

中に入ると、ミクロ人間のだれかが叫んだ。「わ、あれ見て！　金属の空！　それに人工の太陽！」

「騒がないの！　莫迦だと思われるでしょ。これはただの小型シャトル。上のやつがずっと大きいのよ！」

最高執政官はそう叱責（しっせき）したが、彼女自身、もの珍しげにあちこち見まわしている。そしてまた、あのおかしな歌をみんなで歌い出した。

輝かしいマクロ紀元
偉大なるマクロ紀元
憂鬱なるマクロ紀元
炎のなかに消えた幻

シャトルが離陸して方舟へと向かう途中、地球の指導者はミクロ紀元の歴史のつづきを物語った。

「一時期、ミクロ人間社会とマクロ人間社会は共存していたの。そのあいだに、ミクロ人間はマクロ人間の知識をすっかり吸収して、彼らの文化を継承した。同時に、ミクロ人間はナノテクノロジーに基づく、すごく進んだ技術文明を築き上げた。マクロ紀元からミクロ紀元への過渡期は、そうね、だいたい二十世代くらいかかったかしら。

その後、大災禍が近づくにつれ、マクロ人間はだんだん子どもをつくらなくなり、日に日に人口が減っていった。反対にミクロ人間の人口は飛躍的に増加して、社会規模も急激に拡大し、すぐにマクロ人間の社会を超えてしまった。その時点で、ミクロ人間は、世界の支配権を自分たちに譲り渡すよう求めて、マクロ人間の社会を根底から揺さぶった。でも、マクロ人間の保守派たちは、政権を渡すことを拒絶した。細菌なんかに人類を支配させてたまるもんか、って。その結果、マクロ人間とミクロ人間のあいだで世界大戦が勃発（ぼっぱつ）した！」

「それはきみたちにとって不幸な成り行きだったね」先駆者は同情を込めて言った。

「不幸だったのはマクロ人間のほうよ。すぐにやられちゃったんだから」

「どうしてだい？　マクロ人間はハンマーひとつできみたちの数百万人規模の都市を破壊できるだろう」

「でも、ミクロ人間は都市の中で戦うわけじゃないし、マクロ人間の武器はミクロ人間のような見えない敵と戦うのに向いてない。マクロ人間が使えた唯一の武器は消毒剤だった。文明はじまって以来、彼らはずっとこれを使って細菌と戦ってきたけれど、けっきょく勝利を収められなかった。しかも、今度の相手は自分たちと同程度の知性があるミクロ人間よ。勝てる可能性はもっと小さい。彼らにはミクロ軍の動きも見えないから、わたしたちは彼らの目の前でやすやすとICチップを破壊できた。コンピュータがなかったらなにができるかしら。大きいことが強いこととはかぎらないのよ」

「言われてみれば、たしかに……」

「マクロ人間の戦犯たちはしかるべき末路を迎えた」指導者は憎々しげに言った。「数千名のミクロ人間特殊部隊がレーザードリルを持ってやつらの網膜に降り立って……」そこから先を先駆者の想像にまかせたのち、しばらくしてもっとおだやかな口調で締めくくった。「戦後、ミクロ人間は世界の支配権を握り、マクロ紀元が終わってミクロ紀元がはじまったのよ！」

「おもしろい！」

シャトルが軌道上の方舟に入った。ミクロ人間たちは羽毛に乗ってあちこち観光し、恒星間宇宙船の巨大さに目を丸くした。先駆者は彼らの口から賛美の言葉が出ると思っていたが、最高執政官はこんな感想を述べた。

「やっとわかった。太陽スーパーフレアがなかったとしても、マクロ紀元は滅亡したわね。わたしたちの何億倍も資源を消費しないといけないんだから！」

「でも、この船は光速に近い速度で航行し、数百光年彼方の恒星まで行くことができるんだぞ、小さい人たち。巨大なマクロ紀元じゃないと、これは不可能だろう」

「たしかにいまはまだ無理ね。わたしたちの宇宙船は光速の十分の一しか出せないから」

「きみたちも宇宙を飛べるのか?」先駆者は思わず驚きの声を洩らした。

「もちろん、あなたたちほどじゃないけどね。ミクロ紀元の宇宙船団は金星まで到達したのよ。ちょうどメッセージが届いたばかり。あっちはいま、地球よりも住みやすいんですって」

「きみたちの宇宙船はどのくらいの大きさなんだ?」

「大きいのは、あなたの時代の……そうね、サッカーボールくらいかしら。十万人以上乗れる。小さいのはゴルフボールくらい。もちろん、マクロ人間のゴルフボールよ」

それを聞いて、先駆者の最後の優越感も消え失せた。

「先輩、なにかご馳走してくれない? お腹すいた!」すべての羽毛飛行マシンが方舟のコンソール上に集まると、地球の指導者は全員を代表してそう要求した。一万人あまりのミクロ人間がコンソール上から目を皿のようにして先駆者を見ている。

「こんなにおおぜいにご馳走するなんて、考えたこともなかったな」先駆者は笑いながら言った。

「散財しろって言ってるわけじゃないのよ!」最高執政官はぷんぷんした口調で答えた。

先駆者は貯蔵室からスパムの缶詰をとりだした。缶を開けると、ナイフで注意深く肉を薄く削って、コンソールの一万人のそばに置いた。彼らがいるのは、コイン大の円形のエリアで、つややかなコンソールのその部分だけが、まるで息を吹きかけたように少し曇って見える。

「なんでこんなに出したの? もったいないじゃない!」地球の指導者はそう言って責めた。

方舟の大型スクリーンには、彼女の背後でミクロ人間たちが雄大なピンクの山脈に群がり、山から肉を少しちぎってはぱくぱく食べているところが映っていた。ふたたびコンソールを見ると、小さな肉のかけらはまったく減った形跡がなかった。スクリーンを見ると、群がっていた人々はもうだれも残っていなかった。食べかけの肉を放り出すミクロ人間もいる。執政官は、ひと口かじった肉を持って首を振った。

「これ、おいしくない」

「そりゃそうだ。生態循環システムで合成したものだからね。おいしいわけないよ」先駆者は申し訳なさそうに言った。

「口直しにお酒が飲みたい！」地球の指導者が要求すると、ミクロ人間たちはまた歓声をあげた。先駆者は眉を上げた。たしか、アルコールは微生物を殺すこともあるのでは？

「ビールでいいかい？」先駆者は用心深くたずねた。

「ううん。スコットランドのウイスキーか、モスクワのウォッカがいい！」

「茅台酒でもいいぞ！」だれかが叫んだ。

じつのところ、恒星間宇宙船には、芽台酒がひと瓶残っていた。植民惑星が見つかったときに祝杯をあげるため、ずっと大切にとっておいたものだった。先駆者は保管庫から酒をとりだし、白い陶器の瓶の蓋を開けた。その蓋に慎重に酒を注ぎ、ミクロ人間たちのそばに置いた。スクリーンを見ると、早くも彼らは、瓶の蓋という、登攀不可能と思えるほど高くそそり立つ断崖絶壁に登りはじめていた。一見つるつるの蓋もミクロの尺度で見ると大きな突起物があちこちにあり、ミクロ人間たちは高層ビルに登る要領であっという間に蓋のてっぺんのへりまで到達した。

「わあ、なんて美しい湖だろう！」ミクロ人間は一斉に感嘆の声をあげた。画面越しに、広大な酒の湖が表面張力で大きな弧を描いているのが見える。ミクロ人間カメラマンはずっと最高執政官を追いつづけている。彼女は手で酒をつかもうとしたが届かず、蓋のへりに腰かけると、白い片足をいっぱいに伸ばし、酒の表面をさっと撫でるように動かした。すると、足はすぐに透明な酒のしずくに包まれた。彼女は自分の足を包むしずくから少量を手ですくって口に運び、「わあ。マクロ紀元のお酒はミクロ紀元のよりおいしい！」と言って満足げにうなずいた。

「きみたちのものよりいいものがひとつはあってよかったよ。でも、そんなふうに足を使って飲むのは衛生的によくないね」

「どういうこと？　意味がわからない」彼女は先駆者を見上げた。

「裸足で歩いたら、病原菌とかがつくだろう」

「あ、それで思い出した！」地球の指導者は大声で叫ぶと、となりにいた随員から箱を受けとり、中から生きものをとりだした。サッカーボールほどの大きさの丸い生物で、たくさんの小さな足がバタバタ動いている。そのうちの一本を摑んで持ち上げると、「見て。これはわたしたちの都市からあなたへの贈りもの！　乳酸鶏！」

先駆者は記憶をまさぐって、微生物学の知識を思い出した。「つまり……乳酸菌だろ？」

「それはマクロ紀元の呼び名。この子はヨーグルトをおいしくしてくれるの。有益な動物よ！」

「有益な細菌だ」先駆者は名称を正した。「細菌はきみたちを傷つけないいんだな。いまわかった。ぼくたちの衛生観念はミクロ紀元には通用しないらしい。

「そうともかぎらない。動物の——あ、細菌か——種類によっては嚙んだりするのよ。たとえば大腸狼なんかだと、やっつけるのに体力が必要ね。だけどほとんどの動物はみんなかわいいのよ。酵母豚とか」地球の指導者はそう言うと、また足から酒の水滴をとって口に入れた。彼女が残ったしずくをふるい落として立ち上がったときには、すでに酔っ払ってろれつが回らなくなっていた。

「人類は酒すら失わなかったなんて信じられない！」

「あた……あたしたちは、人類のいいところをぜんぶ受け継いだ。でも、あのマクロ人間たちは、あたしたちが人類文明をだ、だ……代表する権利はないと思ってた……」目がまわったのか、最高執政官は地面に尻もちをついた。

「われわれは人類のあらゆる哲学を受け継いだ」とだれかが言った。「西洋哲学、アジア哲学、ギリシャ哲学、中国哲学！」

最高執政官はその場に座り込んだまま空に向かって両手を伸ばし、大声で暗唱した。「だれも同じ川に二度、足を入れることはできない（ヘラクレイトス）。道は一を生じ、一は二を生じ、二は三を生じ、三は……ば、ば、万物を生ず！（老子）」

「わたしたちはゴッホの絵も見るし、ベートーベンの音楽も聴けば、シェイクスピア劇も演じる！」

「生きるべきか死ぬべきか、それがも、も……問題だ！」彼女はふらふらと立ち上がり、ハムレットを演じはじめた。

「しかしぼくたちの紀元では、きみのような女の子が世界のリーダーになるなんて、天地がひっくりかえってもありえなかったよ」先駆者は言った。

「マクロ紀元は憂鬱な紀元だったから、政治も憂鬱だったのよ。ミクロ紀元は悲しみも不安もない紀元だから、楽しいリーダーが必要なの」最高執政官は言った。少し酔いが醒めてきたようだ。

「まだ……まだ話が終わってなかったわね。どこまで話したっけ。ええっと、そう、戦争のあと――マクロ人間とミクロ人間の戦争よ――ミクロ人間のあいだでも世界大戦が起きたの……」

「なんだって？　領土問題じゃないだろ？」

「もちろん違う。ミクロ紀元に、いくら奪ってもなくならないものがあるとしたら、それは領土だもの。ごく些細な……マクロ人間には理解できないような些細な理由で戦争が起こったの。いちばん大きな戦役では、戦線は――あなたたちの単位で言うと――百メートルくらい。ものすごく広大な戦場だったのよ！」

「きみたちがマクロ紀元から受け継いだものは、ぼくが想像していたよりずっと多かったんだな」

「ミクロ紀元はそのあと、まもなく訪れる大災禍のために、集中して準備を進めた。ミクロ人間は五世紀の時間をかけて、地下深くに数千のスーパーシティを建造したの。どの都市も、あなたの尺度で言うと直径二メートルくらい。ステンレスの大きなボウルでできていて、一千万人は居住できた。これらの都市はみんな、地下八万キロの深さに建設されて……」

「ちょっと待て。地球の半径は六千キロしかないぞ」

「あ、ごめん。あたしたちの単位を使っちゃった。あなたたちの単位で言うと、そうね、八百メートルの深さ。太陽スーパーフレアの予兆が現れると、ミクロ世界はすべてを地下に移した。そして、そして……大災禍が起こった。

大災禍から四百年経って、最初のミクロ人間が凝固したマグマをレーザードリルで掘り進んで、地下都市から地表まで、大きなトンネル——マクロ時代の水道管ぐらいの太さね——を貫通させた。それからまた五世紀が過ぎて、ミクロ人間は地表に人類の新世界を建設した。この世界にはいま、万を超える都市があるの。総人口は百八十億。

ミクロ人間は人類の未来を楽観してる。この徹底した楽観——異論がまったくない楽観は、マクロ紀元の人間たちには想像もつかないでしょうね。この楽観は、ミクロ紀元の社会における尺度の小ささがベースになってる。この小ささのおかげで、人類の生存能力は数億倍になった。たとえば、あなたがさっき開けた缶詰は、この都市の全住民を二年は養えるし、容器のほうも、この都市の二年分の鋼鉄の消費をまかなえる」

「マクロ紀元の人間として、ミクロ紀元文明の圧倒的な優位性はよく理解できるよ。まるで神話か叙事詩みたいだ！」先駆者は心から言った。

「生命の進化は、サイズが小さくなる方向に向かってる。大きいから偉大とはかぎらないし、小さな生きもののほうが大自然と調和しやすい。巨大な恐竜は絶滅したけれど、同じ時代の蟻は生き残った。いま、たとえもっと大きな災禍が訪れても、この船くらいの大きさの宇宙船があれば全人類を運べるし、ミクロ人間なら、ちっぽけな小惑星の上でも文明社会を築いて快適に暮らせる」

先駆者はしばらく黙り込んでいたが、やがて、コインくらいの面積を占めている目の前のミクロ人間たちに向かっておごそかに言った。

「地球をふたたび目にして、自分がこの宇宙で最後の人類だと思ったとき、すべての希望が消え失せて、ぼくの胸は張り裂けそうだった。こんなに深い悲しみを味わった人間はいないと思った。でもいま、ぼくは全人類の中でもっとも幸福な人間だ。すくなくとも、いままで生きてきた全マクロ人間の中で、いちばんしあわせな人間だ。人類文明が存続しているのをたしかにこの目で見た。存続しているどころか、ミクロ紀元はそれよりはるかに偉大なことを成し遂げた！　きみたちは、人類文明の真の頂点を極めたんだ！　ぼくたちはみんな、同じ起源を共有する人間だ。だから、ミクロ人類にお願いする。ぼくをきみたちの社会の一市民として受け入れてほしい」

「方舟をはじめて探知したときから、わたしたちはあなたを受け入れてる。わたしたちといっしょに地球で暮らせばいいわ。マクロ人間ひとりの生活を支えるくらい、ミクロ紀元には問題なく可能だから」

「ぼくは地球で生活するけど、必要な物資はすべて方舟にある。宇宙船の生態循環システムは、ぼくひとりの残りの一生くらいじゅうぶん維持できる。これ以上、マクロ人間が地球の資源を消費することはないよ」

「でも、状況はだいぶよくなってきた。金星の気候が人類の生存に適するようになっただけじゃなくて、地球の気温も上がってきて、海も溶けてきてる。来年になったら、あちこちで雨が降るかもしれない。そうなれば植物が生える」

「植物と言えば、きみたちは見たことがあるのかい？」

「わたしたちはずっとドームの中で苔（こけ）を育ててるわ。大きな植物で、ビル十階分以上の高さがあるのよ！　それから水中の小さな毬藻（まりも）も……」

「草や木は聞いたことあるかい？」

「山みたいに巨大な、マクロ紀元の植物のこと？　ああ、それは太古の神話ね」

先駆者は微笑んだ。「ひとつやってみたいことがある。帰りに、ミクロ紀元へのぼくからのプレゼントを見せてあげるよ。きっと気に入ってもらえると思う！」

6　新生

先駆者はひとりで方舟の冷蔵室に向かった。冷蔵室には天井まであるラックが整然と並び、数十万本の試験管が密封状態で保管されている。そこは種子庫だった。地球上の数十万の植物種の種子が入っている。方舟がはるか彼方の異星に植民するときのために準備されたものだった。いくつかのラックには、地球の十万以上の動物種の胚（はい）細胞も収められている。

来年、気候があたたかくなったら、この種子を地球の土に植えよう。数十万種の種子の中には、生命力が強く、寒冷地で育つ植物がある。そういう植物なら、いまの地球でも、きっと生き延びられるはずだ。

地球の生物圏がマクロ時代の十分の一でも復活すれば、ミクロ紀元は天国の中の天国を手に入れたようなものだ。実際、地球が回復する可能性はそれだけにとどまらない。先駆者は幸福な想像に酔いしれた。ミクロ人間たちが、天を支えるように立つ緑の草の葉を見たときの喜びを想像した。じゃあ、小さな草むらは？　小さな草むらはミクロ人間にとってなにを意味するのか？　大草原だ！　では、大草原は彼らにとってなにを意味するのか？　ミクロ人間にとって、それは緑の宇宙だ！　大草原を流れる小川は？　緑の屋根の下を流れる美しいせせらぎは、ミクロ人間にとってどんなに壮大な奇観だろう。最高執政官の話では、来年は雨が降るかもしれない。そうなれば、きっと木だって生えてくる。そうだ、木だ！

先駆者はミクロ人間の探検隊を想像した。一本の木の根元から、彼らの長い不思議な冒険がはじまる。木の葉の一枚一枚が、彼らにとっては見渡すかぎりの緑の平原だ……それから蝶。その羽根はミクロ人間にとって空を横切る彩雲に見えるだろう。それに鳥。チュンチュンという鳥のさえずりは、ミクロ人間には宇宙から響く大きな鐘の音に聞こえるだろう……そう、かつての地球の生態資源の千億分の一あれば、ミクロ紀元の人口一千億が育める！　先駆者はついにミクロ人間が何度も強調していた事実を理解した。

ミクロ紀元は悲しみも不安もない紀元。

ミクロ紀元の脅威となるものはなにもない。たったひとつをのぞいて……。

先駆者はぶるっと身震いすると、自分がなにをしにきたのか思い出した。一秒たりとも遅れてはならない。彼はあるラックの前に行くと、そこから百本の試験管をとりだした。中に入っているのは、彼と同時代の人間の胚細胞――マクロ人間の胚細胞だった。

先駆者はその試験管を廃棄物レーザー焼却炉に入れると、また冷蔵室に戻って、ほかに人間の胚細胞の試験管がないことを何度も念入りに確認した。それから、また焼却炉の前に行って、なんの感慨もなくボタンを押した。

レーザービームの数十万度の高温にさらされて、人類の胚細胞を満たした試験管は一瞬で気化した。

呑食者

1　エリダヌス座の結晶体

目の前にあるのに、大佐にはその半透明の結晶体がほとんど見えなかった。暗黒の宇宙に浮かぶ結晶体は、黒々とした深い淵に沈んだガラスのように、闇に隠れている。結晶体がその前を通過するとき、星々の光がわずかに屈折するため、かろうじてその位置がわかるが、すぐまた星々のあいだの虚空にまぎれ、見失ってしまう。

そのとき、彼方の太陽がとつぜん歪み、永遠の光が屈曲し、ちらついた。大佐ははっとしたものの、〝冷静なアジア人〟のあだ名のとおり、そばに漂っている十数名の同僚と違って、思わず声をあげたりはしなかった。なにが起きたのか、大佐は瞬時に理解した。ここから十数メートルの距離に浮かぶあの結晶体が、一億キロメートルの彼方にある太陽の前を横切ったのだ。そのあと三世紀以上の長きにわたり、大佐は折に触れてこの奇妙な現象を思い出し、これはのちの人類の運命をほのめかす予兆だったのではないかと真剣に考えることになる。

国連地球防衛軍の宇宙における最上級士官として、大佐は地球防衛軍の全宇宙兵力を指揮下に置いていた。部隊の規模こそ小さいものの、地球防衛軍の宇宙パトロール隊は、人類史上もっとも強力な熱核兵器を装備している。敵は、宇宙を行き交う生命のない大きな石ころだ。地球の安全を脅かす可能性のある岩石や小惑星を探査システムが発見すると、彼の部隊がそれらの軌道変更もしくは破砕を担当する。この部隊は二十年以上にわたって惑星間宇宙をパトロールしてきたが、核爆弾を使う機会は一度もなかった。核爆弾で破壊しなければならないほど大きな岩塊は、手柄を立てるチャンスを部隊に与えないいやがらせをしているかのように、ことごとく地球を避けて通った。

しかしそんなとき、探査システムが地球から二天文単位の距離にあるこの結晶体を発見した。結晶体は、天体現象ではありえない不自然な軌跡を描いて、地球へ向かっていたのである。

大佐は部下とともに結晶体に慎重に接近した。宇宙服のスラスターが宇宙空間に残す航跡が、結晶体のまわりで蜘蛛の糸のようにからみあっている。距離が十メートルを切ったとき、結晶体の中にとつぜん霧のような白光が輝き、棒手裏剣のようなその輪郭がはっきり見えるようになった。全長およそ三メートル。もう少し近づくと、推進システムとおぼしき入り組んだ透明なパイプ群が見えた。大佐が手袋をした右手を結晶体のほうに伸ばし、人類と宇宙文明がはじめての接触（コンタクト）をはたしたそのとき、結晶体はふたたび透明になり、内部にカラフルな映像が浮かび上がった。それはアニメのキャラクターのような少女で、目はビリヤード・ボールのように大きく、長い髪はくるぶしまで届き、優美なロングスカートを穿（は）き、水中にいるかのようにゆったり漂っている。

「警報！　警報！　気をつけて！〈呑食者（どんしょく）〉が来る！」少女はパニックにかられたようにかん高い声で叫び出した。大きな目は大佐を見つめたまま、ほっそりしたやわらかそうな手で、ずっと自分を追ってくる獰猛な狼犬を指さすように、太陽と反対の方向を指さした。

「きみはどこから来たんだ？」大佐がたずねた。

「エリダヌス座イプシロン星よ。たしかあなたたちはそう呼んでいたはず。あなたたちの時間で言うと六万年かけてここまで飛行してきたの……〈呑食者〉が来る！　〈呑食者〉が来る！」

「きみは命ある存在なのかい？」

「もちろん違う。わたしはただの手紙……〈呑食者〉が来る！　〈呑食者〉が来る！」

「どうして英語ができるんだ？」

「来る途中で勉強したから……〈呑食者〉が来る！　〈呑食者〉が来る！」

「じゃあ、その格好は……」

「来る途中に見たの……〈呑食者〉が来る！　〈呑食者〉が来る！　ぎゃあ、あなたたち、ほんとに〈呑食者〉が怖くないの？」

「〈呑食者〉とはなんだい？」

「大きなタイヤみたいなもの。あなたたちにわかりやすくたとえればね」

「われわれの世界のことをよく知ってるんだな」

「来る途中で勉強したから……〈呑食者〉が来る！」

　エリダヌスの少女がそう叫びながら、結晶体のへりに向かって光を閃かせると、さっきまで少女がいた場所に、その〝タイヤ〟の映像が現れた。かたちはたしかにタイヤに似ていて、表面は燐光を放っている。

「どのくらいの大きさだ？」べつの士官がたずねた。

「外側の直径は五万キロメートル。〝タイヤ〟のゴムにあたる部分の幅は一万キロで、内側の直径は三万キロくらい」

「……それは、われわれの単位で？」

「もちろん。すっごく大きいの。惑星ひとつ、まるごと中に入るくらい。あなたたちのタイヤだって、サッカーボールを中に入れられるでしょ。そんなふうに惑星をリングの中にはめこんで、その星の資源をぜんぶ奪いとり、すっからかんになるまで搾りつくしてから吐き出すの。あなたたちが果物の種を吐き出すみたいに……」

「〈呑食者〉がいったいなんなのか、もうひとつよくわからないな」

「惑星より大きいサイズの世代宇宙船よ。どこから来てどこへ行くのか、わたしたちも知らない。〈呑食者〉を操縦しているあのオオトカゲだってきっと知らないでしょう。彼らの環状(リング)世界(ワールド)はこの天の川銀河を何千万年も前から放浪している。いまの所有者は、リングの由来も目的もとっくに忘れてると思う。でも、最初からそんなに大きかったわけじゃないのはたしかね。惑星を食べて成長するのよ。わたしたちの星も食べられちゃったの！」

結晶体に映し出された〈呑食者〉がじょじょに大きくなり、画面を占領した。撮影者の世界に巨大リングがゆっくり降りてくるのがわかる。その惑星の住民から見ると、大地はまるで宇宙の巨大な井戸の底で、空はゆっくり回転する井戸の壁のようだった。壁の表面には複雑な構造が見えた。大佐が真っ先に連想したのはマイクロチップの顕微鏡写真だったが、やがてそれが、一面に広がる都市だということに気づいた。さらに上を見ると、壁のてっぺんには青い炎がまるく燃えている。空の上で星を囲んで燃える巨大な火の輪。エリダヌスの少女は、それが〈呑食者〉の後部にある円環状のメインエンジンだと教えてくれた。少女は結晶体の端で手足を踊らせ、長い髪を無数の腕のようになびかせながら、その恐怖を伝えてくれた。

「いま見ているのは、エリダヌス座イプシロン星の第三惑星が呑食(まるのみ)されたときの映像。最初は体が軽くなったように感じたの。巨大な質量を持つ〈呑食者〉の引力が惑星の引力を相殺するから。そのせいで壊滅的な災害が起こった。海は〈呑食者〉の方向にある極に向かって雪崩(なだ)れ込み、惑星が〝タイヤ〟の中にはまると、今度は赤道に向かって引き寄せられる。雲を呑(の)み込むほどの巨大な波が発生した。次に、引力異常のせいで大陸は薄い紙切れのようにビリビリに裂けて、海底にも陸地にも、いたるところに火山が出現した。……惑星の赤道に〝タイヤ〟ががっちりはまると、〈呑食者〉はそこで推進をストップする。恒星のまわりをまわる惑星軌道と同期し、惑星をくわえて離さない。

それから、惑星資源の略奪がはじまった。何万キロもの長さのケーブルが壁から伸びてきて、惑星は蜘蛛の巣にからめとられた虫みたいになった。大きな運搬船が惑星と壁のあいだを行き来して、海水や空気を運び出し、大きな機械が地層深くまで掘って、地下資源をありったけ持っていっちゃう……。〈呑食者〉の引力は惑星の引力と相殺されるから、惑星と〝タイヤ〟のあいだは低重力エリアになって、資源の運搬は簡単だし、すごく効率よく略奪できるのよ。丸呑みした惑星を〈呑食者〉が〝咀嚼(そしゃく)〟するのに、だいたい地球時間で一世紀くらいかかるかな。そのあいだに、水や空気を含め、惑星の資源は根こそぎ奪われてしまう。同時に、〝タイヤ〟の引力が長期間働くせいで、惑星は赤道方向に少しずつ潰(つぶ)れていって、最後には……あなたたちになじみがあるもので言うと、円盤投げの円盤みたいなかたちになっちゃう。〈呑食者〉は最後に立ち去るとき、なにもかもしゃぶりつくしたあとの惑星をぺっと〝吐き出す〟。そのとき惑星はもとの球形に戻るんだけど、そのせいで惑星全体の地質に最後の災害を引き起こす。でも、もうそのときは、惑星の表面は数十億年前に誕生したばかりのときみたいな溶岩の海に変わって、生命なんかとっくに存在しない地獄になってるんだけどね」

「いま、〈呑食者〉は太陽系からどのくらいの距離にいる？」大佐がたずねた。

「わたしたちのすぐうしろ！　あなたたちの時間だと、あと一世紀で来ちゃう。警報！　〈呑食者〉が来る！　〈呑食者〉が来る！」

2　使者大牙

エリダヌスの結晶体がもたらした情報を信じるべきかどうかで人類が侃々諤々(かんかんがくがく)の議論を闘わせているあいだに、〈呑食者〉の先触れ役として一隻の宇宙船が太陽系に入り、地球に到着した。

その宇宙船と最初に接触したのは、大佐が率いる宇宙パトロール隊だった。しかし、今回の接触は前回と事情がまったく違った。精巧で透きとおったエリダヌスの結晶体は繊細な技術文明の代表だったが、〈呑食者〉の宇宙船はそれとは正反対。外見は巨大で鈍重、荒野に一世紀も放置された巨大なボイラーという趣で、ジュール・ヴェルヌの小説に出てくる古めかしいマシンを連想させた。呑食帝国の使者も、宇宙船と同様に巨大で鈍重だった。トカゲのような頑健な体に石板のような甲殻をまとい、直立すると、身長はおよそ十メートルに達する。みずから大雅（たいが）と名乗ったが、その外見とその後の行動から、彼は大牙（たいが）と呼ばれるようになった。

大牙の宇宙船が国連本部ビルの前に着陸すると、エンジンが地面に大きな穴を開け、飛び跳ねた石がビルの外壁を傷だらけにした。宇宙人の使者は背が高すぎてホールに入れず、各国首脳は国連本部ビル前の広場で対面した。彼らの中には、宇宙船が着陸したときに飛んできたガラスや石の破片で頭から出血し、ハンカチで傷を押さえている者も何人かいた。

大牙が一歩進むごとに地面が揺れた。その声は往年の蒸気機関車が十台同時に警笛を鳴らしたかのようで、聞いていると頭痛がしてくる。胸に下げた大きな翻訳機で英語（やはり来る途中で学んだらしい）に翻訳するのだが、大牙自身よりも低音の荒々しい男の声で発話されるので、人類はそれを聞くだけで心臓が縮み上がった。

「わっはっは、白くてやわらかい虫けらどもよ。おまえたちはなかなかおもしろい虫けらだな」大牙は愉快そうに笑った。人々は轟（とどろ）くようなその笑い声がやむまで耳をふさぎ、そのあと耳からそっと手を放して翻訳機の音声を聞いた。「おれたちにはともに過ごす時間が一世紀ある。きっと仲よくなれるだろう」

「尊敬する使者さま、ご存じのように、わたしどもがいまもっとも心配しているのは、あなたの偉大な母艦が太陽系に来る目的です」国連事務総長は大牙を仰ぎ見て言った。本人は大声で叫んだつもりだったが、蚊の鳴くような声だった。

　そのとき、大牙がすっくと背すじを伸ばし、人間が気をつけをするときのような姿勢をとったので、地面が大きく揺れた。「偉大なる呑食帝国は、その壮大な旅をつづけるため、地球を捕食する。この未来は不可避だ！」

「では、人類の運命は？」

「それはきょうこれから決める」

　首脳たちは視線を交わし、国連事務総長がうなずいた。「じゅうぶんな検討が必要な問題です」

　大牙は首を振った。

「まったくもって簡単な話だ。味見さえすれば――」大牙はそう言うと、がっしりした大きな前肢を伸ばし、ヨーロッパの首脳のひとりをつかむと、三、四メートルほど離れたところから優雅に口に放り込み、咀嚼しはじめた。プライドからか、または恐怖のゆえか、犠牲者は一度も声をあげなかった。大牙の口の中で骨が砕けるパキポキという音だけが響いた。三十秒ほどしてから、大牙は服と靴をペッと吐き出した。服には血が滲んでいたが、破れたところはほとんどなく、見ていた人間たちは、ひまわりの種をかじったあと器用に殻だけぺっと吐き出す人を思い出した。

　地球全体が一瞬静まり返った。静寂が永遠につづくかと思ったそのとき、ひとりの人間の声が静寂を打ち破った。

「どうしてそんなすぐに口に入れたんだ？」質問したのは、うしろのほうに立っていた大佐だった。

大牙がそちらに向かって歩き出すと、みんなあわてて場所を空けて道をつくった。鈍重な巨体でどたどたと大佐の前までやってきた大牙は、バスケットボールほどもある黒目で彼を見つめた。「いかんのか？」

「どうして食べられると思った？　これほど遠い異世界の生物を食用にするなんて、生化学の常識から考えて、ふつうありえないだろう」

大牙はひとつうなずくと、口を左右に引いて、笑っているような顔をした。「最初から気になっていたが、おまえはずっと冷静におれを見ていたな。なにか考えがあるようだ。言ってみろ」

大佐もにっこり笑うと、質問に答えた。「あなたはわれわれの空気を吸い、音波を通じてコミュニケートし、二つの目と、鼻と口をひとつずつ、左右対称の四肢を持っている……」

「理解できないか？」大牙が巨大な頭を大佐に近づけると、吐き気を催すほど血なまぐさい息を吐きかけた。

「そう。理解できすぎることが理解できない。こんなに似ていることなどありえない」

「おれにも理解できないことがある。おまえのその冷静さだ。軍人か？」

「地球を守る戦士だ」

「ふん、石ころを掃除しているだけだろう。それで本物の戦士になれるとでも思っているのか？」

「より大きな試練に向けて準備をしてきた」大佐は昂然と顔を上げ、胸を張った。

「おもしろい虫けらだ」大牙は笑ってうなずくと、体を起こした。「本題に戻ろう。人類の運命の話だ。おまえたちは美味い。エリダヌス星で食べた青い果物に似て、口あたりがなめらかであっさりしている。だから、祝福しよう。おまえたち種属は生き延びられる。家畜として呑食帝国に飼育され、六十歳くらいで市場に出る」

「そんな年齢まで待ったら、肉がかたくなりすぎるとは思わないのか」大佐が冷ややかに笑ってたずねた。

大牙が大声で笑うと、火山が爆発したかのような轟音が響き渡った。「わっはっはっは。呑食人は嚙みごたえのあるスナックが好きなんだよ」

3　蟻

国連はさらに数回、大牙と接触の機会を持った。もう人間が食われることはなかったが、人類の運命に関しては、いくら交渉しても結果は変わらなかった。

人類は、考えに考えた挙げ句、次の面会場所をアフリカの考古学発掘現場に決めた。

大牙の宇宙船は発掘現場から数十メートル離れた場所に、時間ぴったりに到着した。いつもと同じく、大爆発が起きたかと思うような着陸で、耳をつんざく爆音とともに石や砂が飛び散った。エリダヌスの少女によれば、宇宙船は小型の核融合エンジンを搭載しているという。人類の科学者は、〈呑食者〉の情報に関するかぎり、彼女の説明ですぐに理解できたが、エリダヌス人の技術については困惑するばかりだった。たとえば、あの結晶体は、地球の大気に触れたとたんに溶けはじめ、最終的には推進システムを格納するセクション全体が分解して、あとに残されたのは優雅に宙を舞うクリスタルの薄片一枚きりだった。

大牙が発掘現場に降り立つと、国連の職員二人が一メートル四方の大きな画集を持ってきて手渡した。画集は大牙のサイズに合わせて念入りにあつらえたもので、数百ページの美しいカラー図版とともに人類文明をわかりやすく解説している。中身は子ども向けの学習百科によく似ていた。

発掘現場の前では、ひとりの考古学者が地球文明の輝かしい歴史について、身振り手振りを交えて熱弁を揮った。かけがえのない大切なものがこの青い惑星にどれほどたくさんあるか、異星人に理解してもらうべく全身全霊を傾けて語り、語りながら感極まって泣き出した。哀れを誘う愁嘆場だった。考古学者は最後に発掘現場の穴を指していった。

「尊敬する使者さま、ごらんください。これが発見したばかりの都市の遺跡です。いまから五万年も前の、これまでに発見された中でももっとも古い都市です。われわれ地球人は、五万年も前から、こうして一歩ずつ輝かしい文明を築き上げてきたのです。そのすべてをあっさり滅ぼしてしまうことなどどうしてできましょうか」

大牙は、とてもおもしろいものを見るようにずっと画集をめくっていたが、考古学者の最後のひとことを聞いて顔を上げると、穴に目をやった。

「ふん、考古虫。おれはこの穴や、穴の中にある古代都市に興味はない。だが、ここから掘り出した土は見てみたいぞ」そう言うと、穴の脇に数メートルの高さで積み上げられている土の山を指した。

翻訳機が通訳を終えると、考古学者は困惑の表情を浮かべた。「土？　あの土にはなにもありませんよ」

「それはおまえの考えだ」大牙はそう言いながら土の山に歩み寄ると、大きな体でそこにしゃがみ、前肢で土を掘りはじめた。まわりで見ていた人間たちは、大牙の巨大な前肢がとても器用に動くことに驚いた。やわらかい土をすくいとると、その中からとても小さななにかを拾っては、画集の上にのせる。そうやって十分間ほど集中して作業すると、画集を持って体を起こし、人間たちのそばに戻ってきて、画集の上のものを見せた。

それは、数百匹の蟻だった。生きている蟻と死んでいる蟻がいっしょくたに団子のようになっているので、よく見ないとなんだかわからない。

「ひとつの物語を語ろう」大牙が言った。「ある王国の物語だ。王国の前身は、もっと大きな帝国だった。その帝国の起源をさらに過去へとたどっていけば、地球の白亜紀末期まで遡る。その時代、彼らの先祖は、うずたかくそびえる恐竜の骨の下に帝国を築き、広大な都市を建設した。

しかしそれは、はるか昔に失われ、忘れ去られた古代の歴史だった。そして、帝国を代々統べてきた女王の系統に連なる最後のひとりが覚えているのは、冬の訪れだけだった。その冬はほんとうに長く、いつまでも永遠につづき、そのあいだに大地は氷河に覆われ、数千万年にもわたる活気に満ちた生命の時代は失われて、生き延びることはますますきびしくなっていった。

最後の冬眠から目覚めたあと、女王が覚醒させることに成功したのは、帝国の全成員のわずか一パーセントにも満たない蟻だけだった。ほかの蟻たちは冷たさに凍りつき、永遠の眠りについた。からっぽの透明な殻になりはてた者もいた。女王は都市の壁に触れたが、壁は氷のように冷たく、金属のように硬かった。それは永久凍土で、この極寒の時代、夏になっても溶けることがない。そのことを知っていた女王は、先祖の残した国土を捨て、凍らない土地に新たな王国を建設することを決めた。

そこで女王は生存者を引き連れて地上に出ると、広大な氷河を渡る困難な旅に出発した。長い旅の途中で彼らの大部分が寒さに倒れ、命を落としたが、女王は数少ない生存者とともに、ついに凍らない土地を見つけた。そこは、地熱のおかげでつねにあたたかい土地だった。極寒のこの世界に、どうしてこんなにも土がやわらかく湿った土地があるのか、女王にはもちろんわからなかった。しかし、女王がここまで来られたのは意外ではない。六千万年も生き延びてきた種属はめったなことで絶滅したりしないからだ！

氷河に覆われた大地と薄暗い太陽に向かって、女王は新しい強大な帝国をここに建設すると高らかに宣言し、この王国は万世にわたってつづくだろうと予言した。小高く白い山の麓(ふもと)に立ち、女王はその新しい帝国を〈白山王国〉と命名した。その白い山は、マンモスの骨だった。第四紀氷河時代末のある午後のことだった。

当時、虫けら人類はまだ数えるほどしかおらず、洞窟の奥に縮こまってふるえている愚鈍な動物にすぎなかった。おまえたちの文明が、もうひとつの大陸のメソポタミア平原にようやく最初の光を灯したのは、それから九万年後のことだった……。

近くにある凍ったマンモスの死骸で命を永らえながら、白山王国は一万年にわたる苦難の日々を過ごした。その後、地球では氷河期が終わって大地に春が戻り、大陸はふたたび生命の緑をまとった。新しい生命が爆発的に増加し、白山王国も隆盛を迎え、数え切れないほどの国民と広大な国土を誇った。その後、数万年のあいだ、白山王国は数え切れないほどの王朝を経て、数え切れないほどの叙事詩を生み出した」

大牙は目の前の穴を指さした。

「ここは、その王国が最後にあった場所だ。おまえたちの考古虫は五万年前に死んだ都市を丹念に掘りつづけているが、その上にかぶさる土の中に、まだ生きている都市が存在していたとは考えもしない。その規模はニューヨークよりも絶対的に大きかった。ニューヨークは二次元の平面都市だが、彼らの王国は広大な立体都市で、無数の層に分かれている。各層には迷宮のような道が隙間なく広がり、いくつもの大きな広場と壮大な宮殿があり、給排水システムや消防システムはニューヨークよりもすぐれていた。彼らは複雑な社会構造を持ち、厳格な職業別分業制が実施され、社会全体が機械のように精密かつ効率よく調和して動いている。麻薬や犯罪はなく、落魄や昏迷もない。しかし、彼らに感情がないわけではない。仲間が死ねば長いあいだ悲しみに暮れる。都市のはずれには墓さえあり、遺体は地面三センチほどの深さに埋葬される。

しかし、もっとも重要なのは、都市の最深層に巨大な図書館を擁していることだろう。この図書館には、卵形の小さな容器が無数にあり、それぞれの容器には、化学物質を満たした〝本〟が一冊ずつ入っている。フェロモンに含まれるそれらの化学物質の複雑な組み合わせによって、彼らが集めた情報が記録されている。そこには、白山王国の長い歴史にまつわる叙事詩のような記載がある。ある山火事のとき、王国の国民はかたまって無数の団子をつくり、川の流れに乗って炎の海から脱出するという快挙を成し遂げた。王国とシロアリ帝国との百年にわたる戦争の記録もある。さらには、遠征隊がはじめて海を見たときの記録も……。

しかし、そのすべてはわずか三時間で破壊された。そのとき、天をどよもす地鳴りのような音とともに、空を覆う巨大な掘削機の鋼鉄の鉤爪が、王国を含む土壌をつかみあげ、そのすべてを粉々にした。犠牲者には、都市の最下層にいた子どもたち、そして子どもになる予定だった数万の白い卵も含まれる」

地球人たちはふたたび静まり返った。この沈黙は、大牙が人間を食べたときよりも長くつづいた。異星人に対して、人類はこのときはじめて、返す言葉をなにひとつ持たなかった。

大牙は最後に言った。「おまえたちとはこれから長い時間つきあっていくことになる。話すことはたくさんある。しかし、これだけは言っておく。もう二度とモラルを語るな。宇宙において、それは無意味だ」

4　加速度

大牙が去ったあと、発掘現場の人間たちはしばし戸惑いと絶望の渦中にいた。最初に沈黙を破ったのは、やはり大佐だった。

「自分がその立場にないことは承知していますが、二度にわたって宇宙文明とのファースト・コンタクトを果たし、いままたこの場に居合わせることができた人間として、一点、言わせてください」大佐は各国の要人に向かって言った。「第一に、大牙が言ったことは正しい。第二に、人類が生き延びるには、戦争しかない」

「戦争？　おいおい、大佐、戦争なんて……」国連事務総長が苦笑を浮かべて首を振った。

「そうよ、戦争よ！　戦争！　戦争！」エリダヌスの少女が叫んだ。彼女を宿した結晶体のかけらは、その場にいる人々の頭上数メートルの高さをひらひら舞いながら、陽射しのもと、興奮して踊るように手足を動かしていた。

だれかが言った。「きみたちエリダヌス人も彼らと戦った。しかし、結果はどうだ？　人類は種としての生存を考えなければならない。復讐したいという、いかれた願望につきあう義理はない」

「いいえ、違います」大佐はその場の全員に向かって言った。「エリダヌス人は敵に対してまったく知識のないまま、自衛のための戦争を余儀なくされた。しかも彼らの社会は、歴史上、戦争の経験がまったくなかった。ですから、敗北したのも無理はない。しかし、一世紀にわたる苛酷な戦争の中で、彼らは呑食帝国に関する深い知識を得た。その大量のデータはすでに結晶体を通じて地球に届けられている。これはわれわれにとって有利な点です。

このデータについて予備的な分析を行ってみた結果、呑食者は想像していたほど恐ろしい存在ではないことが判明しました。まず、その不思議なほど巨大な肉体をべつにすれば、呑食人にはさほど人類の理解を超えたところがありません。百億以上の呑食人が〝リング〟に住んでいるそうですが、生命形態としては地球人と同じ炭素系生物で、なおかつ分子レベルの構造が非常によく似ている。人類と彼らが同じ生物学上の基盤を共有しているということは、彼らについて正しく深く理解できるということです。これは侵略者が力場や中性子星物質から成る存在だった場合とくらべれば、きわめて幸運でした。

さらに心強いのは、呑食帝国がいわゆる〝超技術〟をほとんど有していない点です。呑食人の技術は人類にくらべて非常に進んでいますが、しかしそれは主に技術的なスケールに関する点で、基礎理論ではありません。〈呑食者〉の推進システムは核融合エネルギーを利用しています。惑星から奪った水資源は呑食人の生活に使われるほか、主に核融合の燃料に使われています。〈呑食者〉のエンジンの推進方法も、反作用と運動量保存の法則に基づくもので、ワープ航法のような突拍子もないものではありません。

……こうした事実に、科学者はがっかりするかもしれません。なぜなら、呑食帝国が数千万年もつづいてきた文明であることを考えると、彼らの技術レベルがこの程度だということは、科学そのものに限界があることを示唆しているからです。しかし同時に、この事実は、彼らがとても太刀打ちできない神のごとき存在ではないことを示しています」

「たったそれだけのことで、人類は勝利の自信を持てるのかね？」と事務総長がたずねた。

「もちろん、もっと具体的な情報もたくさんあります。それに基づいて成功率の高い戦略を立てることが可能でしょう。たとえば……」

「加速度よ！　加速度！」エリダヌスの少女が頭上で叫んだ。

大佐は、ぽかんとしているまわりの要人たちに説明した。

「エリダヌス文明から送られてきた資料によると、〈呑食者〉は航行時の加速度に限界があるようです。エリダヌス人が二世紀にわたって観測した結果、〈呑食者〉がこの限界を超える速度を出したことは一度もありません。それを証明するために、われわれは〈呑食者〉の構造や素材の強度など、エリダヌス人が持つデータに基づいて数理モデルをつくりました。それを使ってシミュレートしてみた結果、〈呑食者〉の加速度の限界に対するエリダヌス人の観察はまちがいではないと証明されています。加速限界は構造材の強度によるものです。この限界を超えて加速すると、あの巨大リングはばらばらになってしまうのです」

「それがなんだと言うんだね？」ある大国の首脳が興味のなさそうな口ぶりでたずねた。

「われわれはいったん冷静になって、自分の頭で考えてみる必要があるということです」大佐はにこやかに答えた。

5　月の避難所

異星文明の使者との交渉は、ようやくいくらか進展した。大牙は月に避難所を設けたいという人類の要求を受け入れた。

「人類とは故郷を恋しがる動物なのです」国連事務総長が涙ながらに訴えた。

「呑食人もそうだ。われわれには故郷はないが」大牙は同情してうなずいた。

「では、一部の人間を残してもらえないでしょうか。偉大なる呑食帝国が地球を食べて吐き出したあと、地質の変化が落ち着くのを待って、地球に戻り、文明を再建したいのです」

大牙は首を振った。「呑食帝国は惑星を余さず食いつくす。地球はいまの火星よりも荒涼とした場所になるだろう。おまえたちのような虫けらの技術力では、文明の再建は不可能だ」

「試してみましょう。そうすればわたしたちの魂も安らぎます。とりわけ、呑食帝国で飼育される家畜にとっては、もしはるか遠い太陽系にまだ故郷があると思っていれば、心が落ち着き、肉質がよくなることでしょう。たとえその故郷がほんとうは存在しなかったとしても」

大牙はうなずいた。「しかし、地球が食われるときに、そいつらはどこへ行く？　呑食帝国は、地球のほかに金星も食う。木星と海王星は大きすぎるから食えない。しかし、その衛星は食う。呑食帝国には炭化水素系物質と水が必要だからな。痩せた火星や水星もかじらないわけではない。炭酸ガスと金属がとれる。これらの惑星は、一面、火の海となる」

「月に避難することができます。聞くところによると、呑食帝国は地球を食べる前に月を動かす予定だとか」

「そのとおり。〈呑食者〉のリングと地球がひとつになった二重天体は引力が大きすぎる。月が落下してくるかもしれない。その衝撃は呑食帝国を滅ぼすに足りる」

「それでは、一部の人間を月に移住させてください。あなたがたにとっても、大きな損失にはなりません」

「何人残すつもりだ？」

「ひとつの文明を維持する最低限度を考えて、十万人です」

「いいだろう。しかし、その十万人には仕事をしてもらう」

「仕事？　なんの仕事ですか？」

「地球周回軌道から月を押し出してくれ。われわれがやろうとすると、なかなか面倒でな」

「しかし……」国連事務総長は絶望に頭をかきむしった。「そんなことを条件にするのは、人類のわずかばかりの哀れな要求を拒絶するのと同然です。われわれの技術力はご存じでしょう！」

「ふん、虫けらめ。おまえらの技術力など知ったことか。それに、まだ一世紀あるではないか」

6　核爆弾を埋める

白い光があふれる月の平原で、宇宙服姿の人間たちが高いボーリングやぐらのまわりに集まっていた。少し離れたところに立つ、呑食帝国の使者の巨軀は、まるでもうひとつのやぐらのようだった。彼らは、鋼鉄の円柱がやぐらのてっぺんからゆっくり降りてくるのを見つめていた。円柱は少しずつ孔に沈み、ロープがどんどん下に降りてゆく。三十八万キロメートル離れた地球でも、全人類が固唾を呑んでその中継映像を見つめていた。円柱が穴の底に到達したことを示す信号が来ると、大牙を含めたすべての見物人が拍手して、この歴史的な瞬間を祝った。

こうして、地球周回軌道から月を押し出す役割を果たす核爆弾の最後の一基が設置された。エリダヌスの結晶体と呑食帝国の使者が地球に来てからすでに一世紀が経っていた。

人類にとってそれは絶望の一世紀、苦闘の一世紀だった。

前半の五十年、月を動かせるエンジンの開発に全世界が全力をつくした。しかし、そのようなハイパーエンジンを生み出す技術に、人類はまったく手が届かなかった。いくつか建造した試験モデルは月の表面に鉄くずの山をつくっただけに終わった。べつの数台は試運転のとき、核融合による高温で溶けた鋼鉄の湖をつくった。人類は呑食帝国の使者に技術支援を要請した。月を動かすエンジンは、〈呑食者〉に設置されている無数のハイパーエンジンにくらべれば、十分の一にも満たない出力で済むのだが、大牙は要求に応じないどころか、こんな皮肉を返してきた。

「核融合を知ったからといって惑星エンジンがつくれると思うなよ。爆竹をつくれてもロケットが飛ばせるわけじゃないのと同じことだ。しかし、そんなたいへんな思いをする必要はまったくない。銀河系では、ある文明がより強大な文明の家畜になるのはよくあることだ。飼育されるのもすばらしい生活だと気づくだろう。衣食の心配はなく、死ぬまで楽しく暮らせる。願ってもないことだと歓迎する文明だってあるんだ。それをいやだと思うのは陳腐な人類中心主義のせいにすぎない」

そこで人類はエリダヌスの結晶体に希望を託したが、そちらも空振りに終わった。エリダヌス文明は地球や吞食帝国とはまったく異なる技術を発展させてきた。その技術力は、エリダヌスの生命体に根ざしている。たとえば、例の結晶体は、エリダヌス星系の惑星の海に棲息する一種の浮遊生物の共生体だった。エリダヌス人は、母星の生命が持つ珍しい能力を組み合わせて利用しているだけで、その背後に隠された仕組みについてはなにも知らなかった。そのため、エリダヌスの生物がいない環境では、彼らの技術はまったく利用できなかった。

五十年あまりの貴重な時間を浪費したあと、絶望した人類は、とつぜん、突拍子もないアイデアを思いついた。最初に提案したのは大佐だった。このとき彼は、月推進プロジェクトを統括するリーダーのひとりとなり、元帥に昇進していた。このアイデアは常軌を逸したクレージーなものではあったが、要求される技術的な水準は低く、人類の既存の技術レベルでじゅうぶん対応することができた。なぜもっと早くこの手を思いつかなかったのかと、人々はショックを受けた。

新しい方法はごくシンプルだった。すなわち、月の片側に大量の核爆弾を埋設する。およそ三千メートルの深さに、周囲の核爆弾の爆発で破壊されない程度の間隔を空けて配置した場合、月の〝船尾〟側にあたる面に、五百万基の核爆弾が埋設されることになる。これら熱核爆弾の総エネルギーにくらべたら、人類が冷戦時代に製造した最大威力の核爆弾でさえ、おもちゃのピストルのようなものだった。

月の地下に埋められたこれらハイパー核爆弾の爆発は、息がつまりそうなほど深い洞窟の奥で爆発させた往年の地下核実験とは正反対だった。この爆発により、月の地層はまるまる一層ぶん吹き飛ぶ。月の低重力のもと、飛び散った岩石は脱出速度に到達し、宇宙に飛び出す。それが月に巨大な推進力を与えることになる。もし、ある一定の時間内に一定規模の核爆発が連続して起きれば、この爆発エネルギーはパルス式推進力となり、月に強力なエンジンを搭載したのと同じ効果が得られる。さらに、異なる位置で核爆発を起こすことで、月の進む方向をコントロールすることもできる。

これをもう一歩進めた計画案では、月の地下に、二層にわたって核爆弾を設置する。第一層のさらに下、深さ約六千メートルの地点に第二陣の核爆弾群を埋設し、一層めの爆弾がすべて爆発して月の〝船尾〟側の地層が深さ三千メートルにわたって剝ぎとられた直後、第二層の爆弾群がつづいて爆発することで、〝エンジン〟の稼働期間を二倍にすることができる。

エリダヌスの少女は、この計画を聞くと、人類はほんとうに頭がいかれていると宣言した。

「これでわかった。あなたたちが呑食帝国レベルの技術力を持ったら、あいつらよりも野蛮な文明になるわね！」

しかし、大牙はこの計画を絶賛した。

「はっはっは。虫けらにしてはすばらしいアイデアじゃないか。気に入った。野蛮なところがいい。野蛮こそもっとも美しい！」

「そんなのデタラメよ。野蛮が美しいなんて！」エリダヌスの少女が食ってかかった。

「野蛮はもちろん美しい。宇宙こそもっとも野蛮なものだ！　冷たい漆黒の深淵で乾ききった惑星が燃えている光景こそ野蛮そのものではないか。宇宙は雄々しいのだ。わからんのか？　おまえたちのそれのような女々しい文明、傷つきやすく優美でデリケートな文明は、この宇宙の片隅にたまたま残っていた変わり種にすぎない」

百年が過ぎた。大牙はいまだ生気にあふれ、結晶体の中にいるエリダヌスの少女もあいかわらず明るく元気だったが、元帥は寄る年波を感じていた。当年とって百三十五歳。もうすっかり老人だ。

そのころ、〈呑食者〉は冥王星軌道を過ぎ、エリダヌス座イプシロン星から六万年という長い航海を経て、ついに目覚めた。宇宙空間に浮かぶ巨大なリング世界に明かりが灯り、巨大な社会が動きはじめた。太陽系略奪の準備を整え、外惑星をかすめて、地球に迫ってきた。

7　人類最初にして最後の宇宙戦争

月を地球から引き離すための加速がはじまった。

月の推進面にある核爆弾の起爆がスタートしたとき、月は地球の昼の側にいた。爆発の閃光が輝くたび、青い空に一瞬だけ月が姿を現す。それはまるで、瞬きつづける銀色のひとつ眼のようだった。夜になると、月の閃光が三十八万キロメートルの距離を超えて地面に影をつくった。月の裏側に、飛行機雲のような淡い銀色のすじが見えた。それは、月面から宇宙に飛び散った岩石だった。推進面に設置されたカメラから、核爆発によって剝がされた月の地層が、天まで届く波のように高く、宇宙に向かって噴出しているのが見えた。岩石片がつくるすじは先に行くほど細くなり、はるか彼方では細い蜘蛛の糸のようになって地球の反対側のほうにたなびき、月の加速の軌道を示している。

しかし地球の人々は、月よりも、空に出現したおそろしい巨大リングに注意を奪われていた。〈呑食者〉が地球に接近するにつれ、海がその引力にひっぱられ、未曾有の高潮がすべての沿海都市を呑み込んだ。〈呑食者〉は後部エンジンを青く輝かせて最後の軌道調整を行い、太陽周回軌道に入って地球の公転と同期すると同時に、みずからの自転軸が地球の自転軸の真上に来るように正確に位置を合わせ、ゆっくりと地球に向かって降りてくると、地球をそのリングの内側にすっぽりはめ込んだ。

月の加速は二ヵ月つづいた。そのあいだ、月の推進面では二、三秒ごとに一基のペースで核爆弾が爆発しつづけ、すでに二百五十万基以上が爆発していた。加速後の月が地球をまわる軌道は、すでに長く伸びた楕円になっている。月がその楕円軌道の頂点に達したとき、大牙は元帥に招待されて、進行方向に面した月の〝船首〟側を訪れた。無数のクレーターに囲まれた平原に元帥と並んで立ち、大牙は月の反対側から伝わってくる振動を感じていた。それはまるで、この衛星の中心にある心臓が力強く鼓動しているかのようだった。漆黒の宇宙を背景に、〈呑食者〉の光り輝く巨大なリングが空の半分を占めていた。

「よくやったな、元帥虫。ほんとうによくやった！」大牙は元帥に心からの賛辞を送った。

「しかし、急ぐ必要があるぞ。加速に使える時間は、あと一周分だけだ。呑食帝国に、待つという習慣はないからな。ひとつ質問がある。おまえたちが十年前に建設した地下都市はまだ空っぽだ。移民はいつごろやってくる？　おまえたちの宇宙船は、あと一ヵ月で地球から十万人を移住させられるのか？」

「だれも移住などしない。われわれが月の最後の人類だ」

大牙が驚いて振り返ると、元帥の言う〝われわれ〟が見えた。それは宇宙軍の五千名の兵士で、平原に整然と方陣を組んでいた。方陣の前列では、ひとりの兵士が青い旗を持っている。

「見ろ、あれはわれわれの惑星の旗だ。地球は呑食帝国に宣戦を布告する！」

大牙は驚いて立ちつくした。驚きよりも困惑が勝っていた。が、そのとき、月面の重力が急激に増加し、大牙はあおむけに地面に倒れ、一歩も動けなくなった。その巨大な体が巻き上げた塵がゆっくり落ちてきて、すぐまた舞い上がった。月の反対側から伝わってくる激しい地震波のせいだった。月面の平原は一面、白い粉塵に覆われた。月の反対側で、核爆弾の爆発頻度がとつぜん数倍に増加したためだと、大牙は瞬時に悟った。重力の急激な増大から、月の加速度が数倍に増大したことも推測できた。大牙は地面に転がってうつ伏せになると、宇宙服の胸ポケットから大きな携帯コンピュータをとりだし、月の現在の軌道を調べた。このままの加速を保つと、軌道は閉じたままではなくなり、月は地球の引力を離れて宇宙に飛び出す。明滅する赤い点線が予測される進路を示していた。

月はまっすぐ〈呑食者〉に衝突する！

大牙は携帯コンピュータが滑り落ちるのもかまわず、重力に抗してのろのろと立ち上がった。顔を上げると、突発的な重力の増加と波のような土埃にもかかわらず、地球軍の方陣は石のようにしっかりと立っていた。

「一世紀がかりの陰謀か」大牙はひとりごとのように言った。

元帥はうなずいた。「気づくのが遅すぎたな」

大牙は長いため息をついた。「地球人とエリダヌス人はまったく異なる種属だとわかっていてしかるべきだった。エリダヌス文明の母星は共生を進化の基礎とする生態圏だった。自然淘汰や生存競争は存在せず、彼らは戦争という概念すら知らなかった……。われわれは、この考えかたを地球人にもあてはめてしまった。しかしおまえたちは、木の上から降りてきて以来、たえず殺し合ってきた。容易に征服されるわけがない！　おれは……許されぬ失態を犯した！」

「エリダヌス人はわれわれに多くの重要な情報を与えてくれた」元帥は言った。「中でも、〈呑食者〉の加速限界に関する情報がこの作戦の土台となった。月の軌道を変えるための核爆弾をフルに使えば、月の加速性能は、〈呑食者〉の加速限界の三倍に達する。つまり、月は〈呑食者〉の三倍の機動性を獲得する。〈呑食者〉はこの衝突から逃れることができない」

「われわれもまったく警戒しなかったわけではない」と大牙。「地球が大量の核爆弾の製造をはじめてから、われわれはつねに核爆弾の行方を監視し、月の地下に埋設されることを確認していた。しかし、まさかこんな……」

元帥はフェイスプレートの中でかすかな笑みを浮かべた。「われわれは、核爆弾で〈呑食者〉を直接攻撃するほど愚かではない。地球人の貧弱な核ミサイルは、百戦錬磨の呑食帝国にすべて途中で止められるだろう。しかし、〈呑食者〉の力をもってすれば、〈呑食者〉をもってしても、巨大な月は止められない。もしかしたら、最終的に月を撃砕するか、方向を変えることはできるかもしれないが、すでに距離が近すぎて、回避は間に合わない」

「ずるがしこい虫けらめ、陰険な虫けらめ、あくどい虫けらめ……呑食帝国は嘘がつけない文明だ。なにも隠さず、すべてをさらけ出す。そして、狡猾で陰険な地球虫にずっとあざむかれていたわけだ」

大牙は歯ぎしりしながら言った。怒りにまかせて前肢で元帥をつまみ上げようとしたが、兵士たちが機関銃の照準を合わせているのを見て思いとどまった。大牙は自分も血と肉でできた体だということを忘れてはいなかった。いくら頑健な巨体でも、機銃掃射を浴びたら命はないだろう。

元帥が大牙に言った。「われわれはもう行く。あなたも早く月を離れることだ。でなければ、呑食帝国の核爆弾で命を落とすことになる」

元帥の言うとおりだった。大牙と人類の宇宙部隊が月を離れるやいなや、〈呑食者〉の迎撃ミサイルが月面に命中した。月の両側に強い光がきらめき、船首側の面でも大量の岩石が爆発で宇宙に飛び散った。〝船尾〟側と違うのは、それらの岩石がさまざまな方向にでたらめに飛び散っていることだ。地球から見ると、〈呑食者〉に向かっていく月は、いかなる力でも止めることのできない怒れる闘士のようだった。月が見える大陸では、大群衆が空を見上げ、熱狂の歓声をあげていた。

〈呑食者〉の迎撃は長くはつづかなかった。意味がないと気づいたからだ。月がその短い距離を移動するまでに、月の進路を変えることも爆砕することも不可能だ。

月の核爆弾も加速推進のための爆発をストップした。スピードはもうじゅうぶん足りている。地球防衛側としては、最後の軌道変更操作（マヌーバ）のために必要な核爆弾を残しておかなければならない。

なにもかもが静寂の中で進行していた。音のない宇宙空間で、〈呑食者〉と月は静かに向かい合い、たがいの距離を急速に縮めていた。両者が五十万キロまで接近したとき、地球の最高司令部がある指揮艦から見ると、月は〈呑食者〉のリングと重なり、ボールベアリングの上に載せられたボールのようだった。

　このときまで、〈呑食者〉の針路に変化はなかった。それは容易に理解できる。軌道マヌーバが早すぎれば、月も同じ反応をする。ほんとうの意味で回避するためには、月が衝突する直前に回避行動をとらなくてはならない。槍で決闘する中世の騎士と同じだ。長い距離を馬で走りながら相手に近づくが、勝負はたがいに触れるか触れないかの距離まで来たときの一瞬で決する。

　銀河系の二大文明が息を殺し、最後の時を待っていた。

　三十五万キロまで距離が縮まると、両者は軌道マヌーバを開始した。〈呑食者〉のエンジンが最初に一万キロを超える青い烈火を噴き出し、回避行動をはじめた。月の核爆弾は空前の密度と頻度で狂ったように爆発し、進行方向の修正を行っていた。その湾曲した航跡が、針路の変化をはっきりと示していた。〈呑食者〉が噴き出す数万キロもの長さの青い光の川のてっぺんに、月の核爆弾が放つ銀色の閃光が象嵌細工のようにぴたりとはまり、太陽系はじまって以来の壮観をつくりだした。

　両者の機動航行は三時間つづいた。たがいの距離が五万キロまで近づいたとき、コンピュータが示した計算結果に、指揮艦の人々は目を疑った。〈呑食者〉の軌道マヌーバ加速は、エリダヌスの結晶体が教えてくれた限界値の四倍に達している！　いまのいままで疑うことのなかった〈呑食者〉の加速限界は、地球人の勝利の前提だった。いまや、月に残された核爆弾に、進行方向を大きく変更する力はない。計算によると、全力で軌道を修正したとしても、三十分後、月は四百キロの距離で〈呑食者〉をギリギリかすめることになる。

目が眩むほど強烈な閃光を発して、最後の核爆弾が尽きた。それとほぼ同時に、〈呑食者〉のエンジンも停止した。死んだような静寂のなか、慣性の法則がこの壮大な叙事詩の最終章に幕を引いた。月は〈呑食者〉のへりからギリギリのところを通過した。相対速度が速すぎるため、〈呑食者〉の引力は月をつかまえることはなかったものの、その軌道を歪めた。月は〈呑食者〉をかすめ、太陽から遠ざかる方向へと音もなく去っていった。

指揮艦では、最高司令部の人々が、死んだような沈黙のなか、数分間を過ごしていた。

「エリダヌス人にだまされた」ある将軍が低い声で言った。

「もしや、あの結晶体は呑食帝国の罠だったのか！」ある参謀が叫んだ。

最高司令部は混乱に陥った。それぞれが声を嗄らして叫ぶことで絶望をまぎらわし、あるいは発散させた。管理スタッフの数名は泣いたり、頭をかきむしったり、精神が崩壊する寸前のようだった。元帥だけが静かに大型スクリーンの前に立っていた。彼はゆっくりふりかえると、ひとことで場を静めた。

「みんな注目してくれ。〈呑食者〉はなぜエンジンを停止した？」

この問いに、司令部の全員が考え込んだ。そうだ。月は核爆弾を使い切ってしまったが、敵側にはエンジンを止める理由など存在しない。なぜなら、彼らは月に核爆弾がもう残っていないことを知らない。それに、〈呑食者〉の引力が月をとらえるリスクも考慮すれば、回避のための加速をつづけて、なるべく月との距離をとるのが得策だ。たった四百キロの距離でじゅうぶん安全なわけがない。

「〈呑食者〉表面の拡大映像をくれ」元帥が言った。

スクリーンにホログラフィック映像が現れた。それは、五百キロメートルの距離から〈呑食者〉を撮影している地球の小型高速偵察艇からのリアルタイム映像だった。灯りが輝く〈呑食者〉の大陸がありありと見てとれる。地球人たちは、畏敬(いけい)の念をもって、スクリーンにゆっくり映し出される映像を見つめた。鋼鉄の山脈の太いすじと峡谷の連なり……。そのとき、元帥は長く伸びるひとすじの黒い割れ目に気づいた。この一世紀、彼は〈呑食者〉の外観を細部まで綿密に記憶していたが、このような割れ目は、これまで絶対に存在しなかった。ほかの人々も、すぐそれに気がついた。

「なんだこれは？　これは……亀裂？」

「そうだ、亀裂だ。長さ五千キロの亀裂だ」元帥はうなずいて言った。「エリダヌス人はわれわれをだましたわけではなかった。渡されたデータにまちがいはない。加速限界は確かに存在した。月が近づくと、〈呑食者〉はいちかばちかで、設計限界の四倍の加速を敢行し、月を回避したんだ。その結果がこれだ。リングに亀裂が入った」

さらに検分すると、ほかにも数カ所の亀裂が見つかった。

「見ろ、あれはなんだ？」だれかがまた叫んだ。〈呑食者〉が回転し、外表のべつの箇所が視界に入ってきた。金属の大陸のへりに、果てしなく広がる地平線からの日の出さながら、まばゆい光の球が現れた。

「自転エンジン！」ひとりの将校が叫んだ。

「そうだ。〈呑食者〉の赤道には自転エンジンが設置されている。起動することはめったにないが、いままさにフルパワーで稼働して、自転を止めようとしている！」

「元帥、作戦は図に当たりましたね！」

「ただちにあらゆる手段を使って詳細なデータを入手し、シミュレーションを実施せよ！」元帥はそう命じたが、言い終える前からすでに司令部は計算を実行していた。

〈呑食者〉の物理構造を正確にシミュレートして一世紀がかりで磨き上げられた数理モデルが、実物の観測データを得て高速で計算を行った。結果はすぐに出た。回転制御エンジンが〈呑食者〉の自転速度を限界値より下げるには四十時間かかる。しかし、亀裂の入った軀体は、それほど長く持ちこたえられない。〈呑食者〉は、いまから十八時間以内に、遠心力によって完全にばらばらになる。

司令部の人々は歓声をあげた。

大型スクリーンに、〈呑食者〉の崩壊をシミュレートしたホログラフィック映像が映し出された。崩壊の過程は、まるで夢の中の出来事のように、とてもゆっくりしていた。漆黒の宇宙を背景に、巨大なリング世界はコーヒーに注いだミルクのごとく外へと広がっていく。〈呑食者〉のへりは少しずつちぎれ、破片が闇に呑み込まれる。まるで宇宙に溶けていくようだった。ときおり爆発の閃光が輝いたときだけ、ばらばらに解体してゆく姿がはっきり見える。

人々は、心が晴れ晴れとするようなこの破壊の光景にじっと見入っていたが、元帥はその輪には加わらず、少し離れたところでもうひとつのスクリーンの前に立ち、現実の〈呑食者〉を見つめていた。その顔に、勝利の喜びは少しもなかった。

冷静になった乗員たちは元帥の姿に気づき、次々とスクリーンの前にやってきた。〈呑食者〉の後部にふたたび青い光が現れた。推進エンジンを起動したのだ。すでに激しく損傷しているこの状況では、理解できない過ちのように思えた。たとえわずかな加速でも、分解の危険がある。〈呑食者〉がとった針路は、地球人たちをさらに困惑させた。〈呑食者〉は月の攻撃を回避する前の位置にゆっくりと戻り、地球と同期して太陽を周回する軌道にゆっくりと入り、自身の回転軸と地球の自転軸を同一の直線上に重ね合わせた。

「なに？　まだ地球を食らう気か？」だれかが驚いたように叫び、まばらな笑い声がそれにつづいたが、やがてそれはぴたっと止まった。全員が元帥の顔を見た。元帥はもうスクリーンを見ていなかった。両目をきつく閉じ、蒼白（そうはく）な顔から表情を消している。宇宙軍の兵士たちにとって、元帥の表情と声は、過去一世紀のあいだずっと、呑食帝国に対する抵抗の精神的支柱だった。元帥のこんな姿は一度も見たことがなかった。だれもが静まり返り、ふたたびスクリーンを見やって、ようやく過酷な現実を知った。

〈呑食者〉には、まだひとつだけ活路が残されていた。

地球を呑食する航行がはじまった。自転軸を地球と同期させた〈呑食者〉は、この惑星の南極に向かって移動した。移動の速度が遅ければ、自転の遠心力で分解するし、速すぎれば、推進の加速度によりもっと早くばらばらになってしまう。〈呑食者〉は生き延びるためにぎりぎりの綱渡りをしていた。時間と速度のバランスを正確にコントロールしなければならない。

地球の南極が巨大リングに囲まれるまでのあいだ、宇宙軍司令部の人々は、南極大陸の海岸線の形状が急激に変化していくのを目のあたりにした。〈呑食者〉の引力に引き寄せられた海水が南極大陸に雪崩れ込み、熱したフライパンの上の牛脂のように、大陸はその面積を小さくしていく。地球のいちばん端にある雪のように白い大陸はいま、文字どおり天まで覆う波に呑まれようとしていた。

〈呑食者〉のリングの亀裂は少しずつ数が増え、幅も大きくなっていた。最初に現れた亀裂はすでに黒ではなく、中からダークレッドの炎が透けて見える。さながら、長さ数千キロにおよぶ地獄の門のようだ。リングの表面から遊糸を思わせる白く細い線が無数に現れた。リングのいたるところから次々に出てくる。〈呑食者〉からまばらに白い髪が生えたようだ。それは、リングワールドから射出された宇宙船の航跡だった。呑食人は、まもなく壊滅する世界から脱出しはじめている。

しかし、地球の半分がリングに呑み込まれたとき、状況が逆転した。地球の引力が、目に見えない無数のスポークの役割を果たし、ばらばらになりかけていたリングを引き止めたのである。リングの表面に新たな亀裂が入ることはもうなく、いまある亀裂も広がることはなかった。十四時間が過ぎ、地球はリングワールドの穴にすっぽりはまった。引力のスポークはさらに強くなり、〈呑食者〉の表面の亀裂はせばまって、さらに五時間が過ぎると、完全にもとどおりくっついた。

指揮艦では、最高司令部のスクリーンが暗くなり、照明まで消えて、太陽だけが窓から薄暗い光を投げていた。人工重力をつくるため、艦の中央部はまだゆっくりと回転している。太陽は船内のあちこちの窓で昇ったり沈んだりをくりかえし、光と影の移ろいは、人類の過ぎ去った昼と夜を懐かしんでいるようだった。

「諸君、一世紀のあいだ職責を果たしてくれたことに感謝する。ありがとう」元帥はそう言うと、最高司令部の全員に向かって敬礼し、兵士たちが見つめるなか、静かに軍装を正した。全員がそれにならった。

人類は失敗した。しかし、地球の守護者たちはみずからの責任をまっとうした。真剣に責務を果たした兵士にとって、その瞬間はやはり輝かしいものだった。彼らはいま、一片のやましさもなく、目に見えない勲章を心の中で受けとった。彼らには、このひとときを享受する資格があった。

エピローグ　帰還

「ほんとに水がある！」若い大尉が喜びの声をあげた。目の前には確かに水面(みなも)が一面に広がり、薄暗い空の下、さざ波が光を反射してきらきら輝いていた。

元帥は宇宙服の手袋をはずすと、水をすくい、ヘルメットのフェイスプレートを開けて少し口に含んでから、すぐまたプレートを閉めた。「うん、あまりしょっぱくないな」

大尉もフェイスプレートを開けようとしたが、元帥がそれを制止した。

「減圧症になるぞ。大気の成分は問題ない。硫黄のような有毒成分も薄くなっているが、気圧が低すぎる。戦前の地球で、高度一万メートルにいるのと同じだ」

べつの将軍が足元の砂を掘っていた。「植物の種があるかもしれません」顔を上げ、元帥に笑みを向けた。

元帥は首を振った。「戦前、ここは海底だった」

「11号新陸に行ってみましょう。ここからそう遠くありません。向こうならあるかもしれない」先ほどの大尉が言った。

「あってもとっくに黒焦げだよ」だれかがそう言ってため息をついた。

あたりを見渡すと、地平線には山脈が連綿と連なっていた。最近、造山運動で生まれたばかりの山々で、青い山肌は岩石がむきだしになっている。赤黒く輝きながら山頂から流れてくるマグマの川のおかげで、山脈は赤い血が流れる巨人の体のように見えた。しかし、大地を流れるマグマの川はもう消えている。

ここは、戦後二百三十年を経た地球だった。

戦争が終結すると、最高司令部の生き残り百余名は指揮艦の人工冬眠室に入り、〈呑食者〉から地球が吐き出されたあと、故郷に帰れるときが来るのを待っていた。指揮艦は〈呑食者〉

と地球が合体した天体の衛星となり、大きな軌道を描いて公転していた。その間、呑食帝国が彼らを脅かすことはなかった。

戦後百二十五年め、〈呑食者〉が地球を吐き出したことを指揮艦のセンサーシステムが確認し、一部の冬眠者を覚醒させた。彼らが蘇生（そせい）したとき、〈呑食者〉はすでに地球を離れ、金星方向に航行していた。そして地球は、見知らぬ惑星に変わり果てていた。海は消失し、大地は蜘蛛の巣のように走るマグマの川に覆われ、炉からとりだしたばかりの炭のようだった。彼らはまた冬眠するほかなく、センサーを新たに設定して、地球が冷えるのを待った。こうして、さらに一世紀の時が過ぎた。

＊＊＊

ふたたび目覚めると、地球はすでに冷えて、荒涼たる黄色い星となっていた。激しい地殻運動は収束し、生命は消失したものの、大気は薄く残っていた。それだけではなく、残存していた海が発見され、彼らは戦前の内陸湖ほどの大きさしかない海の名残りのほとりに着陸した。

そのとき、希薄な空気の中でも耳をつんざくほどの轟音が響きわたり、あの見慣れた呑食帝国の巨大宇宙船が人類の宇宙船からそう遠くない場所に着陸した。大きな扉が開き、電柱ほどの高さの杖（つえ）をついて、大牙がよろよろと降りてきた。

「おお、まだ生きていたのか！　もう五百歳になるだろう？」元帥が言った。

「そんなに生きられるわけがない。あの戦争の三十年後に、人工冬眠に入ったのだ。おまえたちに会うためにな」

「〈呑食者〉はどこに？」

大牙は杖で空の一角を指した。「夜でなければ見えない。暗い小さな星だ。もう木星軌道を通過した」

「太陽系を離れるのか？」

大牙はうなずいた。「おれもきょう旅立つ」

「おたがい年をとったな」

「年をとった……」大牙は悲しげにうなずくと、杖をついている前肢をふるわせながら言った。

「この世界も、いまは……」その指は空と大地を指した。

「水と大気が少しだけ残っている。呑食帝国の情けか？」

大牙は首を振った。「情けではない。おまえたちの功績だ」

地球の戦士たちはけげんそうな表情を浮かべて大牙を見た。

「うむ。あの戦争で、〈呑食者〉はかつてない痛手を負った。リングに亀裂が入り、億を超える呑食人が死んだ。生態維持システムは重大な損傷を受け、戦後、地球の時間で五十年かけてなんとか応急的な修復ができた。それが終わって、ようやく地球の咀嚼をはじめたが、知ってのとおり、われわれが太陽系にいられる時間はかぎられている。早いうちに太陽系を出発しなければ、星間物質の雲がやってきて、ちょうどわれわれの針路をさえぎることになる。それを避けてまわり道をしていたら、次の星系に到着するのが一万七千年も遅れてしまう。そのころには、恒星の状態が変化して、われわれが咀嚼する予定の惑星を焼いてしまうかもしれない。そのため、太陽系の惑星の咀嚼はきわめて短時間のうちに大急ぎで行われた。だから、いつもと違って、完全には食いきれなかった」

「それはわれわれにとっては大きな慰めであり、栄誉だ」元帥は部下を見渡して言った。「おまえたちはその名に恥じない戦士だ。あれはほんとうにまれに見る宇宙戦争だった。呑食帝国の長い征服戦争史の中で、おまえたちはもっとも傑出した戦士だった！　帝国の吟遊詩人は、いまもあちこちで地球の戦士たちの武勲を叙事詩として歌い継いでいる」

「あの戦争は人類にこそ記憶していてもらいたいが。そうだ、人類はどうしている？」

「戦後、およそ二十億の人類が呑食帝国に移住した。地球に残っていた人類の半数だ」大牙はそう言うと、携帯コンピュータの大きな画面を開き、〈呑食者〉で暮らす人類の生活を映し出した。青い空の下、一面に広がる美しい草原で、人々が楽しそうに歌い、踊っている。一見、性別がわかりにくいのは、彼らの肌がみな白く、きめ細やかなためだ。薄い絹のような生地で織られた丈の長い服を着て、頭に美しい花冠をつけている。遠くに見えるのは美しい城で、そのかたちは地球のおとぎ話から借りたものらしく、生クリームやチョコレートでつくったかのように色鮮やかだった。カメラが近づくと、元帥は彼らの表情を注意深く観察し、ほんとうに楽しんでいるのだという確信を得た。なんの憂いも心配もない、水晶のように純粋な楽しさ。それは、戦前の人類が子どものころのひとときにしか味わえなかったものだ。

「彼らには安楽な生活が保証されている。飼育に求められる最低限の条件だからな。そうでなければ肉質が落ちる。地球人は高級食材で、呑食帝国の上流階級だけが食べられる。おれのような者には手の届かない珍味だ。そうだ、元帥、おまえの曾孫(ひまご)を見つけたぞ。メッセージを撮影してきた。見たいか?」

元帥は驚いて大牙を見ると、うなずいた。画面に肌のきれいな男の子が映し出された。顔を見ると十歳くらいのようだが、背丈は大人のように大きく、女性のような小さな手に花冠をもっていた。ダンスパーティの途中で呼び出されたようだった。少年はみずみずしい大きな目でまばたきしながら言った。

「ひいおじいちゃんがまだ生きてるんだって? ひとつだけお願い。ぜったい会いにこないでよね! ムカつくから! 戦前の人類の生活のことを考えると、ぼくらはみんな吐き気がするんだ。あんな野蛮な、ゴキブリみたいな生活! ひいおじいちゃんや地球の戦士たちがあんな生活をつづけたがったせいで、もうちょっとで人類がこの美しい天国に来られなくなるところだった! サイアク! おかげでぼくがどんなに恥ずかしい思いをしてるかわかる? ほんとにムカつく! ペッペッペッ! とにかく会いにこないでよ! お願いだから早く死んで!」

そう言うと、また飛び跳ねるような足どりで草原のダンスパーティーに戻っていった。

大牙が最初に気まずい沈黙を破った。「彼は六十歳を超えても生きられる。生きられるだけ生きる。食肉にはされない」

「もしそれがわたしに関係しているのなら、おおいに感謝するよ」元帥はさびしげに笑って言った。

「いや、そういう理由ではない。彼は自分の出自を知って、落ち込んでいる。おまえに対する恨みでいっぱいだ。その感情のせいで、肉質が基準に達しないのだ」

大牙は感慨を込めて、眼前にいる最後の本物の人類を見た。彼らが着ている宇宙服はぼろぼろで、顔には歳月のしわが深く刻まれていた。大地に佇立（ちょりつ）する彼らは、弱々しい陽光のもと、まだらに錆（さ）びた一群の銅像のように見えた。

大牙は携帯コンピュータを閉じると、申し訳なさそうに言った。「ほんとうは見せるつもりじゃなかった。だが、おまえたちは本物の戦士だ。現実に向き合う勇気を持っている。認めねばならん……」大牙はしばらく口ごもった。「人類文明は終わった」

「おまえたちが地球の文明を滅ぼしたんだ」元帥は遠くをにらみながら言った。「おまえたちは大罪を犯した！」

「おれたちは、とうとうまたモラルを語りはじめたわけだな」大牙は口を歪めて笑った。

「われわれの故郷を侵略し、すべてを暴虐に呑食したあと、おまえたちにモラルを語る資格があるとは思わない」元帥は冷たく言った。

他の人間たちは、二人の会話に興味を失った。呑食文明の冷酷さ、残虐さの度合いは人類の理解を超えている。その彼らとモラルを語ることに関心を持つ人間はほかにだれもいなかった。

「いや、資格はある。ほんとうに人類とモラルを語り合いたい……『どうしてそんなすぐに口に入れたんだ？』」

大牙の最後のひとことを聞いて、元帥の体にふるえが走った。それは、翻訳機を通さず、大牙自身が口にした言葉だった。耳を震わす大声だが、三世紀前の元帥の声そっくりだった。

大牙は翻訳機を通して言った。「元帥、三百年前のおまえの直感は正しかった。恒星間宇宙に隔てられた二つの異なる文明が出会ったとき、驚くべきことがあるとすれば、それは、両者の相違ではなく相似だ。確かにわれわれは、これほど似ているはずがない」

地球人たちの視線が大牙に集まった。全員が同じ予感を抱いていた。驚くべき秘密が、いま明かされようとしている。

大牙は杖をついて背すじを伸ばし、直立すると、はるか遠くを眺めながら言った。

「友人たちよ、われわれはどちらも、同じ太陽の子どもだ。地球はわれわれ共通の故郷だ。しかもわれわれは、この惑星に対して、おまえたちが持つ以上の権利を有している！　なぜなら、おまえたち人類より一億四千万年早く、われわれの先祖はこの美しい惑星で暮らし、輝かしい文明を築き上げていたからだ」

地球の戦士たちは驚いて大牙を見た。海上では薄暗い陽光が波に反射してきらめき、遠くの新しい山脈には血のようなマグマが流れていた。六千万年の時を隔てて、それぞれ一度は地球全体を覆いつくすほどの繁栄を謳歌した二つの種属が、いま、この荒廃した母なる惑星で、みじめな邂逅を果たしている。

「きょう……りゅう……」だれかが低く叫んだ。

大牙はうなずいた。「恐竜文明は地球の暦で一億年前、つまりおまえたちの言う地質時代、中生代白亜紀中期に勃興し、白亜紀の終わりごろに隆盛をきわめた。われわれは体が巨大な種属だ。生存のために必要とする資源も莫大だ。恐竜の個体数の急激な増加にともない、地球の生態系は恐竜社会の生存を維持できる限界に達した。われわれは生き延びるために、原始的な発展段階にあった火星の生態系を食いつくした。

地球上の恐竜文明の歴史は二千万年にも及ぶが、恐竜社会がほんとうの意味で急激に進歩したのは最後の数千年のことだ。しかし、恐竜文明の発展が生態系に与えた影響は、地質時代の観点からすると、突発的な大災害だった。これが白亜紀末の大量絶滅とおまえたちが呼んでいる悲劇の真相だ。

ついに恐竜たちは、十隻の巨大な世代宇宙船に乗り込んだ。針路は茫漠たる星海だ。この十隻の宇宙船はのちにひとつになった。惑星を持つ恒星に到着するたびに拡張をつづけ、六千万年を経て、現在の呑食帝国になった」

「なぜ自分の故郷を食らうんだ？　恐竜には故郷を懐かしむ気持ちはないのか？」だれかが訊いた。

「長い話になる」大牙は回想にふけるような口調で言った。「宇宙は確かに果てしなく広い。しかし、おまえたちの想像と違って、われわれ高等炭素系生物の生存にほんとうにふさわしい場所は多くはない。ここから天の川銀河の中心に向かってわずか二千光年のところで、巨大な星間雲が行く手をふさいでいる。突破することもできず、その中で生きることもできない。前進すれば、強い放射線と放浪ブラックホールの大集団が待ち受けている。反対方向に行けば、そこは渦状腕の端だ。その先に広がるのは、荒涼とした果てしない虚無……。

消費量の莫大な呑食帝国は、この二つの境界のあいだの宇宙空間に存在するすべての利用可能な惑星をすでに食いつくした。いま、われわれに残された唯一の道は、銀河系のもうひとつの渦状腕に行くことだ。そこになにがあるかはわからない。しかし、この宙域にとどまっていたら、その先に待つのは死のみだ。べつの渦状腕への航海は、千五百万年かかる。その旅路には、荒涼とした虚無が広がっている。だから、旅立つ前にあらゆる消耗品を備蓄しなければならない。呑食帝国は干上がりかけた小さな沼に住む魚と同じだ。沼が完全に干上がってしまう前に、思いきり飛び跳ねる必要がある。おそらく、太陽が激しく照りつける乾いた土の上に落ちて死ぬだろう。しかし、運がよければ、となりの沼に落ちて生き延びられるかもしれない……。

懐かしさについて言えば、数千万年も宇宙をさまよい、数え切れないほどの宇宙戦争を経験するうち、恐竜はすでに、鉄のように冷酷で無情な種属になってしまった。目前に控える千五百万年の航海のために、呑食帝国はできるだけ多く食っておかなければならない……。

文明とはなにか？　文明とは呑食だ。止まらず食いつづけること。止まらず拡張し、膨張すること。それ以外のすべては二の次だ」

元帥はしばらく考え込んだ。「生存競争は、宇宙における生命と文明の進化の唯一の法則なのか？　自給自足の、内省的な、さまざまな生命が共生する文明は築けないのか？　エリダヌス文明のような」

大牙は長いため息をついた。「おれは哲学者じゃない。築けるかもしれない。しかし、だれが最初にその一歩を踏み出す？ 自己の生存は他者を征服し、滅ぼすことで成り立つ。これは生命と文明が宇宙で生存するための鉄則だ。最初にそれを破り、内省をはじめるものは、まちがいなく死に至る」

大牙は宇宙船にとって返すと、平たい四角い箱を持って戻ってきた。その箱はざっと三メートル四方の大きさだった。地球人なら少なくとも四人はいないと持ち上げられないだろう。大牙は箱を平らな地面に置くと、蓋を開けた。中には土が隙間なくつめられ、その四角い地面に、緑の草がびっしり生えていた。すでに生命の絶えたこの世界で、草の緑はすべての人々に感動を与えた。

「これは戦前の地球の土だ。戦後、おれはこの土と、中の植物や昆虫を冬眠させ、二世紀あまりを経て、ともに目覚めた。この土は記念に持っていくつもりだったが……うん、考え直した。この土をあるべき場所に戻そう。われわれは、母なる惑星から多くを奪いすぎた」

このわずかな、生き生きとした地球の土を見て、地球人たちは頰を濡らした。いまわかった。恐竜は冷酷で無情ではない。鋼鉄や岩石よりも冷たい鱗の内側には、人類と同じように故郷を思う心を隠していたのだ。

大牙は、心に去来する感情を振り払うように前肢を振った。

「さあ、友人たちよ、ともに行こう。呑食帝国に行こう」人々の表情を見て、大牙は前肢を上げた。「もちろん、家畜として飼育されることはない。おまえたちは偉大なる戦士だ。帝国の市民として、仕事も得られる。人類文明の博物館をつくるのだ」

地球の戦士たちの視線が元帥に集まった。元帥はすこし考えてから、ゆっくりとうなずいた。

戦士たちは、恐竜が彼らのために用意したはしごを一段ずつ昇り、ひとりまたひとりと順番に大牙の宇宙船に乗り込んだ。元帥が最後のひとりだった。彼ははしごのふちを両手でつかむと、いちばん下の段に片足を乗せた。体が地面を離れようとしたそのとき、元帥は足もとにある地球の土を一瞥(いちべつ)した。そのとたん、視線が一点に釘(くぎ)づけになり、しばらく動けなかった。

彼が見たのは……一匹の蟻だった。

その蟻は、箱の中から這(は)い出てきた。元帥ははしごをつかんでいた手を離して地面にしゃがみ、手の上に蟻を登らせた。その手を顔の前に近づけ、蟻を見つめた。黒い宝石のような小さな体が太陽の光を浴びて輝いている。元帥は箱に近づくと、その蟻を草むらに戻した。すると、草のあいだにさらに数匹の蟻が見えた。

元帥は立ち上がり、そばに来ていた大牙に言った。「われわれが行けば、地球上の生命はこの草と蟻だけになる」

大牙は黙っていた。

元帥は言った。「地球の文明生物はだんだん小さくなっていくみたいだな。恐竜、人類……。次は蟻かもしれない」ふたたびしゃがみこむと、草のあいだを行き交う小さな生きものを万感の思いで見つめた。「彼らの番だ」

すると、戦士たちが次々と宇宙船から降りてきて、生命が存在する土のまわりに集まり、しみじみと蟻を見つめた。

大牙は首を振った。「草は生きていくことができる。海のまわりは、雨が降るかもしれないからな。しかし、蟻は無理だ」

「空気が薄いからか？　影響はなさそうに見えるが」

「いや、空気は問題ない。人と違って、こんな空気でも生きていける。問題は食料だ」

「草は食べられないのか？」

「食べられる。しかし、そのあとは？　空気が薄いから、植物の成長は遅い。蟻は草を食べつくしてから餓死するだろう。呑食文明がやがてたどることになる運命と鏡写しだ」

「宇宙船の食料を残していってやれないんですか？」べつの戦士が言った。

大牙はまた首を振った。「おれの宇宙船には、冬眠システムと飲料水以外、なにもない。おまえたちは〈呑食者〉に追いつくまで冬眠して過ごさなければならない。おまえたちの宇宙船に食料は？」

元帥も首を振った。「生命維持のために注射する栄養液が数本残っているだけだ」

大牙は自分の宇宙船を指さした。「急ごう。〈呑食者〉はどんどん加速している。これ以上遅れたら、追いつけなくなる」

沈黙がつづいた。

「元帥、われわれは残りましょう」若い中尉が言った。

元帥は力強くうなずいた。

「残るって？　どうする気だ？」大牙は地球人をひとりずつ見やり、驚いたように言った。

「おまえたちの宇宙船の冬眠装置はもうほとんど使えない。食料もない。死ぬ気か？」

「残って一歩を踏み出す」元帥は静かに言った。

「なんだと？」

「おまえがさっき言った、新しい文明の第一歩だ」

「おまえたち……蟻の食料になる気か？」

地球の戦士たちはうなずいた。

大牙は長い間、黙って彼らを見つめていたが、やがて杖をつき、宇宙船に向かってゆっくりと歩き出した。

「さらば、友よ」元帥は大牙の背中に声をかけた。

老いた恐竜は長いため息をついた。「おれと子孫の前に横たわっているのは尽きることのない闇夜だ。果てしない戦争とかぎりない宇宙。その宇宙のどこに、おれたちの故郷が存在しうるだろう」恐竜の足もとが湿っていた。それが涙だったのかどうかはわからない。

恐竜の宇宙船は轟音とともに飛び立ち、たちまち西の空に消えた。その方角では、太陽がまさに沈もうとしていた。

＊＊＊

地球の最後の戦士たちは生命の土を囲んで、黙って座っていた。最初にヘルメットを脱いだのは元帥だった。彼らはそれにならって次々とヘルメットをはずし、砂地に横たわった。

時は流れ、太陽が沈んだ。悲劇を経た大地が、夕陽の美しい赤い光に照らされた。やがて、まばらに星が出てきた。この薄暗い空にも深い青が現れるのかと、元帥は思った。希薄な大気に知覚を奪われる寸前、こめかみのあたりでなにかが動くのをかすかに感じて、元帥は喜びに打たれた——一匹の蟻がひたいに登ってきている。その感覚は、彼をはるか遠い子どもの頃に連れ戻した。海辺の棕櫚（しゅろ）の木のあいだに吊（つ）るした小さなハンモックの上で、仰向けになって輝く星空を見ていると、母の手がひたいを撫（な）でてくれた……。

夜の帳（とばり）が下りた。小さな海は鏡のように静まり、夜空に横たわる天の川銀河を映していた。それは、この惑星がはじまって以来、もっとも静かな夜だった。

その静けさの中で、地球は甦（よみがえ）った。

呪い5・0

「呪い」1・0は二〇〇九年十二月八日に誕生した。

金融危機は二年目を迎えていた。金融危機はすぐに終わるはずで、長くつづく金融恐慌の始まりにすぎないとはだれも思っていなかったから、社会は不安に蝕まれていた。すべての人がストレスを抱えて、だれもが積極的にそれを解決する方法を考えていた。「呪い」の誕生も、この空気と無縁ではなかった。

「呪い」の作者はひとりの若い女性だった。年齢は十八歳から二十八歳。後世のIT考古学者が把握しているのはそれだけだ。「呪い」の対象は二十歳の男性。彼のプロフィールについては多くの資料が残されている。名前は撒碧（罵り言葉の「扯逼」と同じ発音の当て字。現実には存在しない名前）、太原工業大学の四年生だ。この青年と「呪い」作者のあいだに生じたもつれはべつだん特別なものではなく、若い男女によくある平凡な出来事だった。実際にどういうことだったのかについては、その後、千種類以上の説が登場した。そのうちひとつは真実だろうが、どれが正解なのかはわからない。ともあれ、二人の物語にピリオドが打たれたあと、彼女は彼を恨みに恨み、「呪い」1・0をプログラムした。

彼女はプログラミングの達人だった。そんな技術をいったいどうやって学んだのかは、まったくわかっていない。IT業界の人口が急速に膨張している時代だが、システムの基盤となるプログラミングに精通している人間の数が増えているわけではない。簡単に使えるツールが多すぎるからだ。肉体労働者のように一行一行コードを書かなくても、そのほとんどは既存のツールを使って生成できる。いま彼女がつくろうとしているようなウイルスについても同じことが言える。強力な機能を持つ多くのハッカーツールのおかげで、出来合いのモジュールをいくつか組み合わせるか、あるいはもっと簡単に、ひとつのモジュールをちょっと改変するだけで、新しいウイルスがつくれるのだ。「呪い」の前に大規模に流行した「お祈りパンダ」ウイルス（二〇〇六年に、中国で百万台以上のPCに感染したコンピュータ・ウイルス。感染すると、線香を両手で捧げ持つパンダのアイコンが現れることからこの名がついた）もそうやってつくられた。

しかし、彼女は一から「呪い」をつくった。いかなるツールの助けも借りず、働き者の農家の女性が原始的な機織り機で糸を一本一本織って布をつくるように、自分の手で一行一行コードを書いた。彼女がPCの前で、下を向いて歯ぎしりをしながらキーボードを叩いている姿を想像すると、ハイネの『シレジアの織工』の一節を思い出さずにはいられない。

『ドイツよ、おまえの屍衣を織ってやる』『織ってやる！　織ってやる！』

「呪い」1・0は、感染拡大という点については、歴史上もっとも成功したコンピュータ・ウイルスだった。成功の理由は大きく分けて二つある。ひとつは、感染したシステムに対してなんの破壊行為も行わないこと。実際、ほとんどのコンピュータ・ウイルスは破壊を目的とはしていない。ウイルスによって被害が生じるとしたら、おおむねそれは、感染手順またはプログラミング技術がお粗末なためだが、「呪い」はそうした副作用が生じないように完璧に処理されていた。ウイルスのふるまいは完全にコントロールされ、感染したほとんどのコンピュータにはなにも起きない。システムの状況がある一定の条件に一致したとき（感染したコンピュータのおよそ十分の一がそれに該当する)、一台につき一度きり、トリガーが引かれる。するとウイルスは、感染したコンピュータの画面に次のようなテキストを表示する。

くたばっちまえ、チャビ!!!!!!!

もしこのテキストをクリックすると、チャビに関する情報が現れる。

『呪われた者は、中国山西省(さんせい)太原市の太原工業大学××学部××専攻××寮××室にいる』

もしクリックしなければ、このテキストは三秒後に画面から消えて、そのコンピュータには二度と現れない。ウイルスは端末のファームウェアに感染記録を残すので、OSを再インストールしても結果は変わらない。

「呪い」1・0が成功した二つめの理由は、OSに擬態する能力だ。この能力は彼女が発明したものではなかったが、彼女はそれをじつにうまく活用した。OSに擬態するというのは、ウイルスのコードの大部分を、感染するマシンのOSと一致させて、オペレーティングシステムが行う通常の処理とよく似たふるまいをさせることを意味する。マルウェア対策ソフトがこのウイルスを除去しようとした場合、OSそのものに被害を及ぼす危険があり、結局、途中で手をゆるめざるを得なくなる。

実際、瑞星(ライジング)やノートンなど、ウイルス対策ソフトウェアの開発元は、「呪い」1・0を注視していたものの、このウイルスを深追いすれば厄介なことになるとすぐに気づいた。ノートンアンチウイルスが二〇〇七年にWindows XPのシステムファイルを誤って削除したとき以上に悪い結果を招きかねない。その不安に加えて、「呪い」1・0に感染してもコンピュータに実害はなく、システムリソースの占有率も無視できる程度に小さかったため、各社のウイルス定義データベースから、次々に「呪い」が削除されてしまった。

「呪い」が誕生した日、SF作家の劉慈欣（リウツーシン）は、二百六十四回めの出張で太原に来ていた。太原は彼がいちばん嫌いな都市だが、来るたびにかならず繁華街に買い物に出かける。柳巷（りゅうこう）（太原市の中心部にある繁華街）の一角にある小さな店で、愛用している古くさいZIPPOのオイルを買うためだ。ライターオイルは、淘宝（タオバオ）やeBayなどのオンラインモールでまだ買えない数少ない商品のひとつだった。この日は、前々日に雪が降ったばかりで、雪が降ると毎度そうなるように、路上の雪が凍結して黒い氷になっていた。劉慈欣は氷に足を滑らせて尻（しり）もちをついた。尻の痛みのせいで、駅に入るとき、ライターオイルの小さな缶を旅行かばんから服のポケットに移すのをうっかり忘れてしまい、手荷物検査でひっかかって没収され、罰金二百元を払う羽目になった。

劉慈欣は太原がさらに嫌いになった。

＊＊＊

「呪い」1・0が流行しはじめてから五年、十年の歳月が過ぎ、日々発展するインターネットの世界で、ウイルスは静かに繁殖していた。

そのあいだに金融危機は過ぎ去り、ふたたび繁栄が訪れた。

石油資源が枯渇するにつれ、世界のエネルギーに占める石炭の比重が飛躍的に増加した。地下の石炭は山西省に財をもたらし、山西省は東アジアのアラブとなり、省都の太原は、必然的に新しいドバイとなった。

太原は、また貧乏になることを恐れる炭鉱成金のような性格の都市だった。前途は明るくてもまだ貧しかった今世紀はじめ、太原の住民たちは尻が見えるくらいぼろぼろのズボンの上にハイブランドのジャケットをまとい、工場をリストラされた労働者が街にあふれる状況でも、中国でいちばん豪華なカラオケホールと入浴施設を建てた。

それがいまでは本物の大金持ちになり、ヒステリックでクレージーな笑い声のなか、ぜいたくを極めている。迎澤大街(げいたくだいがい)（太原市の中心を東西に走る目抜き通り）の両側には上海の浦東(ほとう)も顔色を失うような高層ビル群が建ち並び、そのため、北京の長安(ちょうあん)街に次いで中国で二番めに道幅の広いこのまっすぐな大通りは一日じゅう陽が射さない深い谷となった。金持ちも貧乏人も夢と欲望をもってこの街に押し寄せたが、自分が何者で、なにが望みだったのかをたちまち忘れ果て、にぎやかな喧騒(けんそう)の渦の中で一年三百六十五日ぐるぐるまわりつづけるばかりだった。

＊＊＊

その日、三百九十七回めに太原を訪れた劉慈欣(リウツーシン)がまた柳巷にライターオイルを買いにいくと、ひとりのハンサムでエレガントな若い男性と出くわした。長髪に交じるひとすじの白が格別に目を引く彼は、作家の潘大角(パンダージャオ)だった。ＳＦを書いたあとにファンタジーを書き、そのあとはＳ

Fもファンタジーも書いている男だ。彼は太原の繁栄に惹（ひ）かれ、上海を捨てて太原に引っ越してきたのだった。大劉（ダーリウ）（劉慈欣の呼び名。「劉さん」ぐらいの意味）と大角は、SF界隈では、それぞれハード派とソフト派を代表する作家として知られている。ここでばったり出くわしたのもまた愉しからずや。太原の伝統グルメのひとつ、太原頭脳（ラム肉と漢方の薬材、酒粕を煮込んだもの）の店で酒を酌（く）み交わし、ともに耳まで真っ赤にして上機嫌になったところで、劉慈欣は得意満面に次の壮大な創作プロジェクトについて話しはじめた。全十巻、合計三百万字に及ぶそのSF叙事詩は、偽の真空から真の真空へと遷移する真空崩壊を何度もくりかえしてきた宇宙を舞台に、二百の文明の二千回の破滅を描く大作で、最後は既知宇宙のすべてが、水洗トイレの水を流したように、超巨大ブラックホールに吸い込まれて終わる。大角はすっかり感化され、そのSF叙事詩の構想をもとにして、二人で共作してはどうかと言い出した。劉慈欣がこれ以上ないほど科学的（ハード）なハードSFバージョンを男性読者向けに書き、潘大角はこれ以上ないほど幻想的（ソフト）なファンタジー・バージョンを女（MM）さん（〝（かわいい）お嬢ちゃん〟を意味する二〇〇〇年代後半のネットスラング。「妹妹」（メイメイ）の当て字「美眉」のアルファベット表記から）に向けて書く。大劉と大角はたちまち意気投合し、俗世間の雑務をすべて放り出してこのプロジェクトに熱中した。

＊＊＊

「呪い」1・0が誕生してちょうど十年が過ぎたとき、いよいよ終末の時が近づいていた。Windows Vista 以降、マイクロソフトはOSを頻繁にアップデートする理由をこれ以上見つけられなくなり、「呪い」1・0の寿命はいくらか延びた。しかしOSは、成金の妻に似て、新しくすることが避けられない。「呪い」1・0のコードの互換性はますます低くなり、すぐにインターネットという海の底へと沈んでいった。しかし、砂に埋もれて消える寸前、新たな学問分野が誕生した。IT考古学である。常識的に考えれば、インターネットの歴史はまだ半世紀にも満たないのだから、わざわざ研究するに足るほど古い対象など存在しないのだが、過去を懐かしむ人はけっこう多く、この分野に熱中した。IT考古学者は、主にネット世界の片隅にまだ生きつづけているものを発掘する。たとえば、十年近くだれもクリックしていないがまだブラウザで開くことのできるホームページとか、二十年も訪問者がいないのにいまもまだ新規登録して投稿できるウェブ掲示板とか。こうしたヴァーチャル遺物の中でも、〝太古〟のウイルスは、IT考古学者がもっとも熱を入れて探しているものだった。十年も前に書かれた、いまなお生きているウイルスを発見することは、天池（中朝国境に位置する白頭山（長白山）の頂上にあるカルデラ湖。中国でもっとも深い湖で、未確認生物チャイニーズ・ネッシーがいるとの噂がある）で恐竜を発見するようなものだろう。

こうして、「呪い」1・0は発見された。発見者がウイルスのコード全体を最新バージョンのOSに合わせてアップデートしたおかげで、「呪い」の寿命が十年は延びた。この人物は、みずからの発見をひけらかすことはなかった。もしかしたら、彼（彼女）はこの生ける化石のことを大切に思っていて、すこしでも長く生き延びられるようにと考えたのかもしれない。

いずれにしても、このアップグレードされたバージョンが「呪い」2・0だ。十年前に「呪い」1・0を書いた女性は〈始祖〉と呼ばれ、このIT考古学者は〈アップグレーダー〉と呼ばれるようになった。

＊＊＊

「呪い」2・0がネット上に現れたとき、大劉（ダーリウ）と大角（ダージャオ）は、太原駅近くのゴミ箱の横にいた。二人は、さっきゴミの中で見つけたインスタントラーメンの半欠けを奪い合っていた。二人は五、六年のあいだ臥薪嘗胆（がしんしょうたん）の日々を過ごし、それぞれ三百万字、全十巻にわたるSF叙事詩とファンタジー叙事詩を書き上げていた。タイトルは『三千体』と『九万州』。二人はこの大作に自信満々だったが、出版社が見つからず、自宅もろとも家財道具すべてを売り払い、退職金や年金を前借りして調達した資金で自費出版した。最終的に、『三千体』は十五冊、『九万州』は二十七冊売れた。合計四十二冊。SFファンならだれでも知っている、縁起のいい数字だ（ダグラス・アダムス『銀河ヒッチハイク・ガイド』より）。太原で盛大なサイン即売会を——自腹で——開催したあと、二人はホームレスとしてのキャリアをスタートした。

太原はホームレスにもっともやさしい街だ。この豪勢な大都会では、ゴミ箱の中の食べものは尽きることがない。どんなに運が悪くても、捨てられた工作丸（こうさくがん）（後述）を数粒見つけることができる。住む場所も問題ない。太原はドバイを真似て、すべてのバス停に冷暖房がついている。もし通りで寝るのに飽きたら、救援ステーションに何日か泊まることもできる。そこは、無料で飲食できるばかりか、太原で永らく栄えている風俗産業が市政府の呼びかけに応じて毎週日曜日を〝社会的弱者のための性的支援の日〟と定め、歓楽街から来たボランティアが慈善活動を行っていることで人気の高いスポットだった。市が実施した社会階層別の幸福度調査によれば、盲流（農村からの出稼ぎ労働者）、ホームレス、物乞いが一位になっていたので、大劉と大角はもっと早くこの生活をはじめればよかったと後悔した。

二人がこの新生活でもっともしあわせを感じるのは、週に一度の〈科幻大王〉編集部との会食だった。毎回、〈唐都〉のような高級レストランに連れていってくれる。太原の〈ＳＦキング〉は、ＳＦ専門誌に不可欠なＳＦのエッセンスがなんたるかを深く理解していた。この文芸ジャンルの根幹は、センス・オブ・ワンダーと異化効果にある。しかし、現在のハイテク・ファンタジーは、そうした感覚を呼び覚ます能力を失ってしまった。テクノロジーの奇跡など、もはや陳腐でありきたりなものにすぎない。現実に、毎日のようにハイテクの奇跡が起こっている。現代のＳＦ読者にセンス・オブ・ワンダーを与えられるのは、ローテク・ファンタジーだ。そこで〈ＳＦキング〉編集部は、ローテクな未来を想像するサブジャンル、〝反ウェーブＳＦ〟を提唱した。それが大成功を収めたことで、世界ＳＦは第二の黄金時代を迎えた。アンチウェーブＳＦの理念を示すため、〈ＳＦキング〉はＰＣとインターネットを編集部から追放した。投稿は手書き原稿しか受けつけず、活字を組んで版をつくり、活版印刷で雑誌を出した。さらに、一頭につきＢＭＷ一台分の予算を投じて数十頭の蒙古馬を購入し、ＳＦＫ本社ビルのとなりに豪華な厩舎を建てた。所用で外出するときはいつも、自動車ではなく、ネットにぜったい接続できない馬に乗った。もし街のどこかでひづめの音がパカパカ響いたら、それはＳＦＫの人間が来た証拠だった。彼らは劉慈欣と潘大角をしょっちゅう食事に誘った。というのも、二人が以前SFを書いていたからというだけではなく、二人がいま書いているものがもはやSFとは呼べないとしても、アンチウェーブSFの理念に照らすと、作家本人はじつにSFだったからだ。二人ともネットに接続する金がないため、きわめてローテクだったのである。

大劉も大角もSFKスタッフも、三者に共通するこの特徴のおかげで命拾いすることになるとは、このときは知る由もなかった。

「呪い」2・0はさらに七年にわたって流行した。そしてある日、のちに「呪い」の武装者と呼ばれることになる女性に発見された。彼女は「呪い」2・0のコードを仔細に研究した。最初にプログラムされたのは十七年も前だし、その後アップデートされているが、にもかかわらず、彼女はそのコードに始祖の恨みや怨念を感じることができた。ウェポナイザーは、始祖と似たような経験の持ち主で、ちょうどこのころは、毎日、歯痛を呪うようにどこかの男を呪っている時期だった。とはいえ、十七年前の女性に対しては、同情を抱く一方、ちょっと滑稽だと思わずにはいられなかった。こんなことをしていったいなんの意味があるの？　このプログラムで、問題のゲス野郎チャビの髪の毛一本でも動かせる？　いまから百年前、恨みを持つ女性は相手の名前を書いた布の人形に針を刺すというくだらないゲームをしていたらしいけれど、このウイルスもそれと同じ。なんの解決にもならず、ただ自分がもっと憂鬱になるだけだ。ここはひとつ、お姉さんが力を貸してあげよう（ふつうに考えれば始祖はまだ生きているはずだし、しかもウェポナイザーが〝おばさん〟と呼びかけるような年齢のはずだが、それでも彼女は始祖のことをなんとなく妹のように思っていたのである）。

＊＊＊

「呪い」1・0の誕生から十七年が過ぎ、まったく新しい時代になっていた。いま、全世界はインターネットの網の中にある。十七年前、ネットにつながっているのはコンピュータだけだったが、いまのインターネットは巨大な超クリスマスツリーのようなもので、ほとんどあらゆるものがその枝からぶら下がり、きらきら輝いている。家を例にとると、家電製品すべてがネットにつながり、そのコントロール下にある。爪切りや栓抜きでさえ例外ではない。前者は切り落とした爪からカルシウムが足りているかどうか判断し、ショートメッセージや電子メールで通知する。後者は酒が本物かどうかを見分け、懸賞に当たれば通知してくれるし、アルコール依存症のユーザーについては、一本開けたあと、一定時間を経過しないと次の瓶を開けることができない機能も備わっている……つまり、「呪い」ウイルスがハードウェアをダイレクトに操ることも可能な世の中になったのである。

ウェポナイザーは、「呪い」2・0に新機能を追加した。

『もしチャビがタクシーに乗っていたら、事故を起こして殺せ！』

実際、この時代のAIプログラミングの達人にとって、この機能の実装はそれほどむずかしいことではなかった。いまの車はすべて自動運転で、インターネットが運転手だ。乗客はタクシーに乗るときにクレジットカードを読みとらせる。このとき、「呪い」2・0の新機能は、クレジットカードから乗客の名前を読みとる。チャビが乗車していることが確認されたら、殺す方法は枚挙にいとまがない。もっとも簡単なのは、タクシーを建物に衝突させたり、橋から転落させたりすることだ。

しかし、ウェポナイザーは考えた。そんなに簡単にチャビを殺したくはない。十七年前、彼があの女の子にしたことの代償として、彼にはもっとロマンティックな死にかたのほうがふさわしい(ウェポナイザーは他の人と同じく、チャビが始祖になにをしたのかまったく知らなかった。もしかしたら、男のほうが悪いわけではなかったのかもしれないが、そんなことは問題ではなかった)。彼女によってアップデートされた「呪い」に感染したタクシーは、ターゲットが乗車したことがわかると、目的地をどこに設定していようと、狂ったようなハイスピードで太原から張家口まで突っ走る。さらにその先には、砂漠が広がっている。タクシーは砂漠の奥深くまで乗り入れて、そこで停車し、外界との通信をすべて断つ(このとき、「呪い」はすでに車内のコンピュータに常駐しているので、ネット接続はもう必要ない)。このタクシーが見つかる可能性はとても低い。もし人間や車が近づいてきたのを探知すると、すぐに砂漠のべつの場所に移動して隠れるからだ。どんなに時間が経っても、車のドアは内側からは絶対に開かない。かくしてチャビは、冬であれば凍死するし、夏であれば熱中症で死ぬ。春と秋なら、餓死するか、のどの渇きで死ぬ。

こうして「呪い」3・0が誕生した。これは正真正銘の「呪い」だった。

ウェポナイザーはAIアーティストと呼ばれる新・新人類だった。インターネットを操作することで、たとえば街じゅうの車が一斉にクラクションを鳴らしてひとつの曲を奏でたり、高層ホテルの窓に明かりを灯して絵を描いたりして、実用的には無意味だが美を感じさせる（もちろん、この時代のセンスは十数年前とは変わっている）パフォーマンスアートを創造する。「呪い」３・０も、そんな作品のひとつだった。搭載された機能が実際に働くかどうかはべつにして、それ自身が卓越したアート作品として注目され、二〇二六年上海ビエンナーレにおいて好評を博した。個人に危害を加える可能性があるという理由で警察は違法だと発表したが、「呪い」３・０はネット上でさらに広まり、多くのＡＩアーティストが集団創作に参加した。

こうして「呪い」は飛躍的に進化し、さらに多くの新機能が追加された。

『もしチャビが家にいたら、ガス中毒で殺せ！』

これも比較的簡単だ。最近のキッチンはすべてインターネットでコントロールされている。こうした住居では、外からリモート調理できるように、ガスを点火する機能も備わっている。「呪い」３・０はもちろん室内のガス警報器を無効にできる。

『もしチャビが家にいたら、火をつけて焼き殺せ！』

簡単だ。ガスを含め、ヘアスタイリング剤のムースやジェルなど、家の中には可燃性の高いものがたくさんあり、すべてネットにつながっているし（ネットを通じて、ヘアスタイリストがリモートで髪をセットしてくれる）、火災警報器と消火器はもちろん無効にできる。

『もしチャビがシャワーを浴びていたら、熱湯で火傷させて殺せ！』

前述のとおり、簡単だ。

『もしチャビが病院に行ったら、毒薬で殺せ！』

これはすこし複雑になる。ターゲットに特定の薬を処方することは簡単だ。いまの病院の薬局では、薬はすべて自動的にピックアップされるうえ、そのシステムはネットにつながっている。問題は、薬のパッケージだ。チャビは莫迦（ばか）ではないから、薬を受けとったあと、疑うことなくそれを服用するように仕向けなければならない。そのためには、「呪い」3・0は製薬工場の製造工程にまでさかのぼり、パッケージと中味が異なる薬をひと箱、ターゲットのためにだけ製造する必要がある。きわめて複雑な工程ではあるが、不可能ではない。しかも、AIアーティストにとって、複雑であればあるほど、作品の価値が高くなる。

『**もしチャビが飛行機に乗ったら、事故を起こして殺せ！**』

これは簡単ではない。タクシーの操作とくらべてもかなり難度が高くなる。なぜなら、呪われているのはチャビひとりだけだからだ。「呪い」3・0は、チャビ以外の人間を殺してはならない。おそらくチャビは、プライベートジェットを所有してはいないだろう。彼ひとりだけを墜落事故で殺すことは不可能だ。しかし、たとえばこういう方法はありうるだろう。ターゲットが乗る飛行機の気圧がとつぜん急降下する（ドアを開けるなどの方法を使う）。すべての乗客が酸素マスクをつけるが、チャビのマスクにだけは酸素が届かない。

『**もしチャビが食事をしていたら、のどをつまらせて殺せ！**』

ばかばかしい方法に聞こえるかもしれないが、これはきわめて簡単に実行できる。現代社会のスーパーファストな生活サイクルはスーパーファストフードを生み出した。小さな団子のような丸薬で、〝工作丸〟と呼ばれている。工作丸は密度がきわめて高く、手にすると弾丸のようにずっしり重く、食べると胃の中で乾パンのように膨らむ。カギは製造工程にある。工作丸の膨張速度は制御可能だ。「呪い」3・0は、毒薬の場合と同じような方法で工作丸の製造工程に介入し、猛スピードで膨張する工作丸をひと粒つくり、販売ルートをコントロールしてチャビだけに売る。彼が仕事の合間に水といっしょに工作丸を呑（の）むと、それがのどで一気に膨張する。

＊＊＊

しかし、「呪い」3・0は一度もターゲットを見つけられなかったし、だれひとり殺さなかった。「呪い」1・0が誕生したとき、チャビはひどいいやがらせを受けた。メディアの記者にまでしつこく追いまわされたので、改名を余儀なくされ、名字まで変えてしまった。撒（チャ）という名字の人間はそもそも少ない。加えて、あまり優雅ではない読みかたでもあるため、この街に彼と同姓同名の人間はひとりもいなかった。さらにまた、チャビの所属先と住所のデータは、「呪い」1・0の騒動以来、一度も更新されておらず、太原工業大学の学生のままだったから、ウイルスに彼の居場所が特定できるはずもなかった。「呪い」には、公安のコンピュータに侵入してターゲットの改名記録を調べる機能が付与されていたが、成果はなかった。そのため、それから四年にわたって、「呪い」3・0はただのAIアート作品でしかなかった。

しかしそのとき、「呪い」の対象をワイルドカード化するものが現れた。大劉（ダーリウ）と大角（ダージャオ）だ。

ワイルドカードというのは、いにしえの概念で、OSが文字ベースだった太古の導師（DOS）時代にまで遡る。ワイルドカードとしてもっとも一般的に使われるのは、「＊」と「?」の二つの文字だ。この二つのワイルドカードは、一文字以上の連続した文字すべてを表すことができる。「?」が一文字だけを表すのに対し、「＊」は表す文字数に制限がない。たとえば、「劉＊」なら、劉と言う名字のすべての人間が含まれるし、「山西＊」なら、山西で始まるすべての文字列が含まれる。もし「＊」だけなら、それは連続したすべての文字を指す。したがって、DOS時代には、すべてのファイルを削除する「del *.*」がもっとも邪悪なコマンドだった(del は削除命令。ファイル名は、ファイル自体の名前と、ファイルの種類を示す拡張子から成り、ピリオドで分けられる)。それ以降、オペレーティングシステムの進化にともない、インターフェースが文字ベースからグラフィックベースになると、ワイルドカードという機能自体は生き延びていたものの、わざわざコマンドラインを利用する人は少なくなり、一般ユーザーからはじょじょに忘れられていった。しかし、「呪い」3・0を含め、さまざまなプログラムで、いまもワイルドカードは利用できる。

その日は中秋節だったが、太原の燦爛たるネオンのもとで見る明月は、薄汚れた焼餅のようだった。大劉と大角は五一広場のベンチに座り、その日の午後にゴミ箱から拾った飲みかけの酒瓶五本と食べかけの平遥牛肉（塩漬けにした牛肉を茹でた保存食。山西省平遥県の特産品として知られる）二袋、ほぼ手つかずの晋祠ロバ肉ひと袋と工作丸三粒を広げて宴会としゃれ込むところだった。

しばらく前、空が暗くなってきたばかりのころ、大劉はゴミ箱から壊れたノートPCを一台拾って、自分なら修理できる、ずっとコンピュータ関係の仕事をしてきたキャリアは伊達じゃないぞと豪語した。その結果、大劉(ダーリウ)はいま、ベンチの横にしゃがみこんでPCの内部をせわしなくいじりながら、その日の午後、大角(ダージャオ)といっしょに救援ステーションで受けた性的援助の記憶を反芻(はんすう)し、余韻に浸っていた。大劉は、酒や肉の自分の取り分を多くしようと、工作丸を三粒ぜんぶ食べていいと大角に熱っぽくすすめたが、相手はその手に乗らず、工作丸はひと粒も口に入れないまま、酒を飲み、肉を食べている。

ほどなくノートPCは無事に起動し、ディスプレイがかすかに青く光った。コンピュータがインターネットにWi-Fi接続していることに気づくと、大角はそくざにマシンを奪って、QQ（テンセントが一九九九年にはじめたインスタントメッセンジャー）にログインしようとしたが、彼のアカウントはとうの昔に停止されていた。九州網、天空之城、豆瓣(ドウバン)、水木清華（いずれも〇〇年代に中国のSFファンが多く集う場があったフォーラムや大手SNS）……などなどにも、とっくに入れなくなっていた。大角はPCを放り投げ、長いため息をついた。「あーあ——昔人、已(すで)に黄鶴に乗じて去り（唐代の詩人、崔顥の漢詩「黄鶴楼」の一節）」

大劉は瓶に半分残った酒を飲みながら、ディスプレイを見た。「この地には黄鶴楼すら残ってない」

それから大劉はPCを仔細に調べ、大量のハッカーツールとウイルスのサンプルがインストールされていることに気づいた。おそらくハッカーの所持品だろう。もしかしたら、AIポリスに追われて、あわててゴミ箱に捨てたのかもしれない。デスクトップのファイルをひとつ、適当に開いてみると、逆コンパイルされたC言語のプログラムだった。大劉は、それが「呪い」3・0だと気づいた。気の向くままにコードを読んでいるうち、「電子詩人」（データベースの語彙から言葉を選んで自動的に詩を生成する、劉慈欣が自作したソフトウェア）をプログラミングした時代を思い出した。オブジェクト識別子のパラメータにたどりついたのは、ちょうど酔いがまわってきたころだった。

となりの大角は、自分がSF界でずば抜けた人気を誇った時代のことをずっとべらべらしゃべっていた。その自慢話はすぐに伝染し、大劉もノートPCをわきに押しやって、いっしょに昔語りをはじめた。思えばすばらしい時代だった。神の視点で書かれた男らしい破滅の叙事詩が当時どれほど多くの青年たちの心を揺さぶり、軍国主義やテロリズムの激情で満たしたことか！　なのにいまは十五冊……たった十五冊しか売れなかった！　TN的（クソが）（「他奶奶的」をアルファベット表記した中国のネットスラング。直訳すれば「彼の祖母の」だが、実際は強い罵倒語。「TNND」とも書く）！　ぐびりと酒をあおると、なんとそれは、老白汾（ロウバイフン）酒（シュ）（アルコール度数の高い、山西省を代表する中国酒）だった。すっかり味が変わって、ウイスキーのような口あたりだが、アルコール度数の高さはすこしも変わっていない。大劉は酔いにまかせて男性読者に毒づき、さらにすべての男性に毒づきはじめた。憎しみにらんらんと輝く目で「呪い」3・0のオブジェクトパラメータをにらみつける。「いまろぎの男なんか、ろぐな……もんじゃにえ」そう言うと、名前を「撒碧（チャビ）」から「＊」に書き換え、所属と住所を「太原工業大学，××学部，××専攻，××寮，××室」から「＊，＊，＊，＊，＊」に書き換え、性別だけは「男」のまま残した。

大角も涙を流し鼻をすすりながら昔を懐かしんでいた。あの当時、きらびやかに彩られた、悠遠たる雰囲気の、詩のような、あるいは夢のような美文がどれだけのMMをめろめろにしたことか。その作者である自分も、アイドルのような存在だった。それがいまは、年頃のMMとすれ違っても、だれひとり見向きもしてくれない。がっかりなんてもんじゃない！　空になった酒瓶を投げ捨てると、大角は、「男がろぐなもんじゃにえにゃら、女はろうなんら?」とつぶやき、オブジェクトパラメータの性別を「男」から「女」に変更した。

大劉は不服だった。女はなにも関係もない。自分の粗野な小説が女性読者を獲得できると思ったことなど一度もなかった。大劉は性別のパラメータをまた「男」に変えた。すると大角がまた「女」に書き換え、ふたりは自分たちを一顧だにしない恩知らずの読者について論争をはじめ、太原は女やもめの街になる可能性と男やもめの街になる可能性のあいだで揺れ動いた。大劉と大角はついに酒瓶を拾って殴り合いのけんかをはじめ、パトロールの警官に止められた。二人は頭のこぶをさすりながら妥協点を見出し、オブジェクトの性別パラメータを「*」にして、「呪い」3・0のターゲットのワイルドカード化を終えた。けんかで中断したせいか、べロベロに酔っ払っていたせいか、「中国」「山西省」「太原市」の三つのパラメータは二人とも変更し忘れていた。こうして、「呪い」4・0が誕生した。

太原は呪われた。

***

新しいバージョンの「呪い」は、誕生するとすぐ、自分が背負う壮大な使命を認識した。このオペレーションは規模が大きすぎるため、「呪い」4・0はただちに行動に移ることはせず、みずからの繁殖のためにじゅうぶんな時間をとった。オペレーションに必要な数まで増殖すると、ウイルスは相互に連携しつつ、一斉に行動するための全体計画をゆっくり構築していった。

計画の原則はこうだ。「呪い」のターゲットを排除するためには、まずソフトなオペレーションからスタートし、中間段階を経て、ハードなオペレーションへとじょじょにシフトしていかなければならない。

十時間後、夜明けの最初の光が地平線に輝いたころ、「呪い」4・0は行動を開始した。

ソフトオペレーションのターゲットは主に、敏感なタイプ、精神が弱いタイプ、衝動的なタイプだった。中でも、鬱病や双極性障害の男女が絶好の的になる。メンタルヘルスケアや心理カウンセリングが氾濫するこの時代、「呪い」4・0はすぐにこのタイプの人間を見つけることができた。最初のオペレーションでは、病院で検査を終えたばかりの三万人が、肝臓がん、胃がん、肺がん、脳腫瘍(しゅよう)、大腸がん、リンパがん、白血病だと告げられた。いちばん多いのは食道がんだった(この地域で多発している悪性腫瘍だった)。さらに、血液検査を終えたばかりの二万人が、HIV陽性だと宣告された。これらの診断は、たんに検査結果を改竄(かいざん)しただけのものではない。超音波エコー、CT、MRI、血液検査などに関わる医療機器を「呪い」4・0が直接コントロールすることで得られた〝本物〟の診断であり、べつの病院で再検査を受けても、結果は変わらない。この五万人のうち、ほとんどは治療を選択したが、四百人あまりはもともと生きることにうんざりしていたため、診断結果を知らされると、ほどなくみずから命を絶ってなにもかも終わりにした。その後も、同じ選択をする人間が続々と現れた。

その後、鬱病や双極性障害を患う精神的に不安定な男女五万人に、配偶者や恋人から連絡が来た。女は男に言った。「ほら見なさい、この甲斐性(かいしょう)なし。あんたなんか、なんの取り柄もない。それでも男？　あたしは××と一緒になって、とてもしあわせに暮らしてる」一方、男は女にこう言った。「おまえ、見かけがほんとに劣化したな。まあ、最初から恐竜だったけど。おまえを選ぶなんて、おれの目がどうかしてたよ。おれはもう新しい彼女の××と楽しくやってるよ」

「呪い」４・０が捏造（ねつぞう）した架空の恋敵は、もともとターゲットがいちばん嫌っている人間だった。連絡を受けたこの五万人のほとんどが相手を直接問いつめて誤解を解いたが、およそ百分の一は相手を殺すか、自分が死ぬかを選択した（そのうちのさらに一部は両方を実行した）。

ソフトオペレーションはほかにもあった。たとえば、たがいに敵対し一触即発の状態にあるマフィア二大組織のあいだに大規模抗争が起こるように仕向けたり、無期刑や有期刑を受けた犯罪者の判決を死刑に変更し、そくざに執行させたりした。しかし、総じて言えば、ソフトオペレーションは効率が悪く、排除できたターゲットは数千人にすぎなかった。とはいえ、「呪い」４・０の方向性は正しかった。大事は小事より起こる。悪の小なるを以（もっ）て為さざることなかれ。たとえ小さなことでもこつこつと、「呪い」４・０はターゲットを排除するためにあらゆる手段を試した。

ソフトオペレーションの初期段階で、「呪い」４・０は自分の最初の創造者をこの世から排除した。始祖は、「呪い」をプログラムしたあとも男に対する不信感を抱きつづけ、二十年間ずっと、優秀な職業スパイさながら、もっとも現代的な手段で夫を監視していた。そのため、これまで一度も妻を裏切ったことがなかった夫の声で電話を受けると、ショックのあまり心筋梗塞の発作を起こし、搬送先の病院で心不全を悪化させる薬物を注入され、自分の「呪い」によって殺された。

ウェポナイザーもこの段階で死亡した。彼女はＨＩＶ陽性の検査結果を受けとった。もともと自殺する意思はなかったが、抗不安薬を過剰摂取し、薬物に誘発された幻覚の中で、美しい庭園へと通じる門だと思い込んで窓に飛び込み、十五階下の地面に激突して死んだ。

＊＊＊

五日後、ハードオペレーションがはじまった。それまでソフトオペレーションによって市内で発生した自殺と他殺の異常な件数に、太原市はすでにパニック状態に陥っていたが、「呪い」４・０はまだ、政府のレーダーにひっかかることのない低空を飛行しつづける必要があった。そのため、ハードオペレーションの第一段階は、やはり隠密裡に進行した。まず、まちがった薬を処方される患者の数が激増した。それらの処方薬は、いつもと同じようにパッケージされているが、一回分を服用するだけで死に至る劇薬だった。それと同時に、食事をのどにつまらせて死亡するケースも多発した。工作丸の圧縮密度が基準値の上限を大幅に超えていたのである。同じ値段でふだんより重い工作丸を手にした人々は、得をしたと思って飲み下し、多くはそれがのどで急激に膨張して死に至った。一部には、急性胃拡張によるショック死を遂げた者もいた。

最初の大規模な標的排除オペレーションは、水道システムを利用したものだった。すべてを

AIがコントロールしている都市だとはいえ、青酸化合物やマスタードガスをそのまま水道水に混ぜることは不可能だ。「呪い」4・0が選択したのは、二種類の無害な遺伝子組み換え細菌を混合することで毒性を持たせる方法だった。二種類の細菌は、水道水に同時に混入させるのではなく、先に一種類を投入し、それが水道システムから消えたあとで、もう一種類が投入された。二種類の菌は人間の体内で混じり合う。胃の内部や血液中に残る最初の細菌の残留物があとから投入された細菌といっしょになることで致死性の毒物が生成される。もしこの毒で死ななかった場合、ターゲットが病院に運ばれて薬剤を投与されると、それが二種類の細菌と反応して、最後の一撃を加える。

そのころ、山西省の公安局と国家AI安全部は、太原市で発生した大災害の原因をすでに特定し、「呪い」4・0専用の駆除ツールを超特急で開発しているところだった。それに対抗するように、「呪い」4・0のオペレーションは急激に加速し、エスカレートした。いままで隠れていた底流が驚天動地の悪夢に変貌(へんぼう)したのである。

その日の早朝、ラッシュのピーク時に、くぐもった低い爆発音が地下から何度も轟(とどろ)いた。地下鉄が衝突事故を起こした音だった。太原市に地下鉄が開通したのは比較的最近で、設計がはじまったのは市全体が急成長を遂げている時期だった。そのため、地下鉄は、最先端の磁気浮上式真空チューブ列車を採用し、スピードの速さで全国に名を馳(は)せた。乗ったと思ったらもう目的地に着いているという意味で、〝テレポート線〟というあだ名をつけられたくらいである。それだけに、衝突事故はおそろしく悲惨な結果を招いた。爆発によってトンネルが膨脹し、大きなこぶが次々に隆起して、街はイボだらけの顔のようなありさまになった。

街のほとんどの車は「呪い」にコントロールされ（この時代、ほぼすべての車がＡＩ制御の自動運転車で、インターネットに接続していた）、「呪い」のオペレーションを実行するもっとも効果的な道具になっていた。街全体で百万台を超える自動運転車が、あるとき一斉に、ブラウン運動を行う微粒子のようにでたらめに動きはじめた。といっても、それぞれの車はばらばらに乱雑に動いているのではなく、コンピュータによって最適化された法則と順序に厳密にしたがっていた。すべての自動運転車は、まず最初に、できるかぎり多くの歩行者を轢き殺す。したがって車と車が衝突する事故は多くなかった。車同士が完璧に協調して街路にいる人間を追い込み、広場などのオープンスペースに集めた。そうした包囲網の中でももっとも規模が大きかった五一広場では、数千台の車がびっしりとまわりを囲んだのち、中心に向かって全速力で一気に突進し、数万のターゲットを排除した。屋外にいた人間のほとんどが排除されるか、建物の中に避難してしまうと、車は近くのビルに突っ込んで、車内にいる人間を排除しはじめた。この衝突もまた緻密に計算されたもので、車は人間が密集している大型商業施設や高層ビルを狙って激突した。あとから突進してきた車は前方の車に次々に乗り上げ、どんどん高く重なっていった。太原市でもっとも高い三百階建ての石炭交易会ビルの下では、突っ込んできた車両が十階以上の高さまで積み重なり、ビルを荼毘に付すために組んだ薪の山のように轟々と燃え盛った。

大衝突の前夜、太原市ではタクシーがガソリンスタンドに集団で長い列を作る奇観が出現していた。そのおかげで、衝突が起きたときは、どの車もガソリン満タンだった。同時に、市の二つの空港から強引に離陸した百を超える旅客機が次々と市内に墜落し、巨大な焼夷弾となって火災の勢いを拡大した。

政府は非常事態宣言を発出し、すべての市民に家から出ないようにと呼びかけた。この指示は、最初は正しい対応に見えた。大型商業施設やオフィスビルと比較すれば、居住施設に対する車の攻撃はまだ小規模に見えたからだ。住宅街の道路は繁華街の大通りより明らかに幅がせまく、大衝突がはじまってすぐ、車でふさがれてしまった。しかしまもなく、「呪い」4・0はあらゆる住宅を死の罠に変えた。ガスの元栓をすべて開き、空気中のガス濃度が爆燃現象の起きるレベルに達したところで火をつけた。建ち並ぶマンションは次々に爆発して炎に包まれ、中にはビルごと吹き飛んだマンションもあった。

政府はさらなる対策として市全域の電力供給をストップしたが、そのときにはすでにどこもかしこも停電していた。「呪い」4・0が停電によって機能を失ったとしても、ウイルスはすでにミッションを達成していた。

街全体が火の海だった。火の勢いはすぐに拡大し、その激しさは第二次世界大戦期のドレスデン爆撃に匹敵するほどだった。街の酸素は炎に消費しつくされ、火から逃れられた人間も、死から逃れることはできなかった。

＊＊＊

盲流の兄弟たちと同じく、ネットに接続できるものに触れる機会が少なかったため、大劉（ダーリウ）と大角（ダージャオ）は「呪い」の最初のソフトオペレーションを免れた。ハードオペレーションがはじまってからも、長年、街を歩きまわって身につけた技と、年齢のわりに機敏な動きで襲ってくる車を次々にかわした。市街地の道にくわしいこともあって、火災の初期も生き延びることができた。しかし、状況はたちまち悪化した。街全体が火の海になったころ、二人は広い道路が交わる大営盤の交差点の真ん中にいた。窒息しそうな熱波がすべてを覆い尽くし、周囲の高層建築から噴き出す炎が巨大トカゲの舌のように伸びてくる。宇宙の壊滅を何度も描いてきた大劉があわてふためく一方、ヒューマニズムに満ちた温かい作品を書いていた大角は落ち着き払っていた。

大角は、髭（ひげ）をしごきながらまわりの火の海を眺め、悠揚迫らざる口調で言った。「破滅がかくの如き壮観ともっと早く知っていれば……小説に書いていたのに」

大劉は腰が抜けて地面にへたり込んでいた。「破滅がこんなに恐ろしいともっと早く知っていたら……あんなに何度も小説に書いたりしなかった！　ああ、縁起でもないことばかり書いてきたおれが莫迦だった。それ見たことか……」

最終的に、二人の意見は一致した。もっとも心を揺さぶる破滅は、自分自身の破滅だ。

するとそのとき、涼やかな銀色の声が響いた。一瞬、火の海の中で氷の結晶に触れたような気分になった。「劉と潘（パン）、早く！」

声のほうを見ると、二頭の馬が炎の海からエルフのように飛び出してきた。ロングヘアをなびかせて馬にまたがっているのはＳＦＫ編集部でいちばん美しいＭＭ二人だった。彼女たちが大劉と大角をそれぞれの馬上にひっぱりあげると、二頭の駿馬は炎の隙間を稲妻のように駆け抜け、燃えさかる車の残骸の列を飛び越えた。しばらく走ると、とつぜん目の前が開けた。馬は、街の中心を南北に流れる汾河にかかる大きな橋のたもとに着いていた。大劉と大角は清々しい空気を深く吸い込んだ。それぞれMMの細いウエストに抱きつき、彼女たちの長い髪がやさしく顔を撫でるのを感じながら、逃避行がもっと長くつづけばよかったのにと残念に思っていた。

橋を渡ると、そこは安全地帯だった。四人はほどなく、SFK編集部の他のメンバーと合流した。彼らは全員、大きな馬に乗っていた。迫力たっぷりのこの馬列が晋祠（太原市の南西25㎞、懸甕山のふもとにある道教寺院。観光名所として知られる）の方角へと進みはじめると、徒歩で逃れてきた避難民たちが羨望のまなざしを向けた。大劉と大角とSFKの面々は、生き延びた人々の中にひとり、自転車に乗っている人物がいることに気づいた。この時代、自転車すらインターネットに接続している。「呪い」はあらゆる自転車を完全にロックしていたが、この一台だけは例外らしい。そして、ただひとり自転車に乗っている当の中年男性こそ、チャビその人だった。

若いころ「呪い」ウィルス騒動の被害に遭ったため、チャビはネットに対して本能的な恐怖と嫌悪を抱き、日常生活でも可能なかぎりネットとの接触を避けていた。たとえば、彼が乗っている自転車は、二十年前の骨董品だ。住んでいるのは汾河の川岸の、街はずれに近いあたりだった。大衝突がはじまったことを知ると、彼はぜったいネットにつながらないこの自転車に乗って避難することにしたのだった。実際、チャビはこの時代に珍しい、足るを知る人物だった。彼は何人かの女性と恋愛をしてきた自分の人生に満足し、たとえいま死んでも、なんの恨みも後悔もなかった。

最終的に山の上に逃れた一行は、山頂に佇み、燃えつづける街を茫然と眺めていた。猛烈な勢いで吹きつづける風が周囲の山々をかすめ、中心にある太原盆地に向かって四方八方から流れ込み、熱で上昇していく空気を補っていた。

彼らからそう遠くないところに、一台の大型ヘリコプターが着陸した。降りてきたのは、火の海を脱出した、山西省政府と太原市政府の幹部たちだった。市長のポケットにはスピーチ原稿が入っていた。それは、まもなく訪れる市民の日のための原稿だった。太原城が誕生した日を確定するには長い紆余曲折があった。専門家はこう述べている。

「紀元前四九七年、晋陽城が建設されてから、春秋戦国時代を経て、唐、五代十国など十を超える時代にわたって、太原はずっと北方の軍事上の要衝だった。九七九年、太原は北宋に滅ぼされたが、その後ふたたび勃興して、南宋、金、元、明、清などの時代を通じ、軍事的な要衝としてのみならず、名だたる文化の中心として、また商業都市として繁栄した」

そこで、こんなスローガンが提案された。

『太原市制定二千五百年を熱烈に祝おう！』

いま、二十五世紀を閲した街が炎の海の中で灰になろうとしている。

すると、軍用無線がついに中央とつながった。救援の大軍が全国から駆けつけようとしていることがわかったが、通信はすぐに断たれ、電波障害の音だけになった。一時間後に受けた報告によると、救援部隊は前進を停止し、空の救援部隊も方向を変えたり引き返したりしているという。

山西省ＡＩ安全局のある責任者がノートＰＣを開いた。画面に表示されていたのは、コンパイルされた最新バージョンの「呪い」５・０のコードだった。オブジェクトパラメータを見ると、「太原市」「山西省」「中国」も、「＊」「＊」「＊」に書き換えられていた。

中国太陽

序

水娃(シュイワー)は母のふるえる手から小さな包みを受けとった。中には母がつくってくれた底の厚い布靴が一足と、饅頭(マントウ)が三つ、大きな継ぎ当てのある服が二着、それに二十元が入っていた。父は道端にしゃがんで、おもしろくなさそうな顔でパイプをふかしていた。

「息子が家を出ていくっていうのに、もうちょっとマシな顔はできないの？」母が父に向かって言ったが、父はそこにしゃがんだまま、むっつりした表情で無言を貫いた。母はまた口を開き、「行かせたくないっていうならそれでもいいよ。だったら、家を建てて嫁さんをもらう金をあんたが出してやれるのかい？」

「とっとと行っちまえ！　どいつもこいつも行っちまう。犬でも飼ってた方がマシってもんだ！」父は顔も上げず、泣き叫ぶように言った。

水娃は自分が生まれ育った村を眺めた。日照りつづきのこの村では、貯水用の穴に溜(た)めたわずかな雨水で暮らしている。水娃の家はコンクリートの穴をつくる金がなく、土で固めているため、暑くなると水が臭ってくる。例年ならその水も、いちど沸騰させれば、まずいだけで飲むことはできたが、この夏は、沸かして飲んでも腹を下した。近くに駐在する軍隊の医者によると、なにやら毒のある鉱物が水に溶け出しているという。

水娃が父を見やると、父はそっぽを向いて、こちらをふりかえることなく行ってしまった。ふりかえってほしいとは思わなかった。父さんはつらいことがあるとしゃがみこんで煙草を吸う。まるで黄色い大地の土くれにでもなってしまったみたいに、何時間でも吸いつづける。それでも、父さんの顔ははっきり見えた。あるいは、父さんの顔の上を歩いたと言うほうが正しいかもしれない。この広い西北の大地、干上がってひび割れだらけになった黄褐色の地面は、たしかに老いた農民の顔だった。ここにあるすべて——木々、大地、家、人——が焼け焦げたように黒ずみ、黄ばみ、しわだらけだ。どこにあるかはわからないが、天を向いた大きな顔に目がついていることは感じとれた。その巨大な双眸は空を見ている。若いころは雨を待ち焦がれる目だったが、いまはすっかり年老いて、生気がない、どんよりした目になった。実際、この巨大な顔にはずっと生気がない。この大地にも若いころがあったなんて、とても信じられなかった。

乾いた風が吹いた。目の前の、村を出るあぜ道は黄色い砂埃に埋もれている。水娃はその道を歩き、新しい生活に向かって一歩を踏み出した。

その道は、彼が夢にも見なかった場所につづいていた。

人生の目標その1——まずくない水を飲み、金を稼ぐ

「わあ、こんなに明るいのか！」

水娃（シュイワー）が鉱区に着いたとき、外はもう暗くなっていた。この鉱区には小さな非合法の炭鉱がたくさん集まっている。

「このくらいなんだってんだ。〝こんなに明るい〟ってのは、街の灯（あか）りのことを言うもんだぜ」迎えにきた国強（グオチアン）が言った。国強は水娃と同じ村の出身で、何年も前に村を出ていた。

水娃は国強の紹介で飯場に住むことになった。食事のときに飲んだ水は、ほのかに甘かった。鉱山は深井戸を掘るから、水がまずくないのはあたりまえだと国強が教えてくれたが、それにひとことつけ加えて、「うまいってのは、街の水のことを言うもんだぜ！」

寝る段になって、国強が枕にしろと言って、硬い包みをくれた。開けてみると、黒いビニールに包んだ、黄色いせっけんのような棒が何本も入っていた。

「ダイナマイトだ」国強はそう言うと、寝返りを打っていびきをかきはじめた。国強もダイナマイトを枕にしている。ベッドの下にもたくさん積んであるし、頭上にも雷管がたくさんぶら下がっていた。あとからわかったが、それは水娃の村をまるまる吹き飛ばせるくらいの量だった。国強は炭鉱の発破方だった。

炭鉱の仕事はつらく苦しいものだった。水娃は石炭を掘り出したり、炭車を押したり、支柱

を建てたりの作業をこなし、一日働くと疲労困憊した。苦労して育った水娃にとって重労働は苦にならないが、坑道に入るのが怖かった。坑内に降りるのは、真っ黒い蟻の巣に入っていく気分だった。最初のうちは、目を覚ましたまま悪夢を見ているようだと思ったが、そのうちそれにも慣れてきた。給料は出来高払いで、毎月だいたい百五十元。調子がいいときは二百元以上もらえることもあり、水娃は満足していた。

しかし、水娃がいちばん満足したのはここの水だった。一日め、仕事が終わると体じゅう真っ黒で、炭のような状態だったので、仕事仲間と汚れを落としに行った。洗い場に行くと、先に入っている人たちが大きな湯船から洗面器で湯をすくって、頭から足まで流していた。洗い場の床には黒い小川ができている。水娃はそれを見て驚いた。うわっ！　こんな水の使い方があるか？　これは飲み水だぞ！　きれいな甘い水があるおかげで、この真っ黒な世界は、水娃の目にはこのうえなく美しい世界に見えた。

しかし国強は、街に出たほうがいいとしきりにすすめてきた。国強はむかし街で仕事をしていたが、建設現場の備品を盗んだために、盲流のレッテルを貼られて、戸籍のある村へと送り返された。

街はここよりぜったい稼げるし、こんなにくたくたになるまで働く必要もないと、国強は請け合った。

水娃が決めかねているあいだに、坑内で国強が事故に遭った。その日、国強は不良品のダイナマイトをかたづけていた。その最中に、いきなりダイナマイトが爆発したのだ。炭坑から運び出されたとき、国強の全身には砕石が埋まっていた。死にぎわ、彼は水娃に言った。

「街に行け。街はもっと明るいぞ……」

人生の目標その2
——もっと明るく、もっと水がうまい街に行って、もっと金を稼ぐ

「ここの夜は昼間みてえだな！」

水娃は思わずそうつぶやいて嘆息した。国強が言ったとおりだった。街はほんとうに明るい。水娃と二宝は、それぞれ靴磨きの箱を背負って、省都の大通りを駅に向かって歩いているところだった。二宝は水娃のとなり村の出身で、国強といっしょに街で働いていたことがある。国強が前にくれた住所を頼りに、苦労して二宝を捜し出したところ、いまは建築現場の仕事ではなく、靴磨きをしているという。しかし折よく、二宝といっしょに住んでいた相棒が実家の事情で帰郷したばかりだった。そこで二宝は、水娃に靴磨きのやりかたを簡単に教えると、元相棒の道具箱を背負わせて、いっしょに仕事に連れ出した。

水娃はこの仕事にまったく自信がなくて、歩きながらずっと考えていた。靴を修理するならまだしも、靴磨き？　一元も払って靴を一回磨いてもらおうなんて客は（しかも、いい靴油を使ったら三元だ）、どう考えたって頭がおかしい。しかし、駅前に着くと、まだ道具も広げきらないうちに客が来た。その夜、十一時までに、水娃は十四元も稼いだ！　だが、帰り道、二宝は、冴えない顔で、きょうは商売にならなかったと言った。水娃に自分の儲けを奪われたと

言いたいようだった。

「窓の下にあるあの大きな鉄の箱はなんだい？」水娃は目の前のビルの壁を指して言った。

「エアコンだ。あの部屋はいま、春みたいに居心地がいいぞ」

「街はいいなあ！」水娃は額の汗を拭(ぬぐ)いながら言った。

「ここでは、苦労さえいとわなければ、食ってくのは簡単だ。でも、身をかためて家を買おうと思ったら、どうしようもない」二宝はそう言うと、近くのマンションのほうにあごをしゃくった。「あのマンションなら、一平米あたり二、三千元はする」

水娃は天真爛漫(らんまん)に訊(き)き返した。「平米ってなんだい？」

二宝は話をする価値もないという顔で、軽蔑(けいべつ)したように首を振り、返事をしなかった。

＊＊＊

水娃はバラックのひと部屋に十人ほどで雑魚寝していた。同居人のほとんどは出稼ぎや商売のために街にやってきた農民だが、すぐとなりの布団で寝ていたのは街の人間だった。といっても、この街の人間ではない。部屋にいるときの彼は他のみんなと大差なかった。同じものを食べ、夜は上半身裸で外で涼んでいる。しかし、朝になるとびしっとスーツを着て革靴を履き、別人のような姿で出かけていく。まるで鶏小屋から鳳凰(ほうおう)が飛び出すような感じだった。名を陸(ルー)名海(ミンハイ)といい、ふだんは陸海(ルーハイ)と呼ばれていた。みんな、彼のことが嫌いではなかった。ある便利な道具を持っていたからだ。水娃の目には、それは鏡でできた大きな傘みたいに見えた。裏側がピカピカで、光を反射する。この傘を広げて日当たりのいいところに置き、真ん中にある台に、水を入れた鍋をセットする。すると鍋の底が反射する日光でまぶしいくらい明るく照らされ、すぐに湯が沸いた。あとから知ったが、それは〝太陽光ヒーター〟という製品だった。みんなそれを使って煮炊きしたので光熱費の節約になったが、太陽が出ていない日は使えなかった。

ソーラーヒーターという名のこの大きな傘には骨がなかった。いちばん不思議なのは、陸海が傘をしまうときだった。傘から細い電気コードが室内まで伸びていて、部屋に入ってプラグを抜くと、傘は地面にぱっと広がって、一枚の銀色の布になる。手にとってためつすがめつしてみると、布はなめらかで柔らかく、ほとんど重さを感じないくらい軽かった。布の表面に自分の歪んだ顔が映り、シャボン玉の表面にできるみたいなくるくる変化するカラフルな模様が現れた。手を離すと、銀色の布は水銀をすくったときのように指のあいだから地面に音もなく滑り落ちた。陸海が再び電源にプラグを差し込むと、布は開いた蓮の花のようにぱっと広がり、たちまち丸い傘のかたちになって地面に倒立した。傘に触れてみると、薄くて硬い。軽く叩くと心地よい金属音がした。この状態になると強度も強く、地面に置けば、水をいっぱい入れた鍋ややかんを支えることができた。

「これはナノ素材の一種なんだ」と陸海は水娃に説明した。「表面はなめらかで、よく光を反射し、強度も強い。なにより、ふだんはやわらかいが、微弱な電流を通すと硬くなる」

あとから知ったことだが、この〝ナノミラーフィルム〟は陸海の研究成果だった。特許を申請し、私財を投入して市場に出そうとしたが、携帯式ソーラーヒーターを含めたこれらの製品に引き合いはまったくなく、金は一銭も戻らなかった。いまは家賃を水娃に借りるほど貧乏だが、それほどまでに困窮しても、彼はまったく落ち込むことなく毎日あちこち走りまわり、この新しい素材を使ってなんとか活路を開こうと模索していた。こうして街を走りまわるのは、この街で十三番めだ、と陸海は言った。

ソーラーヒーターのほかに、陸海はもう一枚、小さなナノミラーフィルムを持っていた。ふだんは枕元の机に置いてあり、銀色のハンカチみたいだが、小さな電源スイッチがついていて、陸海は、毎朝出かける前にかならずそのスイッチをオンにする。するとハンカチはすぐに硬くて薄い板になり、なめらかで小さな鏡に早変わりする。陸海はこの鏡で身だしなみを整えていた。ある朝のこと、そうやってナノミラーフィルムの小さな鏡を使って髪を梳かしながら、陸海は起きたばかりの水娃を横目で見た。

「身だしなみに気をつけなきゃだめだ。よく顔を洗って。髪もいつもボサボサじゃないか。それからその服。安いのでいいから、新品を買え」

水娃は鏡を持ってきて自分の姿を見たが、笑って首を振った。ただの靴磨きに、そんな面倒なものは必要ない。

陸海は水娃に近づいて言った。「現代社会はどこにでもチャンスが転がっている。金の鳥がそこらじゅうを飛びまわってるんだ。手を伸ばしたら、いつか一羽捕まえられるかもしれない。でもそのためには、自分を大切にする必要がある」

あたりを見まわしたが、金の鳥なんてどこにもいない。水娃（シュイワー）は首を振って言った。「ろくすっぽ学校に行ってないんだ」

「もちろん、それは残念なことだ。でも、もしかしたらそれが有利に働く日が来るかもしれない。この時代のすばらしいところは、予測不能性だ。どんな奇跡がだれの身に起こるか、だれにもわからない」

「あんた……大学出てんだろ？」

「固体物理学の博士号を持っている。大学教授だった」

陸海（ルーハイ）が出かけてしばらくたっても、水娃はぽかんと口を開けたままだった。ようやく我に返ると首を振った。陸海ほどの男が十三もの都市をまわっても、まだ金の鳥を捕まえられずにいる。それをおれが捕まえられるかもしれないって？　あいつはおれをからかっているのかもしれない。でもあいつ自身だって、みじめな、笑える境遇じゃないか。

その夜、部屋の住人の中には、もう休んでいる者もいれば、外でポーカーに興じる者もいた。水娃は陸海といっしょに二、三軒先の食堂に行って、テレビを眺めていた。時刻は夜十二時過ぎ。テレビはニュースの時間で、画面にはアナウンサーひとりだけが映っていた。

「本日午後に開かれた国務院の記者会見において、世界的に注目されている中国太陽プロジェクトが正式にスタートするとの発表がありました。これは三北防護林プロジェクト（中国北部の三北地域に森林地帯を建設する砂漠化対策の政府プロジェクト）につづく、国土環境改造計画の超大型プロジェクトとなります……」

中国太陽プロジェクトという名前には聞き覚えがあった。空にもうひとつ太陽をつくり、干上がった西北地方の大地に雨を降らせるという。水娃には話が大きすぎてよくわからなかったので、いつものように陸海にたずねようと思った。振り返ると、陸海は目をまんまるに見開き、口も半開きのまま、魂を吸いとられたようにじっとテレビを見つめていた。水娃は目の前で手を振ってみたが、反応がなかった。そのニュースが終わってしばらくたってから、陸海はようやく我に返り、こうつぶやいた。

「まったく、おれはなぜ中国太陽を思いつかなかったんだ？」

水娃はぼんやりと陸海を見た。自分でさえ知っていることを彼が知らないわけがない。このプロジェクトを知らない中国人などいないのだ。陸海は中国太陽を知っていた。ただ、思いつかなかった。だとしたら、いま、いったいなにを思いついたんだろう？　このニュースが、陸海と——蒸し暑いバラックに住む落ちぶれた放浪者と——なんの関係があるっていうんだ？

「けさ言ったこと、覚えてるか？」陸海がたずねた。「あの金の鳥がおれの目の前に来たんだ。大きな大きな鳥だ。ほんとうはずっと頭の上を飛んでいたのに、ちきしょう、おれは気づかなかったんだ！」

水娃は狐につままれたような顔で陸海を見た。

陸海はすっくと立ち上がった。「北京に行くぞ。いますぐ出て、二時半の列車に乗る。兄弟、いっしょに行こう！」

「北京？　なにをしに？」

「北京は大きい。やれないことなんかない。靴磨きだってここより稼げるさ！」

その夜、水娃（シュイワー）と陸海（ルーハイ）は座る席もないぎゅうぎゅうづめの列車に乗り込んだ。列車は、ひと晩じゅう、茫漠（ぼうばく）と広がる西部の原野を太陽の昇る方角へと走りつづけた。

人生の目標その3
——もっと大きな街に行き、もっと大きな世界を見て、もっと金を稼ぐ

はじめて首都を見たとき、水娃は悟った。世の中には、この目で見ないかぎり、想像だけではぜったいにわからないことがある。たとえば、北京の夜。これまで数え切れないほど何度も、北京の夜を想像してきた。最初は村や鉱山の明かりを数倍大きくした。次は省都の明かりを何倍も大きくした。しかし、水娃と陸海を乗せたバスが北京西駅を出発して長安街に入った瞬間にわかった。いままで見た明かりを千倍にしたとしても、北京の夜とはくらべものにならない。もちろん、北京の明かりが省都の明かりの千倍以上も明るいというわけじゃない。でも、夜の北京には、西部の街が束になっても敵（かな）わないものがある。

水娃と陸海は、地下に部屋がある安宿で一夜を過ごし、二日めの朝に別れた。陸海は別れぎわ、幸運を祈る、困ったら自分を訪ねてこいと言った。しかし、水娃が電話番号と住所を教えてくれと言うと、いまはないと答えた。

「じゃあ、どうやって連絡すればいい？」水娃は聞いた。

「しばらくしたらテレビか新聞を見てくれ。おれの居場所がわかる」

陸海の背中を見送りながら、水娃は困惑して首を振った。どういう意味なんだろう。あの男

はいま、一文なしだ。宿に泊まる金も一泊分しかなかったし、きょうの朝食代さえ水娃が払った。あのソーラーヒーターだって、向こうを出る前、家賃の足しにするため大家にさしだした。いまの陸海は、夢以外なにも持たない、ただの放浪者だ。

＊＊＊

陸海と別れると、水娃はすぐさま仕事を探しはじめた。しかし、大都会の衝撃に頭がぼうっとして、たちまち目的を忘れ去り、一日じゅう、どこに行くともなく歩きまわった。まるで神や仙人の世界を歩いているようで、ちっとも疲れなかった。

夕方、水娃は首都の新しい象徴、去年竣工（しゅんこう）したばかりの統一大廈（タワー）の前に立っていた。高さ五百メートル。雲を衝くガラスの絶壁を見上げると、その向こうの空では、じょじょに暗くなる夕陽の輝きと、じょじょに明るくなるネオンの海とが、息を呑（の）むような光と影のパフォーマンスを見せていた。水娃は長いあいだじっとそれを見上げていたが、首が痛くなってきたので歩き出そうとした。するとそのとき、タワー本体の灯りが点灯した。その壮麗な眺めに身も心も奪われ、彼はまた、魅入られたように凝視しつづけた。

「ずいぶん長いあいだ見てますね。あの仕事に興味があるんですか？」

ふりかえると、声をかけてきたのは若い男だった。典型的な都会人ファッションだが、片手に黄色いヘルメットを持っている。

「仕事って？」水娃は困惑して訊き返した。

ほら」

「だから、あれですよ」若者はそう言うと、ヘルメットを持った手で上を指した。「ほら」

水娃(シュイワー)は彼の指す方向に目をやった。ガラスの壁の上のほうにいくつか人影が見える。ここからだと、ただの小さな黒い点だった。

「あんな高いところでなにを?」水娃は目を凝らした。「ガラスの掃除?」

男はうなずいた。「わたしは藍天(らんてん)ビル清掃会社で人事を担当しています。わが社は高層建築の清掃に携わってましてね。この仕事に興味はありますか?」

水娃はもう一度ビルを見上げた。空中の蟻のような黒い点を見ていると、目眩(めまい)がしてきた。

「あれは……怖すぎる」

「もし安全性を気にしているのなら、ご心配なく。たしかにこの仕事は危険そうに見えますし、まさにそのせいで求職者が見つからず、人手不足に悩んでるんですが、安全性は保証します。徹底した危険防止策を講じていますし、マニュアルにしたがって作業しているかぎり、まったく心配はありません。給与は同業他社とくらべても最高ランクです。あなたなら、月給千五百元。勤務日は昼食つき。会社のほうで生命傷害保険にも加入します」

金額を聞いて仰天した水娃が茫然と人事担当者を見つめていると、彼はその意味を誤解したらしく、「わかりました、仮採用期間なしの本採用ということにして、さらに三百元、上乗せしましょう。月に千八百元。これ以上は無理です。この職種はもともと、基本給がたった四、五百元しかなくて、あとは毎日、日払いの超過勤務手当が出るだけだったんですからね。いまは固定給で、ずいぶん待遇がよくなりました」

こうして、水娃は高層ビルの窓ガラス清掃員——別名〝スパイダーマン〟——となった。

人生の目標その4——北京人になる

水娃は四人の同僚と航天大廈の屋上から出発し、四十分かけて八十三階まで慎重に降りてきた。ここはきのう拭いた場所だ。高所作業員にとっていちばん頭が痛いのは、角度が九十度よりも小さい斜壁のガラスを拭くことだった。この航天タワーを設計した建築家は、病的な独創性の表現として、ビル全体を斜めに建てた。ビルのてっぺんは地面に打ち込まれた細長い柱で支えられている。この著名な建築家の言によれば、傾斜があるほうが上昇している感覚を表現できるのだという。この主張にも一理あった。おかげでこの高層ビルは世界にその名を轟かせ、北京のシンボル的な建築のひとつとなっている。しかしその建築家は、北京のスパイダーマンたちに子々孫々まで罵られることとなった。彼らにとって、航天タワーの清掃作業はまさに悪夢だった。なぜならこの斜めのビルは、高さ四百メートルの壁面ひとつがまるごと鋭角になっているからだ。地面との角度は、六十五度しかない。

作業位置まで来ると、水娃は上を見た。頭上の巨大なガラスの崖はいまにもこちらに倒れてきそうだ。洗剤が入った容器の蓋を片手で開け、もう片方の手で吸着カップの柄をしっかり握った。この吸着カップは、こういう傾斜した壁の清掃用につくられたものだが、使い勝手はあまりよくない。しょっちゅう外れるので、そのたびにスパイダーマンたちは壁から離れ、安全ベルトで吊るされた状態で空中ブランコを演じることになる。航天タワーの清掃ではしょっちゅうそれが起こり、そのたびに魂が抜けるほどの恐怖を味わう。きのうも同僚のひとりの吸着カップが外れて壁から離れてしまい、振り子のように戻ってきたとき、強風に吹かれて壁に激突し、大きな板ガラスを割ってしまった。ひたいと腕に大怪我をしたばかりか、高価な建築用被覆ガラスを弁償する羽目になり、一年分の給料が吹き飛んだ。

＊＊＊

水娃(シュイワー)がスパイダーマンの仕事をはじめてから二年の月日が経った。仕事は簡単ではない。地上で風力2のそよ風が、百メートルの高さでは風力5の疾風になる。高さ四、五百メートルの超高層ビルではさらに強くなり、作業に危険を及ぼすことは言うまでもない。今世紀はじめから、スパイダーマンの転落事故は何度も起きている。冬の強風は、鋭利な刃物のように感じられる。ガラス拭きでもっともよく使われるフッ化水素酸は腐食性が高く、爪の先が黒く変色して剥(は)がれ落ちた。夏になると、洗浄剤による腐食を防ぐため、通気性の悪いレインコートとレインパンツを着込み、レインブーツを履かなければならない。被覆ガラスの清掃時は、背中に灼熱(しゃくねつ)の太陽を背負い、正面はガラスから反射する日光で目も開けられないほどのまぶしさになる。陸海(ルーハイ)のソーラーヒーターの中に放り込まれたような気分だ。

　しかし水娃は、この仕事が好きだった。スパイダーマンになってからの二年間は、人生でもっとも楽しい時間だった。もちろん、地方から北京に来て働く低学歴の出稼ぎ労働者にとってはずいぶん高収入の仕事だということもある。さらに言えば、彼はこの仕事に奇妙な満足感を覚えていた。同僚がやりたがらない作業がとくに好きだった。たとえば、完成まもない超高層建築の清掃。だいたい二百メートル以上、いちばん高いビルだと五百メートルにもなる。摩天楼のてっぺんから外壁にぶらさがると、さえぎるものひとつなく北京市街が眼下に広がり、前世紀に建てられた高層建築群も小さく見える。もっと遠くのビルは地面に刺さった細い木の棒のようで、中心にある紫禁城は金色の積み木のお城のようだった。都会の喧騒もこの高さまでは届かず、北京の街はひとめで見渡せるひとつの巨大な生きものに見えた。蜘蛛の巣状に走る道路が血管の役割を果たし、その巨大生物は眼下で静かに呼吸している。ときには、超高層ビルの高層階が雲を貫いていることもある。ビルの腰から下は薄暗い豪雨に包まれているのに、上半身では太陽が燦々と輝き、清掃作業をしている彼の足もとに雲海が広がっている。そんなときはいつも、雲海の上を吹き渡る強風にさらされて自分が透明になってしまったような気がした。

水娃はこうした経験から、ひとつの哲学を学んだ。すなわち、ものごとは高所からでなければよく見えない。もしこの大都会の地べたに埋もれていたら、まわりじゅうが複雑でゴタゴタした果てしない迷宮のように感じるが、高所から見下ろすと、この街はたかだか二千万の個体が集まる大きな蟻の巣でしかない。そして、それをとり巻く世界はこんなにも広大だ。

はじめて受けとった給料をふところに、水娃は大きな百貨店に出かけた。エレベーターで三階まで上がったところで、面食らうような光景に出くわした。にぎやかな一階や二階と違って、このフロアはだだっ広く、驚くほど大きな机がいくつか置いてあるだけだった。その机の上には、小さな小さなビル群が並んでいる。どのビルも、本一冊分くらいの高さしかない。ビルのあいだには緑の芝生が敷かれ、白い四阿（あずまや）や曲がりくねる歩廊が点在している。それらのミニチュア建築は象牙（ぞうげ）かチーズでつくられているみたいにかわいらしく、緑の芝生といっしょに精緻（せいち）な小世界をかたちづくっていた。水娃（シュイワー）の目には、まるで天国のミニチュア模型みたいに映った。最初はおもちゃを売っているのかと思ったが、そこに子どもの姿はなく、客たちはみんな真剣な面持ちだった。水娃は小さな天国のかたわらに立ち、長いあいだ、うっとり見つめていた。すると、きれいな女性が応対に出てきて、ようやくそこが分譲住宅を販売している場所だと気がついた。適当にマンションをひとつ指さして、最上階の部屋はいくらですかとたずねると、女性は答えた。最上階は3DKで、一平方メートルあたり三千五百元ですから、およそ三十八万元になります。数字を聞いて、金額の大きさに衝撃を受け、体が冷たくなったが、その女性が次に発した言葉は、その冷徹な数字にくらべると、ずいぶんあたたかいものだった。

「ローン払いだと、毎月千五百元から二千元になります」

彼はおそるおそるたずねた。「ぼ……ぼくは北京の戸籍じゃないんですが、それでも買えますか？」

女性は感動的な微笑みで言った。「ご冗談を。戸籍制度がなくなってもう何年も経ちますよ。北京の戸籍かどうかなんて関係ありません。北京に住んでいたら北京の人ですよ！」

水娃は百貨店を出ると、長いあいだ、あてどなく街を歩きまわった。夜の北京は色とりどりに輝いていた。何度か立ち止まっては、不動産業者の女性がくれた数枚の派手なチラシを眺めた。ほんの一ヵ月前、はるか遠い西部の街のバラックでは、省都に家を持つなんて、神話と同じくらい現実離れしたことだった。いまもまだ、北京のタワー・マンションを買うまでには相当の距離がある。でも、それはもう神話ではない。神話から夢に変わった。そしてその夢は、あの精巧な模型と同じように、実体を持って目の前に存在し、さわることだってできるのだ。

＊＊＊

水娃が拭いているガラスをだれかが内側から叩いている。こういうのはだいたい面倒な話になる。オフィスの窓の外に現れる清掃員は、この超高層ビルで働くホワイトカラーの人たちにとって、いらだちのタネだった。スパイダーマンというあだ名のとおり、ほんとうに大きな蜘蛛に見えるらしく、両者のあいだには窓ガラス以上の大きな隔たりがある。スパイダーマンが作業していると、中の人たちは音がうるさいとか陽射しがさえぎられたとか、とにかくなにか理由を見つけて文句を言う。航天タワーの窓は半反射ガラスだったから、水娃は苦労して中に目を凝らした。ようやくはっきり見えたとき、水娃は仰天した。中にいたのは、なんと陸海（ルーハイ）だった！

別れてから、陸海を忘れたことはなかった。記憶の中の陸海は、いつもスーツに革靴の放浪者で、きびしい大都会のでこぼこ道を苦労して歩いていた。秋も深まったある夜のこと、宿舎にひとりでいた水娃が、陸海は冬を越せる服があるんだろうかと心配していると、つけっぱなしのテレビに、当の陸海（ルーハイ）の姿が映った。このころ、中国太陽プロジェクトは、計画のもっとも重要な技術となる反射ミラーの素材を決める最終段階にさしかかっていた。そして、十種類以上の候補の中から、陸海が開発したナノミラーフィルムが選ばれたのだった。陸海はただの放浪者から、中国太陽プロジェクトの主席科学者のひとりに出世し、一夜にして有名人になった。それ以降、さまざまなメディアでよく陸海の名前を見かけるようになったが、水娃（シュイワー）は逆に、陸海のことをめったに思い出さなくなった。二人のあいだにはもうなんのつながりもなくなったような気がしたからだった。

水娃は陸海の招きに応じて、広いオフィスの中に足を踏み入れた。陸海の姿を間近に見て、すぐにわかった。二年前とくらべて、陸海は中も外も変わっていない。あのスーツまで変わっていなかった。あのころ、水娃の目には高級で立派な服に見えていたが、実際はどうしようもない安物だった。水娃は陸海に北京での生活について話し、最後に笑って言った。

「どうやら、おれたちは二人とも北京でうまくやってるみたいだな」

「そうとも、うまくやっている！」陸海は興奮した顔で何度もうなずいた。「じつはあの朝、おまえに時代とチャンスの話をしたときは、ほとんど自信を失いかけていた。あれは自分に言い聞かせてたんだ。でも、いまという時代は、ほんとうにチャンスに恵まれた時代だった」

水娃はうなずいた。「金色の鳥はあちこちにいる」

水娃は現代的な広いオフィスを眺めた。もっとも目を惹（ひ）いたのは、ふつうとちょっと違うインテリアだった。オフィスの天井全体が星空のホログラフィック映像になっていて、中にいる人々は、きらめく星空の下の庭にいるように感じられる。その星空を背景に、湾曲した銀色の円盤が浮かんでいた。鏡面の円盤は、陸海のソーラーヒーターによく似ていたが、その面積が北京の数十倍に達することを水娃は知っていた。

天井の一角に、球形の灯りがひとつ、鏡面の円盤と同じようになんの支えもなく浮かんで、まばゆい黄色の光を放っている。鏡面の円盤がその光を反射して、陸海のデスクの横にある大きな地球儀を照らし、光の円を投げかけている。球形の灯りは天井の下をゆっくりと移動し、鏡の円盤はそのあとを追うように回転して、つねに地球儀に向かって光を反射していた。星空、鏡面、球形の灯り、光線、地球儀、その表面を照らす光の円は、抽象的で神秘的な構図をつくっている。

「これが中国太陽？」水娃は鏡の円盤を指さし、おずおずとたずねた。

陸海はうなずいた。「三万平方キロの反射鏡だ。高度三万六千キロの静止軌道上にあって、太陽の光を地球に向かって反射している。地上からだと、空にもうひとつ太陽ができたみたいに見える」

「ずっとわからなかったんだけど、空にもうひとつ太陽ができると、どうして雨量が増えるんだい？」

「この人工太陽は、いろんな方法で天気に影響を与えられるんだ。たとえば、大気の熱力学的平衡状態を乱すことで大気の循環に影響をおよぼして、蒸発する海水の量を増やしたり、前線を動かしたりできる。ひとことでは説明できない。じっさい、軌道上の反射鏡は、中国太陽プロジェクトの一部でしかないんだ。それとべつに、大気運動の複雑なモデルがある。この数理モデルは、多数のスーパーコンピュータ上で実行されていて、地域ごとの大気の運動状況を正確にシミュレートできる。それを使って、カギを握るポイントを見つけ出し、人工太陽で熱量を操作すると、それによって大きな波及効果が生まれる。目標エリアの気候を一定時間がらっと変えてしまうことができる……その過程はものすごく複雑で、わたしにもよくわからない。そっちは専門じゃないからね」

水娃（シュイワー）は勇気を出して、陸海（ルーハイ）が答えられるに決まっている単純な質問をすることにした。莫迦（ばか）みたいな質問だということはわかっていたが、それでも訊いてみたかった。「あんなに大きなものが空にあって、どうして落ちてこないんだい？」

陸海はしばらくじっと黙って水娃を見つめていたが、腕時計に目をやり、水娃の肩を叩いた。

「行こう、晩メシをおごるよ。中国太陽がなぜ落ちてこないのか、そこで説明しよう」

しかしそれは、陸海が思っていたほど簡単なことではなく、話のレベルをもっとも基本的なところまで下げなければならなかった。水娃は知識として地球がまるいことは知っていたけれど、意識の奥深くでは、天はまるく、地は四角形だという古代中国の宇宙観で世界を認識していた。陸海は、この世界が果てしない虚空に漂う小さな石ころだということを水娃に理解させるために、たいへんな苦労をすることになった。

結局、中国太陽がなぜ落ちてこないのかはまったくわからなかったものの、その夜、水娃の頭の中で、宇宙はそれまでとまったく違ったものになっていた。彼の宇宙は、プトレマイオスの時代に入った。二日めの夜、陸海は水娃を屋台に連れていって、食事をしながらまた話をして、水娃の頭をコペルニクスの時代まで進めることに成功した。そこから二晩で、水娃はなんとかニュートンの時代まで進み、万有引力を知った（もちろん知ったというだけだが）。そして次の夜、オフィスにある大きな地球儀の力を借りて、陸海は水娃を宇宙旅行の時代に連れて行った。その次の休日、その地球儀の前で、水娃はついに対地同期軌道の意味を理解し、同時に、中国太陽がなぜ落ちてこないのか理解した。

ある日、陸海は水娃を中国太陽プロジェクトの指令センターへ見学に連れていった。大きなディスプレイに対地同期軌道上の中国太陽建設現場の全景が映しだされていた。漆黒の宇宙に銀色の薄いフィルムがいくつか浮かんでいる。そのフィルムの前では、ロケットも蚊くらい小さく見えた。水娃がもっとも胸を打たれたのは、もうひとつの巨大ディスプレイに映し出された、高度三万六千キロから撮影した地球の姿だった。大陸は海を漂う大きなクラフト紙、山脈はクラフト紙の折り皺、雲はクラフト紙に散らばる白砂糖に見えた。陸海が大陸を指さし、水娃の故郷がどのへんで、北京はどのあたりかを教えてくれた。水娃は長いあいだ茫然と地球を見つめていたが、やがて唐突につぶやいた。

「こんな高いところまで来たら、考えることも違うだろうな……」

＊＊＊

三カ月後、中国太陽プロジェクトの主要部分が完成し、国慶節の夜に反射鏡がはじめて地球の夜の地域に陽光を投射した。その巨大な光斑は、北京、天津エリアを照らすことになった。

その夜、水娃は天安門広場で数十万人の人々とともにその壮麗な日の出を見た。西の夜空で星の光が急に強くなり、その星のまわりに青空が広がった。中国太陽の明るさが最大になると、夜空の半分の面積を青空が占めた。夜空と青空の境界では、真っ青からじょじょに黄色に変化し、オレンジ、深紫と変化して、まるで中央の青空を囲む虹のようだった。人々はそれを〝朝焼けリング〟と呼んだ。

水娃は、午前四時にようやく宿舎に帰った。せまい二段ベッドの上の段に横たわると、窓から射し込む中国太陽の光が、枕もとの壁に貼ってある分譲住宅の広告を照らした。水娃はその数枚のカラー印刷を剥がした。

中国太陽の天国のような光のもとでは、あんなに感激した理想であっても、平凡でちっぽけなことに思えた。

＊＊＊

二カ月後、水娃は清掃会社の担当者に呼ばれた。中国太陽プロジェクト指令センターの陸局長が呼んでいるという。航天タワーの清掃の仕事が終わってから、水娃は陸海に会っていなかった。

「あんたたちの太陽はほんとうに偉大だな！」航天タワーのオフィスで陸海と顔を合わせると、水娃は心からの賛辞を送った。

「ぼくたちの太陽だ。きみの太陽でもあるぞ。いま、ここからは見えないけれど、ちょうどきみの故郷に雪を降らせているはずだ！」

「父ちゃん母ちゃんから手紙が来たよ。今年の冬はほんとうに雪が多いって！」

「しかし、中国太陽は大きな問題に直面している」陸海はうしろの大きなディスプレイを指さした。そこには二つの大きな光の円が映っていた。「これは、同じ場所から撮影した中国太陽の画像だ。二ヵ月前のものと、現在のもの。違いがわかるかい？」

「左のほうがちょっと明るい」

「そのとおり。たった二ヵ月しか経っていないのに、肉眼でわかるほど反射率が低下している」

「どうしたんだ、鏡に埃でもついたのか？」

「宇宙空間に埃はない。しかし、太陽風がある。つまり、太陽が吐き出す粒子（プラズマ）の流れだ。時間が経つと、中国太陽の鏡面に影響を与える。鏡面は薄い霧の膜に覆われたようになって、反射率が低下する。一年後には、鏡面は霞（かすみ）がかかったような状態になり、中国太陽は月に変わってしまう。そうなったら、もうなんの役も立たない」

「その可能性を考えてなかったのか？」

「もちろん考えてたさ」陸海は口をつぐんだ。「……きみの話をしよう。転職したくないか？」

「転職？　おれになにができるっていうんだ？」

「仕事は変わらない。高所の清掃作業さ。ただし、うちで働いてもらう」

水娃(シュイワー)は困惑してまわりを見渡した。「このビルは清掃したばっかりだ。まだ清掃クルーが必要なのか？」

「いや、ビルの清掃じゃない。太陽の清掃だ」

人生の目標その5——宇宙に飛んで太陽を拭く

中国太陽プロジェクト指令センターの幹部会議で、鏡面清掃担当部署の設立が議題にのぼり、陸海(ルーハイ)は他の幹部に水娃を紹介し、彼の仕事について説明した。だれかが学歴をたずね、水娃は、小学校三年生までしか学校に行っていませんと正直に答えた。

「でも、字はわかるから、本は読めます」水娃は会議の出席者に向かって言った。

失笑が起きた。「冗談でしょう、陸局長！」憤慨して叫ぶ人もいた。

陸海は落ち着きはらって答えた。「冗談のつもりはない。もし清掃チームを三十名で組織したら、一日二十四時間、不眠不休で作業しても、中国太陽の掃除をひととおり終えるのに半年かかる。実際は三交代制もしくは二交代制を採用しなければならず、六十名から九十名のスタッフが必要になる。いま協議されている宇宙空間労働保護法がもし制定されたら、もっと多くのスタッフが必要でしょう。概算で百二十名から百五十名くらいか。この仕事のために、高性能戦闘機のパイロットとして三千時間以上の飛行経験を持ち、博士号を有する宇宙飛行士を百五十人も集めるのか？」

「だとしても、それなりの経歴は必要でしょう。近年、都市部では大学以上の高等教育があたりまえになっている。そんな時代に、文盲を宇宙に送るなんて」

「文盲じゃねえ！」水娃は思わず反論したが、相手はそれを無視して、陸海に向かって言った。

「この偉大なプロジェクトに対する冒瀆（ぼうとく）ですよ！」

出席者たちはそろってうなずいた。

陸海もうなずいた。「そう言われるだろうと思っていました。ご出席のみなさんは、清掃員の彼をのぞく全員が博士号をお持ちです。ではみなさんに、清掃という仕事の適性があるかどうか、見せていただきましょう！　どうかこちらへ」

十数名の出席者はとまどいながらも陸海のあとについて会議室を出て、エレベーターに乗った。この高層ビルには高速、標準、低速の三種類のエレベーターがあるが、一行は高速エレベーターに乗り込み、あっという間にビルの最上階に着いた。

だれかが言った。「高速エレベーターにはじめて乗ったよ。ロケットみたいなスピードだな！」

「対地同期軌道に着いたあと、中国太陽を清掃する感覚がどんなものか、みなさん全員に体験していただきます」陸海がそう言うと、人々は不思議そうな目で彼を見た。

エレベーターを降りると、陸海は一行を引き連れて幅のせまい階段を昇りはじめた。最後に小さな鉄の扉を開けると、一行は高層ビルの屋上に出た。水娃は陽光と強い風を肌に感じた。いつもの青空よりずいぶんくっきりして見えるような気がする。四方を見渡すと、眼下に北京市街が一望できた。それから、屋上で待っていた人たちがいることに気づいた。清掃会社の部長とスパイダーマン仲間たちだった。

陸海（ルーハイ）は大声で言った。「それでは、水娃（シュイワー）の仕事を体験していただきましょう」するとー行のもとにスパイダーマンたちがやってきた。会議の出席者ひとりひとりに安全ベルトを装着すると、屋上の端まで連れていき、いつもは十数人が作業するために使われる幅のせまい吊り板の上に彼らをひとりずつ立たせた。全員が板に乗ると、それぞれの板はゆっくり降下しはじめ、屋上から五、六メートル下で止まった。ガラスの壁にぶら下げられた出席者たちは、純粋な恐怖の悲鳴をあげた。

「みなさん、それでは会議を再開しましょう！」陸海は屋上の端にしゃがみ、下方に向かって大声で言った。

「この莫迦！　早く引き上げてくれ！」

「あなたがた全員が、ひとり一枚ずつガラスを拭いてからじゃないと、吊り板は引き上げませんよ！」

とうていクリア不可能な条件だった。ぶら下がっている人間のほとんどにとって、できることと言えば、安全ベルトか吊り板のロープを必死に握りしめ、じっとしていることだけだった。片手を離して吊り板の上のブラシをとったり、洗浄剤の蓋を開けたりすることさえ不可能だった。彼らは毎日、数万キロの高度を仕事で相手にしているが、それは図面や資料の上だけのことでしかない。実際に自分の体で体験してみると、わずか四百メートルの高度でさえ、魂を抜かれそうなほどの恐怖だった。

陸海は背すじを伸ばして立ち上がり、空軍大佐の吊り板の真上に歩いていった。大佐は、吊り板に立つ十数人の中で唯一、泰然自若とした態度でガラスを拭いていた。安定した動きで、水娃も驚いたことに、どこにもつかまらず両手で作業している。それだけではない。強風の中で、彼の吊り板だけが張りついたように壁面から動かなかった。これはスパイダーマンでもベテランじゃないとできない芸当だ。水娃はその人物が、十数年前、神舟八号に搭乗した宇宙飛行士だと気づいて、なるほどと納得した。

陸海は、下にいる大佐に向かってたずねた。「張大佐、率直に言って、いまやっている作業と、かつて軌道上で行った宇宙遊泳をくらべて、どちらのほうが簡単ですか？」

「必要とされる身体能力と技術の観点だけで言えば、同程度だな」元宇宙飛行士は答えた。「すばらしい！　宇宙飛行士訓練センターの研究によれば、高層建築の清掃作業と宇宙空間の鏡面清掃作業には、人体工学的に多くの類似点があるそうです。両者とも、危険な場所で、つねに体のバランスを保ちながら、注意を怠ることなく、体力を消耗する単純作業をくりかえし行わなければなりません。一瞬の気のゆるみが事故につながります。船外活動中の宇宙飛行士にとって、事故とは、軌道からの逸脱、工具や材料の紛失、生命維持システムの故障などを指しますが、高所清掃員にとっては、安全ベルトの断裂や滑落、工具や洗浄剤の落下、窓ガラスの破損などになります。身体能力や技術、とくに精神的な素質において、スパイダーマンは鏡面清掃の任に耐えうる能力を持っています」

元宇宙飛行士は陸海を見上げてうなずいた。「古い寓話を思い出したよ。油売りは、銅銭の真ん中に空いた四角い穴を通して油壺に油を入れることができる。その技術は、将軍が矢で的の中心を射貫く技術と同じくらい高度だ。両者の違いと言えば、身分の差だけだ」

「コロンブスはアメリカ大陸を発見し、クックはオーストラリア大陸を発見した」と陸海はつづけて言った。「しかし、新世界を開拓したのは、ふつうの人々です。開拓者は、当時のヨーロッパで社会の底辺にいる人々でした。宇宙開発も同じです。わが国は、次の五カ年計画で、地球近傍の宇宙空間を第二の西部と位置づけました。つまりそれは、宇宙事業の探検時代はすでに終わったことを意味しています。宇宙はもう、少数のエリートだけが関わる分野ではありません。ふつうの人々が宇宙へ行く——それが宇宙開発の商業化の第一歩なのです！」

「わかったわかった。よくわかったから、早く上に戻してくれ！」下から声を嗄らして叫ぶ声が聞こえた。

下りのエレベーターで、清掃会社の部長が陸海の耳もとに口を寄せてささやいた。「陸局長、さっきのスピーチにはずいぶん力が入っていましたが、ちょっとおおげさじゃないですか？もちろん、水娃やわたしの前で、いちばん肝心な点を口にするわけにもいかなかったんでしょうが」

「というと？」陸海は部長を見た。

「中国太陽プロジェクトは準商業ベースで運営されています。資金が枯渇して、一度あやうく計画が頓挫しかけたことはだれでも知っています。運転資金はもうほとんど残っていない。宇宙飛行ビジネスの分野では、正規の宇宙飛行士の年俸は百万元以上が相場です。うちの従業員を使えば、年間数千万元は節約できますね」

陸海は謎めいた笑みを浮かべた。「わずか数千万元のためにそんなリスクをおかすとでも？　今回、鏡面清掃員の学歴を最低限まで下げたのはわざとですよ。こうやって先例をつくれば、中国太陽運用時の軌道上の作業に関しても、一般的な大卒を採用できるようになる。そうなれば、節約できる人件費は数千万どころではない。部長がおっしゃるとおり、ほんとうにカネがないんです。背に腹は代えられない」

「子どものころは、宇宙に行くなんて、なんてロマンティックな仕事だろうと思ってました。鄧小平（とうしょうへい）がジョンソン宇宙センターを訪ねたとき、アメリカの宇宙飛行士を神にたとえたのをはっきり覚えてますよ。それがいまでは」部長は陸海の背中をぽんと叩き、苦笑を浮かべて首を振った。「わたしもあなたたちとどっこいどっこいだ」

陸海はスパイダーマンたちのほうを見やって答えた。「しかしね、部長。ぼくらが彼らに払う給料は、部長の会社が払っている給料の八倍から十倍になりますよ！」

＊＊＊

次の日、水娃を含めた六十名のスパイダーマンが北京市石景山区（せきけいざん）にある中国宇宙飛行士訓練センターに入所した。彼らは全員、中国の広大な田野の辺鄙（へんぴ）な片隅から北京に出稼ぎにやってきた、地方出身の農民たちだった。

鏡面農夫

西昌（せいしょう）宇宙センターを離昇したスペースシャトル〈地平線〉は、エンジンが吹き出す白い煙の雲を突き抜け、轟音（ごうおん）とともに青空へと舞い上がった。シャトルには、水娃（シュイワー）以下、総勢十四名の鏡面清掃員が搭乗していた。三ヵ月の地上訓練を経て、六十名の候補から選抜された彼らが、はじめて宇宙で実際の清掃作業を行うことになる。

水娃にとって、離昇時にかかるGは言われているほど怖くなかった。怖いどころか、なじみ深い安心感さえ与えてくれる。子どもが母親の胸にぎゅっと抱きしめられているような感覚だ。右上方にある舷窓の外では、空の青が少しずつ深くなっていく。キャビンの外からは、ブースターを分離するために爆発ボルトがぽんとはじける音がかすかに響き、エンジン音が耳をつんざく轟音から、ブーンという蚊の鳴くような音に変わった。空は深い紫に染まり、最後は真っ黒になって、星々が現れた。瞬くことはなく、とても明るい。

ブーンという音がだしぬけにやんで、船内が静かになった。座席の振動がおさまり、背中と背もたれにかかっていた圧力も消えて、無重力状態になった。水娃たちは巨大なプールで無重力訓練を受けていたが、いまの感覚は、ほんとうに水中を漂っているみたいだった。

しかし、シートベルトはまだ外せない。エンジンがまたブーンとうなりだし、重力がふたたび体を椅子に押しつけた。長い軌道変更操作（マヌーバ）がはじまったのだ。小さな窓に星空と海とがかわるがわる現れ、地球が反射する青い光と太陽の白い光芒がくりかえし船内を満たした。窓の外に見える地平線のカーブは少しずつ曲率が大きくなり、海と大陸は少しずつ見える範囲が広がっていった。対地同期軌道に入るための軌道マヌーバにはたっぷり六時間もかかり、星空と地球が交互に現れる窓外の景色に眠けを誘われ、水娃はいつのまにかうとうとしていた。だが、スピーカーから聞こえる司令官の声ですぐに目が覚めた。その声は、軌道マヌーバの終了を告げていた。

船内の仲間たちは次々に席を離れ、窓に張りついて外を眺めた。水娃もシートベルトを外し、泳ぐような不格好な動作で近くの窓まで移動すると、生まれてはじめて自分の目で、地球全体の姿を見た。ほとんどの同僚が反対側の窓に集まっていたため、彼も壁を蹴ってそちらに行こうとしたが、スピードが出すぎて、向かいの壁に頭をぶつけてしまった。

窓から外を眺めると、〈地平線〉はすでに中国太陽の真下にいることがわかった。いまはもう、反射鏡が星空のほとんどを覆っている。シャトルは巨大な銀色のドーム屋根の下を飛ぶ蚊のようなものだった。〈地平線〉は少しずつ中国太陽に近づき、水娃は鏡面の巨大さを少しずつ実感した。窓外に広がる宇宙のほぼすべてを占める反射鏡は、ほとんど曲面に見えず、まるで果てしない銀色の平原の上を飛んでいるかのようだった。接近しつづけるにつれ、〈地平線〉の影がその鏡面に現れた。地図に引かれた経緯度線のような長い継ぎ目が銀色の大地をグリッドに分割している。そのグリッドが、シャトルのスピードを感じることのできる唯一の基準だった。銀色の大地に平行に走っていた経線が、最初のうちはゆっくりと、やがて急激に、ひとつの方向に集中しはじめた。〈地平線〉が巨大な地図の極点に向かって飛んでいるかのように見える。極点はすぐに現れた。すべての経線がその黒い点に集まっている。シャトルが下降し、黒い点に近づくにつれ、水娃（シュイワー）はようやくそれがなんなのかわかった。黒い点は、銀色の大地に立つ大きなビルで、密閉された円柱のかたちをしている。中国太陽の管制基地だ。このさびしい宇宙空間で、これから三カ月、彼らにはそこがたったひとつの我が家となる。

宇宙スパイダーマンの生活はこのようにして始まった。鏡面清掃員たちは、毎日（中国太陽が地球を一周する時間は二十四時間だった）、手押し耕耘機（ハンドトラクター）のようなロボットを使って鏡面を磨いた。彼らはまるで銀色の大地を耕すかのように、ロボットを運転して広い鏡面を往復した。そのため、欧米メディアは彼らに〝鏡面農夫〟というロマンティックな名前をつけた。彼ら〝農夫〟の世界は風変わりだった。足元は銀色の平原で、鏡面はカーブしているため、遠方はなだらかに隆起しているように見えるが、面積が大きいので、周囲の見た目は水面のように平坦（へいたん）だった。上方では、地球と太陽がつねに同時に出ている。太陽は地球より小さく、きらきら輝く地球の衛星のようだった。空の大部分を占めるのは地球で、いつもその上を光の円がゆらゆらと移動している。地球の夜の側では、その光の円がとりわけ目を惹いた。その円こそ、中国太陽が照らしているエリアだった。鏡面は姿勢と形状を調整することで円の大きさを自在に変えることができた。銀色の大地が遠方で隆起する角度が大きいとき、光の円は小さくて明るく、隆起の角度が小さいときは大きくて暗い。

鏡面清掃員の仕事はとても骨が折れた。鏡面の清掃は味けない重労働で、地球上の高層ビル清掃にひけをとらないくらいたいへんだった。毎日、仕事を終えて管制基地に戻るときには、宇宙服を脱ぐ力もないほど疲れ切っていた。後続隊がやってくるにつれて基地は居住者が多くなり、まるで潜水艦で暮らしているかのような人口密度になった。しかし、基地に戻れるときはまだしあわせだった。いちばん遠い鏡面のへりまではおよそ百キロの距離があるため、そのエリアを清掃するときは仕事が終わっても基地に戻れず、〝夜〟は〝野宿〟するしかない。宇宙服の中で流動食を食べ、宙に浮かんで眠る。仕事が危険なのは言うまでもない。人類の宇宙飛行史上、これほど多くの人々が船外活動に従事したことはなかった。〝野外〟では、宇宙服のほんの小さな不具合でも死に至る可能性がある。小さな隕石、宇宙ゴミや太陽の磁気嵐などの危険もある。このような生活と仕事環境に対し、管制基地のエンジニアたちは不満や愚痴をこぼしてばかりだったが、生まれたときからずっと苦労してきた〝鏡面農夫〟たちは、そのすべてに黙って順応した。

宇宙空間に入って五日め、水娃は実家の家族と話をした。そのとき彼は、管制基地から五十キロほど離れた場所で作業をしていた。故郷はちょうど中国太陽の光斑の中だった。

「息子よ、おまえはあのお天道さんの上にいるのか？」と父が言った。「ちょうどいま、おれたちを照らしてくれてるぞ。昼間みたいに明るい！」

「そうさ、父ちゃん。おれはお天道さんの上にいるんだ！」

「暑くないのかい？」と母が言った。

「暑いといえば暑いし、寒いといえば寒いな。地面に影ができるだろ、影の外はおれたちの村の夏十回分の暑さだし、影の中は村の冬十回分くらいの寒さだ」

母が父に言った。「あの子が見えたよ。ほら、お天道さんの上に黒い点が見えるだろ！」

水娃（シュイワー）はそんなことはありえないと知っていた。ひとりでに涙があふれてきた。「父ちゃん、母ちゃん、おれにも見えたよ。アジア大陸の、うちの村があるあたりに、黒い点が二つ見える！　あしたはあったかい服を着るんだよ、大きな寒波が大陸の北からそっちに向かってるのが見えたから！」

＊＊＊

三ヵ月後、交代要員の第二分隊が来て、水娃たちは地球に戻り、三ヵ月の休みを過ごした。地球に降り立った彼らが真っ先にしたのは、高性能望遠鏡を買うことだった。三ヵ月後、中国太陽に戻ったら、仕事の合間にその望遠鏡で地球を眺めるのだ。見るのはもちろん、故郷の村だ。しかし、四万キロの距離を隔てていては、村を探すことなど不可能だった。ひとりが太いペンで鏡面にへたくそな詩を書いた。

銀色の大地から遥（はる）かな故郷を望む
母さんは村から中国太陽を仰ぎ見る
この太陽は息子の瞳（ひとみ）
そのまなざしの中で黄色い大地が緑の服を着る

〝鏡面農夫〟たちの仕事ぶりは優秀だった。彼らは次第に、清掃の範疇を超えて、より多くの仕事を請け負うようになった。最初は宇宙塵の衝突で破壊された鏡面の修理。次には、もっとレベルの高い仕事——過大応力がかかるリスクのある箇所の点検と補修——を担当した。

中国太陽の運用にさいしては、姿勢と形状をたえず変化させるが、主としてそれは、背面に設置された三千台のエンジンが司っていた。中国太陽の鏡面はとても薄く、無数の細い梁が裏から支えることでかたちを維持している。そのため、姿勢や形状を調整しようとすると、場所によっては応力が超過することがある。その場合、エンジン出力を調整したり、その箇所を補強したりしてただちに対応しなければ、過大応力が鏡面を引き裂くおそれがある。この作業には高い技術力が要求される。また、過大応力がかかる箇所の発見と補強には熟練の技と豊富な経験が必要だった。

姿勢や形状の調整以外で過大応力がもっとも発生しやすいのは、光圧と太陽風による軌道誤差の修正——俗に言う〝軌道散髪〟——を行っているときだった。広大な鏡面が太陽風と光圧を受けると、かなり大きな力になる。鏡面一平方キロメートルあたり二キログラムほどの力がかかり、反射鏡を公転軌道の外向きに押し出そうとする。地上の運用センターにある巨大ディスプレイには、本来の軌道と変更された軌道が同時に表示されるが、本来の軌道に髪の毛が生えたように見えるため、この風変わりな呼び名がついた。軌道を〝散髪〟するさい鏡面に生じる加速度は形状変化のときとくらべて非常に大きく、〝鏡面農夫〟たちの仕事がきわめて重要になってくる。彼らは銀色の大地の上を飛んで鏡面に異常がないか注意深く観察し、もし異常があればすみやかに補強する。彼らはいつもすばらしい仕事をした。そのため収入は大きく増えたが、やはりいちばん得をしたのは、中国太陽プロジェクトのトップとなった陸海(ルーハイ)だった。ふつうの大卒求職者さえ雇う必要がなくなったのである。

しかし、〝鏡面農夫〟は、自分たちが最初で最後の小卒の宇宙労働者だとわかっていた。今後は最低でも大学卒業の資格が必要になるだろう。それでも彼らは、陸海が与えた使命をまっとうした。宇宙開発において、底辺の労働にもっとも必要なのは知識や創造力ではなく、技術と経験、そして苛酷(かこく)な環境に適応する能力であり、それさえあれば、高い学歴を持たない一般労働者もその任に耐えうることを証明した。

一方、宇宙に出たことで、〝鏡面農夫〟たちの思考も変わった。毎日、三万六千キロの高度から地球を見下ろす人間などそうはいない。彼らの前の世界は、ひとめですべてを見渡せる小さな模型にすぎなかった。地球村という言葉は彼らにとって比喩(ひゆ)ではなく、目の前にあるまったくの現実だった。

〝鏡面農夫〟は最初の宇宙労働者となり、全世界にセンセーションを巻き起こした。しかし、地球近傍の宇宙空間の開発および商業利用が飛躍的に進展するうち、マイクロ波で地上に電気エネルギーを送る超大型太陽エネルギー発電所や微小重力処理工場など、多くの超大型プロジェクトが次々に立ち上がり、十万人を収容する宇宙キャッスルの建設もはじまった。大量の労働者が宇宙に向かった。彼らはみんな、ふつうの人々だった。世界はじょじょに〝鏡面農夫〟

たちのことを忘れていった。

＊＊＊

数年後、水娃(シュイワー)は北京に家を買い、結婚して子どもも生まれた。一年の半分をわが家で過ごし、半分を宇宙で過ごした。彼はこの仕事を愛していた。地上三万六千キロの高さにある銀色の大地を長時間めぐっていると、すべてを超越した安らかな静寂が心の中に生まれる。理想の生活にたどり着いたような気がした。未来は、足もとの銀色の平原と同じように、なめらかに延びていくはずだった。しかし、ある出来事がこの静寂を打ち破り、水娃の心境を完全に変えた。それは、スティーヴン・ホーキングとの交流である。

ホーキングが百歳まで生きるとは、だれも想像していなかった。医学の奇跡であり、本人の精神力の賜物でもある。低軌道に最初の低重力療養所が設立されたとき、最初の患者となったのがホーキングだった。もっとも彼は、宇宙へ行くための過重力であやうく命を落とすところだった。地球に戻るさいにも、同様の過重力に耐えねばならない。そのため、宇宙エレベーターか反重力船のような運搬手段が開発されるまで、地球には帰れないだろう。実際、医者はホーキングに、宇宙にとどまったほうがいいとアドバイスしていた。無重力は彼の体にとって最適の環境だからだ。

ホーキングは当初、中国太陽には興味を持っていなかった。彼が低軌道からふたたび加速時の過重力に耐えて（もちろん、地上から宇宙に出るときにくらべればGは小さい）、対地同期軌道にある中国太陽にやってきたのは、ここで行われている宇宙マイクロ波背景放射のわずかな非等方性を観測するプロジェクトを実地見学するためだった。巨大な反射鏡が太陽や地球の干渉をさえぎってくれるので、観測ステーションは中国太陽の背面に建設されていたのである。観測プロジェクトが終了すると、ステーションは解体され、スタッフは撤収したが、ホーキングはここが気に入ったから帰りたくないと言い出した。中国太陽のなにがホーキング博士を惹きつけたのか、メディアはさまざまな憶測記事を書いたが、正しい答えを知っているのは水娃だけだった。

中国太陽で過ごした日々、ホーキングがもっとも好んだのは鏡面上の散歩だった。不思議なことに、彼は反射鏡の背面だけを、毎日何時間も歩きつづけた。水娃は、船外活動の経験がもっとも豊富だという理由で、博士の散歩のつきそい役に選ばれた。このとき、ホーキングはすでにアインシュタインと並ぶ著名人だったから、もちろん水娃も、博士の名前は聞いたことがあった。しかし、それ以外の知識はほとんどなかったので、管制基地ではじめて本人と対面したときは驚いた。こんなに体が不自由な人が、これほど大きな業績を——具体的にどんな業績なのか、水娃はぜんぜん知らなかったが——あげたとは、とても想像できなかった。もっとも、散歩しているときは、体が麻痺していることはまったくわからない。もしかしたら、電動車椅子の操作に慣れているおかげで、どんな健常者よりもうまく宇宙服のマイクロエンジンを操作できたからかもしれない。

ホーキングにとって、水娃とのコミュニケーションは困難を極めた。ホーキングは脳波でコントロールする電子発声システムをインプラントしていたため、話をすること自体は、前世紀と違ってそれほどむずかしくなかった。しかし、水娃が博士の話を理解するには、同時通訳機で中国語に翻訳する必要があった。博士の思考の邪魔をしてはならないと上司から釘を刺されていたため、水娃は自分からは話しかけなかったが、博士は彼と話をしたがった。

最初に博士がたずねたのは水娃の身の上話だった。次に博士は、自分の過去を振り返った。幼少期にセント・オールバンズで住んだ冷たい大きな家、冬の凍てついた大きなコンサートホールに響くワーグナーの音楽、休暇旅行でいつも出かけたオスミントン・ミルズのキャンプ地に置かれていたジプシーの幌馬車、妹のマリーとそれに乗って海辺に行ったこと、父とよく行ったアイヴンホー・ビーコンの灯台……百歳のこの老人の記憶力に水娃は驚嘆した。もっと驚いたのは、博士とのあいだに共通言語があったことだった。水娃は故郷の思い出を微に入り細にわたって物語ると、博士はそれを喜んで聞いてくれたばかりか、鏡面の端までやってきたときには、その場所がどこにあるのか地球を指さして教えてくれと頼んだりした。

しばらくすると、話題は必然的に科学方面に移っていった。水娃は、これで博士との貴重な交流にもピリオドが打たれるだろうと思ったが、そうはならなかった。ふつうの人が使う俗っぽい言葉で難解な物理学や宇宙論を語るのは、博士にとってはくつろぎになるようだった。博士はビッグバンやブラックホールや量子重力理論について語り、水娃は宿舎に戻ってから、前世紀に博士が書いた薄い本をいっしょうけんめい読み、管制基地にいるエンジニアや科学者に質問して、かなり理解できるようになった。

「どうしてここが好きかわかるかい？」いつもの散歩で鏡面の端までやってくると、博士はへりから少しだけ顔をのぞかせた地球を眺めながら水娃に言った。「この大きな鏡面のおかげで、わたしたちは下にある地球から切り離されている。ここにいると、俗世の存在を忘れて、全身全霊で宇宙と向き合えるんだ」

「下の世界は複雑ですが、はるか遠いここから見渡すと、宇宙はこんなにも単純で、空間に星をばらまいているだけのような気がします」

「うん、ほんとうにそうだね」博士はうなずいた。

反射鏡の裏側も表側と同じように鏡面だが、姿勢と形状を制御するためのエンジンがたくさん設置されていて、黒い塔が林立しているように見える。毎日の散歩では、管制基地からはるばる外縁部まで往復することも珍しくなかった。月がないときは、反射鏡の裏側は真っ暗で、その表面に星明かりが逆さまに映っている。表側とくらべて裏側は中国太陽の地平線が近く、そのカーブを見ることもできた。星明かりのもとで、梁がつくる黒い経緯度線のグリッドが足もとを移動していくのを眺めていると、まるで静かな惑星の地表の上を漂っているような気がした。形状調整の時刻と重なると、反射鏡の背面にあるエンジンが起動し、この小さな惑星の地表がたくさんの小さな炎で照らされて、神秘的な美しさをさらに際立たせた。そして頭上にはいつも、天の川銀河のまばゆいきらめきがある。

そんな環境にあって、水娃ははじめて、宇宙のもっとも深い秘密を悟った。自分が見た星空のすべてでも、想像もできないほど大きな宇宙の中では、ひとつのちっぽけな塵でしかない。この宇宙全体が、百億年前に起きた壮大な爆発の燃えかすにすぎないのだ。

何年も前、スパイダーマンとしてはじめて高層ビルの屋上に昇ったとき、水娃は北京全体を見渡した。中国太陽に来て、今度は地球全体を見渡した。そしていま、水娃は人生で三度めの壮麗な瞬間を経験していた。宇宙の屋上に立って、それまで夢にも見なかったものを見ることができた。それらのはるか遠い世界について、ごく表面的な知識しか持っていなかったけれど、それでもやはり、抗（あらが）うことのできない魅力を感じた。

ある日、水娃は管制基地にいるエンジニアに、前々からの疑問をぶつけてみた。

「人類は前世紀の六〇年代には月に降り立ったのに、なぜそのあと宇宙開発は後退してしまったんだろう？　火星にも降りたことがないし、月にも行かなくなってしまったじゃないか」

「人間は現実的な動物なんだよ」エンジニアは答えた。「前世紀の中ごろは、理想と信念に駆り立てられていたが、長つづきしなかった」

「理想と信念は無駄なのか？」

「無駄なわけじゃないよ。でも、経済的利益のほうが上だ。もし人類があの時代以降もずっと、金に糸目をつけずに割に合わない宇宙開発をつづけて巨額の損失を出していたら、地球はまだ貧困から抜け出せていなかったかもしれない。そうしたら、おまえやおれみたいな一般人が、地球近傍とはいえ宇宙に来ることなんかできなかっただろう。おい、ホーキングの毒に当たるなよ。博士みたいな考えを、ふつうの人間が軽々しくもてあそんじゃいけない」

水娃はそれ以降、人が変わった。いままでどおりまじめに働き、表面的には静かに生活していたが、前よりも多くのことを考えるようになった。

＊＊＊

時間は飛ぶように過ぎ、二十年が経った。この二十年、水娃(シュイワー)は仲間たちとともに、三万六千キロの高度から、母国や世界の変化をまざまざと見てきた。三北防護林は中国の東西に緑の帯(グリーンベルト)を巻き、黄色い砂漠は少しずつ緑に覆われていった。水娃の故郷はもう雨不足や雪不足に悩まされることはなく、涸(か)れた川床には清流が戻った。

すべては中国太陽のおかげだった。中国西北部の気候を変える巨大プロジェクトにおいて、中国太陽は大きな役割を果たした。本来のこの領分以外でも、中国太陽は多くの目覚ましい成果をあげた。キリマンジャロの積雪を溶かしてアフリカの干魃(かんばつ)を緩和したり、オリンピックが開催される都市をほんとうの不夜城にしたり……。

しかし、最新テクノロジーからすると、こういう方法で天候を左右するのは乱暴で、マイナスの影響が大きすぎると見なされ、中国太陽はその役割を終えることになった。

人類史上初の、軌道上で働く産業労働者たちを表彰する盛大な叙勲式が、国家宇宙産業部によって開かれた。これは、彼ら六十人の二十年にわたる勤務と優秀な業績を称えるだけでなく、小学校卒業や中学校卒業程度の学歴しかない青年たちが宇宙に踏み出したことで、宇宙開発事業がすべての人々に門戸を開いていると証明した実績に対する表彰でもあった。これこそが宇宙開発の商業化のほんとうの始まりだというのが経済学者たちの一致した見解だった。

この式典はメディアの大きな注目を集めた。一般大衆にとって〝鏡面農夫〟たちが残した足跡は一種の伝説だったし、追い求めては忘れ去っていくこの時代にあって、ノスタルジアに浸る絶好のチャンスでもあったからだ。

実直で素朴だった青年たちはみんなもう中年になっていたが、彼らの見た目にそれほど大きな変化はなかった。多くの視聴者は、ホログラフィックTV越しに、かつてニュースで目にした見覚えのある顔を見つけることができた。〝鏡面農夫〟たちのほとんどは、その後、なんらかのかたちで高等教育を受けていたし、宇宙エンジニアの資格を得た者も何人かいたが、彼らの姿は、だれがどう見ても、農村からやってきた出稼ぎ労働者そのものだった。

水娃は仲間を代表してスピーチした。

「電磁輸送システムの完成により、地球近傍の宇宙空間に赴く費用は、飛行機で太平洋を越える費用の半分で済むようになりました。宇宙旅行はすでにあたりまえのものになっています。この新時代の方々には、いまから二十年前、ふつうの人にとって宇宙に行くのがどんなにたいへんなことだったか、とても信じられないでしょう。当時の宇宙旅行が、どれほど感動的で、血が沸き立つような興奮をもたらすものだったことか。わたしたちは幸運でした。

わたしたちはほんとうに、とくになんの取り柄もない、ごくふつうの人間です。わたしたちがこのようなふつうではないキャリアの持ち主になれたのは、ひとえに中国太陽のおかげです。この二十年、中国太陽はわたしたちの第二の故郷であり、小さな地球のような存在でした。わたしたちは最初、鏡面の継ぎ目を北半球の経緯線にたとえ、自分のいる場所を北緯何度、東経何度と説明していました。その後、慣れてくると、じょじょにそこを大陸と海に分け、いまは北京にいる、モスクワにいると説明するようになりました。みんな、自分の故郷の場所を鏡面上で特定し、とりわけ念入りに清掃しました。……この銀色の小さな地球でわたしたちはけんめいに働き、自分たちに課せられた任務を果たしてきたのです。その過程では、五名の清掃員が命を落としました。ある者は太陽の磁気嵐に逃げ遅れ、ある者は宇宙塵やデブリに衝突しました。

わたしたちが二十年のあいだそこで暮らし、働いてきた銀色の大地が、いま消えようとしています。言葉では言い表せない思いです」

水娃(シュイワー)は黙り込んだ。すでに中国宇宙産業部長となっていた陸海(ルーハイ)が話をひきとった。

「みなさんのお気持ちはよくわかります。ここで、みなさんに安心していただける情報をお伝えします。中国太陽はなくなりません！　ご存じかもしれませんが、このように巨大な物体に対しては、前世紀のように大気層に突入させて燃やすというやりかたは許されません。それよりもっとエレガントな方法で、中国太陽に安息の地を提供できるのです。簡単なことです。いま行っている〝軌道散髪〟を停止し、方向を微調整すれば、中国太陽は太陽風と光圧によって最終的に第二宇宙速度を超えるスピードを獲得し、地球の引力圏を脱して、太陽の衛星になります。何年も経ってから、恒星間宇宙船がはるか遠い宙域で中国太陽を見つけることになるかもしれません。そのときは、中国太陽を博物館に改築して、ふたたびあの銀色の平原に戻り、ともにこの忘れがたい歳月を思い起こしてもいいでしょう」

だしぬけに、水娃が興奮した面持ちで口を開き、陸海に大きな声で問いかけた。「部長はほんとうにその日が来るとお考えですか？　いつか恒星間宇宙船が開発されると」

陸海は驚いたように水娃を見つめ、しばし絶句した。

水娃はさらにつづけた。「前世紀の中ごろ、アームストロング船長が月面にはじめて人類の足跡をしるしたとき、全世界のほとんどの人が、あと十年から二十年のあいだに人類は火星に到達するだろうと信じていました。それから八十六年が過ぎましたが、火星どころか、月に行く人さえいなくなりました。理由は簡単です。採算がとれないからです。

前世紀、冷戦が終結するとともに、日に日に経済が世界を支配するようになりました。人類は経済というルールにしたがって大きな成果をあげてきました。いま、戦争と貧困はなくなり、生態系は回復し、地球は楽園になっています。そのため、わたしたちは経済支配の正しさをいっそう強く信じるようになり、経済を最優先にすることがDNAにまで刷り込まれました。人類社会は完全に経済優先の体制となり、利益を見込めない投資がなされることはなくなりました。月面開発に経済的意義はなく、他惑星に対する大規模な有人探査は経済犯罪であり、恒星間探査にいたっては、まぎれもない狂気の沙汰です。いまや人類は、投資と収益と、その収益を消費することしか知りません」

陸海はうなずいて言った。「今世紀、人類の宇宙開発が地球近傍にかぎられていることは事実だ。それにはさまざまな深い理由があるが、われわれがきょう話題にすることではない」

「そんなことはありません。いま、わたしたちにはチャンスができました。低コストで地球近傍から離脱し、長距離航行を試みることが可能になったのです。太陽光圧が中国太陽を地球周回軌道から押し出せるなら、もっと遠い場所まで押し出してもらうことも可能でしょう」

陸海（ルーハイ）は笑いながら首を振った。「なるほど、中国太陽を太陽帆船にするというわけか。理論上はたしかに問題ない。反射鏡の本体は、面積は大きいけれど、薄くて軽い。理論的には、長期にわたる光圧加速によって、人類がいままで打ち上げた中で最速の宇宙船にすることができる。しかしそれは、あくまでも理論上のことだ。実際には、帆だけしかない船に長い航海はできない。人間が必要だ。スティーヴンスンの小説『宝島』にも生々しく描かれているとおり、無人の帆船は海上をぐるぐる回るばかりで、港を出ることすら叶（かな）わない。光圧の力を借りて恒星間宇宙に出て、しかも戻ってくるには、反射鏡を正確かつ高度に制御する必要がある。しかし、中国太陽は、地球周回軌道上で運用するために設計されている。人間が操縦しなければ、あてどなく盲目的に進むばかりで、遠くまで行くことは不可能だ」

「すばらしい予測ですね。しかし、問題ありません」水娃（シュイワー）は静かに言った。「この太陽帆船には、人間が搭乗しますから。わたしが操縦します」

このとき、リアルタイム視聴率計測システムが、番組視聴率の急上昇を告げた。全世界がこのやりとりに注目している。

「しかし、あなたひとりでは中国太陽を操縦することはできない。少なくとも……」

「少なくとも十二人のクルーが必要です。長距離航行を行うことを考えると、最低でも十五人から二十人は必要でしょう。その程度の志願者は集まると信じています」

陸海はどう答えればいいかわからないという表情で、苦笑を浮かべた。「まったく、きょうこんな話をするとは思いもしなかった」

「陸部長、二十年前、あなたはわたしの人生を何度も変えてくれました」

「しかし、まさかきみがこんなことをここまで真剣に考えているとは思わなかった。とっくにわたしを超えている」陸海は感慨深げに言った。「わかった。おもしろい、このまま議論をつづけよう！　うん……残念ながら、そのアイデアは実行不可能だと思う。中国太陽のもっとも合理的な目的地は火星だ。しかし、考えてみてほしい。中国太陽が火星に着陸することはできない。もし着陸するとしたら、巨額の費用がかかる。プロジェクトは経済的に成立しないだろう。着陸しないなら、無人探査機と変わりがない。はたして意味があるだろうか」

「火星には行かない」

陸海は困惑した表情で水娃を見やった。「じゃあどこに行くんだ？　木星か？」

「木星にも行かない。もっと遠くへ行く」

「もっと遠く？　海王星か？　冥王……」陸海は突然口をつぐみ、水娃をしばらく見つめて言った。「おまえ、まさか……」

水娃は強くうなずいた。「はい。中国太陽は太陽系を出て、恒星間宇宙船になります！」

陸海と同様に、全世界が目をまるくした。

陸海はまっすぐ前を見ながら、ロボットのようにうなずいた。「よし、きみが冗談を言っているわけではないとして、計算してみよう……」そう言いながら、頭の中で計算をはじめるように目を細くした。

「もう計算しました」水娃（シュイワー）が言った。「太陽光圧の力を借りると、中国太陽は最終的に光速の十分の一のスピードに到達します。加速に必要な時間を考えると、およそ四十五年でプロキシマ・ケンタウリ（アルファ・ケンタウリの三連星のうち地球にもっとも近い恒星）に到達します」

「それからプロキシマ・ケンタウリの光圧で減速し、アルファ・ケンタウリの三連星系を探査したのち、今度は逆向きに加速して、また数十年の時間をかけて太陽系にもどるのか。一見、すばらしい計画だが、実際には実現不可能な夢だ」

「いいえ。アルファ・ケンタウリに到達しても、減速しません。秒速三万キロのスピードで通過し、アルファ・ケンタウリの光圧を借りてさらに加速し、シリウスへと向かいます。可能であれば、そこからまたシリウスの光圧でジャンプして、第三の恒星、第四の恒星へ……」

「いったいなにが望みなんだ？」陸海（ルーハイ）は動揺を隠せない口調で叫んだ。

「われわれが地球に望むのは、小規模の安定した生態循環システムと……」

「そのシステムで二十名の命を百年維持するのか？」

「話を聞いてください。それと、低温冬眠システムです。航行中、クルーはほとんどの時間を冬眠状態で過ごし、恒星に接近したときだけ生態循環システムを起動します。現在の技術なら、千年以上の航行も可能でしょう。もちろん、この二つのシステムの価格は安くありません。しかし、人類がゼロから有人恒星間探査を計画することを考えれば、必要な資金は千分の一程度です」

「たとえ一銭もかからなかったとしても、二十名もの人間を自殺させるような計画は、世界が許さない」

「自殺ではありません。探検です。もしかしたら、目と鼻の先にある小惑星帯にさえたどり着けないかもしれないし、もしかしたらシリウスまで、あるいはもっと遠くまで行けるかもしれない。やってみないとわかりません」

「しかし、探検とは異なる点がひとつある。おまえたちは帰ってこられないぞ」

水娃はうなずいた。「ええ、帰ってこられません。妻や子どもがいて、あたたかい家がある生活に満足し、俗世間以外のことは自分に関係ないと思っている人もいれば、たとえ命とひきかえにしても、人類がいままで見たことのないものを見てみたいという人もいます。わたしは、どちらの人の人生も経験しました。人にはそれぞれ、自分の人生を自分で選択する権利があるはずです。十数光年というはるか遠い宇宙を鏡に乗って放浪する人生を選んでもいいでしょう」

「最後の質問だ。千年以上の時間をかけて、秒速数万キロ、あるいは十数万キロのスピードで恒星間宇宙を航行したとしても、数十年、数百年経たなければ、地球人類は、おまえたちが宇宙から発信した微弱な電波を受信することはできない。それでも意義はあるのか？」

水娃は笑みを浮かべ、世界に向かって言った。

「太陽系を飛び出した中国太陽は、人類にふたたび星空を仰ぐ機会を与え、宇宙飛行の夢を呼び起こすことになるでしょう。恒星間探査の夢に、ふたたび火を灯すのです」

人生の目標その6
——星海を航行し、人類の目をふたたび深宇宙に向けさせる

陸海（ルーハイ）は航天タワーの屋上に立ち、空を高速で移動していく中国太陽を見つめていた。中国太陽の光を浴びて、首都の高層ビル群が落とす無数の影は、急速に動いている。北京は、中国太陽とともに移動する巨大な顔のようだった。

それは、中国太陽が地球を周回する最後の一周だった。すでに第二宇宙速度に達し、まもなく地球の引力圏を脱し、太陽を周回する軌道に入ろうとしていた。この人類初の恒星間有人宇宙船には二十名が搭乗していた。水娃（シュイワー）以外は、百万人以上の志願者から選ばれた者たちで、そのうち三名は、長年にわたって水娃とともに過ごしてきた〝鏡面農夫〟だった。中国太陽は出航前からすでにその目標を達成していた。人類社会は、太陽系外を探査する情熱をとり戻したのである。

陸海は二十三年前のあの蒸し暑い夏の夜を思い出していた。あの夜、西北の街で、乾燥した地方の貧しい農村からやってきた少年とともに、陸海は北京行きの夜行列車に乗ったのだった。

最後の別れを告げるように、中国太陽は各都市に順ぐりに光の円を投げかけた。それが、地球の人々が見た中国太陽の最後の光になった。いちばん最後に照らされたのは中国西北部だった。水娃が生まれた村は、光の円の中にあった。

あぜ道で、水娃の両親が村の人々といっしょに、東へと飛び去ってゆく中国太陽を見守って

いた。

水娃の父が叫んだ。「息子よ、遠くへ行くのか？」

水娃は宇宙から答えた。「そうだよ、父ちゃん。もう帰れないかもしれない」

水娃の母がたずねた。「そんなに遠いのかい？」

水娃は答えた。「そうだよ、母ちゃん」

水娃の父がたずねた。「お月さんより遠いのか？」

水娃は数秒黙り込んだあと、さっきよりも低い声で答えた。「そうだよ、父ちゃん、お月さんよりも遠いんだ」

水娃の両親は、つらいとは思わなかった。息子はあのお月さんよりも遠いところで大きな仕事をするのだ。それに、いまは驚くべき時代だ。息子が世界の果てにいたとしても、いつでも話ができるし、小さなテレビで顔を見ることもできる。直接会うのとなにも変わらない……。

しかし、このさき息子がどうなるのか、両親は知らなかった。時間が経つにつれて、小さなディスプレイの息子は少しずつ動きが鈍くなり、両親の心のこもった問いかけに答えるのにも、長い時間がかかるようになる。最初は数秒の間だったのが、日ごとにだんだん長くなり、一年後には、両親のひとことに一時間以上考えてようやく答えるようになる。そしてとうとう、息子の姿は画面から消えてしまい、水娃は眠りについたと告げられる。それも、四十年を超える長い眠りになるという……。そのあと、水娃の両親は、かつては痩せていたけれどいまは肥沃になった大地を耕して残りの人生を過ごし、かつてはつらく苦しかったけれどいまは満足できる生涯を終えることになる。彼らの最後の願いは、はるか遠い未来、息子がついに故郷に帰れた暁には、美しくなった故郷を見てほしいということだった。

中国太陽が地球軌道を離れるにつれ、東の空はじょじょに暗くなっていった。中国太陽のまわりの青い光の円は少しずつ小さくなり、やがては空に輝く星のひとつとなる。しかし、それより前に夜が明けて、恒星である太陽の光が中国太陽の輝きを完全に隠してしまった。

朝陽は村のあぜ道を照らした。いまは道の両側に白楊（はくよう）と呼ばれる木が並び、近くには小川も流れている。いまと同じ早朝、同じような朝陽のもと、西北の農家の子どもがかすかな希望を胸にこの道を歩いていったのは、二十四年前のことだった。

北京はすでに空が明るくなっていた。陸海（ルーハイ）はまだ航天タワーの屋上に立ち、中国太陽が消えた空の一角を見つめていた。彼らは果てしない、帰路のない旅に踏み出した。中国太陽はまず金星を周回する軌道に入り、できるかぎり太陽に接近して、より大きな加速光圧とより長い加速距離を獲得する。それには複雑な軌道マヌーバが必要で、大航海時代の帆船が風上に向かって進むときのような操船方法になる。七十日後、中国太陽は火星軌道を通過し、百六十日後には木星をかすめ、二年後、冥王星軌道を出て恒星間宇宙船となり、乗組員は冬眠に入る。四十五年後、アルファ・ケンタウリを通過するとき、乗組員は短いあいだ覚醒（かくせい）する。中国太陽の出発から一世紀後、地球はようやくアルファ・ケンタウリの探査情報を受信する。そのころ、中国太陽はすでにシリウスに向かう途上にある。アルファ・ケンタウリの三連星を使った加速で、その速度は光速の十五パーセントに達し、六十年後――つまり、地球を出発してから一世紀後

――シリウスに到達する。シリウスAとシリウスBから成る二重星系を通過するとき、中国太陽は光速の二〇パーセントまで加速して、星海のさらなる深部へ進んでいく。人工冬眠システムの寿命を考慮すると、中国太陽はエリダヌス座イプシロン星、もしくは（可能性はかぎりなくゼロに近いが）くじら座79番星まで到達する。それらの恒星は、惑星を持っているだろうと言われている。

中国太陽がどこまで行けるのか、水娃(シュイワー)たちがいったいどんな不思議な世界を目にするのか、だれもわからない。もしかしたら、いつか彼らが地球に向けて発信する声は、千年かけてようやく返事を得るかもしれない。しかし、水娃は、母なる惑星の中国という国を、その国の西部にある乾いた大地の小さな村を、村の前のあのあぜ道を、忘れることはないだろう。彼の旅はそこからはじまったのだ。

山

1　山がそこにある

「きょうこそ、あんたのその風変わりなこだわりの理由を説明してもらうぞ。なんで陸（おか）に上がらないんだ？」船長は馮帆（フォンファン）にたずねた。「もう五年になる。そのあいだにこの藍水号（ランシュイ）がいくつの国のいくつの港に碇泊したかは覚えてないが、あんたは一度も陸に上がってない。中国に戻ったときさえ上陸しなかった。おととし青島（チンタオ）で修繕ドックに入渠（にゅうきょ）して、改修工事の音がえらくうるさかったときでさえ、二カ月ずっと、小さな船室にこもって過ごしていた」

「『海の上のピアニスト』でも思い出したか？」馮帆は訊（き）き返した。

「もし藍水号が引退したら、あんたもあの映画の主人公みたいに、船といっしょに海に沈むのか？」

「べつの船に乗るさ。ぼくみたいに陸に上がろうとしない地質エンジニアは、海洋調査船に歓迎されるからね」

「そりゃそうだろう。陸に怖いものでもあるのか？」

「反対さ。陸にはずっと思い焦がれているものがある」

「なんだい、それは」

「山だよ」

二人は海洋地質調査船〈藍水〉号の左舷に立ち、赤道上の太平洋を眺めていた。一年前、藍水号がはじめて赤道を通過したときは、船上であの古い祭礼を行ったが、海底にマンガン団塊の密集域を発見して以降、藍水号は一年に何度も赤道を越えることになり、赤道の存在などだれも気にしなくなった。

夕陽はすでに水平線に沈み、太平洋はいつもより静かだった。こんなに静かな海は見たことがない。なぜかその光景は、ヒマラヤで見た湖を馮帆に思い出させた。黒く見えるくらい透きとおったあの湖は、まるで地球の瞳のようだった。ある日、馮帆は二人の隊員といっしょにチベット族の娘の水浴びを覗いたせいで、腰に刀を提げた羊飼いの男たちに追いかけられる羽目になった。男たちは追いつけないとわかると、投石紐を使って石を投げてきた。羊を追うのに使っている道具だけあって百発百中で、三人は降参せざるをえなかった。チベット族の羊飼いたちは三人のそばまでやってくると、しばらくのあいだ値踏みするようにじろじろ見ていたが、やがて行ってしまった。馮帆は、彼らのひとりがチベット語でこうつぶやいたのを覚えている。

「よそ者でこんなに速く走れるやつらははじめて見たな」

「山が好きなのか。ということは、山育ちか？」船長が言った。

「とんでもない」馮帆は言った。「山で育った人間は山に焦がれたりしないよ。山が自分と世界を隔てていると感じるようになるからね。ぼくの知り合いに、ネパールのシェルパ族の山岳ガイドがいる。彼は四十一回もチョモランマに登っているけど、毎回、山頂のすぐ手前に留まって、雇い主の登山チームが登頂するのを眺めているそうだ。その気になれば、北稜ルートでも南稜ルートでも、十時間以内に登頂できるが、ぜんぜん興味がないんだってさ。

山の魔力を心の底から実感できる場所が二つある。ひとつは平原から遠くの山を眺めること。もうひとつは山頂に立つこと。ぼくの生まれた家は河北省の大平原にあって、西に太行山を見ることができた。わが家と山のあいだは、馬が自由に駆けまわれる大草原で、この海と同じように、さえぎるものはなにひとつなかった。生まれて間もないころ、母がはじめてぼくを抱いて外に出たとき、まだ首もすわってないのに、西の太行山を見て、『あー、あー』と声を出したそうだ。歩きはじめると、いつもよちよち山のほうに向かっていった。ちょっと大きくなると、朝早く家を出て、石家荘と太原を結ぶ石太鉄道沿いに、山に向かって歩いた。昼までずっと歩きつづけても、山はまだはるか遠くにあるから、とうとう腹が減って家に帰った。学校に入ると、今度は自転車で山に向かったけど、まったく近づいた気がしなかった。ぼくが進むとその分だけ山がうしろに下がっていくみたいな感じだった。そのうち、遠くの山はぼくにとってひとつのシンボルになった。はっきり見えるけれど永遠に到達できないものの象徴——はるか彼方で結晶化した夢だよ」

「太行山にはいちど行ったことがある」船長は首を振りながら言った。「荒れ果てた山で、石ころと草しかなかった。どのみち、がっかりするのがオチだ」

「いや、それはないね。考えかたがまるで違う。ぼくは山に行きたいだけだった。ただ登りたかっただけで、山になにかを求めていたわけじゃない。はじめて山頂に登ったとき、自分の育った平原が眼下に広がっているのを見て、生まれ変わったような気持ちになった」

馮帆（フォンファン）は、船長が夜空を仰ぎ見たまま、話を聞いていないことに気づいた。空には星がまばらに出ている。

「あそこ」船長は真上の一箇所をパイプで指し示した。「あそこに星はなかったはずだ」

しかし、そこには星がひとつ出ていた。星の光は暗く、よく見ないとわからない。

「ほんとうかい？」馮帆は視線を空から船長に移した。「六分儀はとっくのむかしにGPSにとってかわられた。そこまで星にくわしい自信があるのか？」

「もちろん。航海の基礎知識だからな。……それから？」

「それから大学に行くと、登山隊を組織した。七千メートル級の山に、いくつも登ったよ。最後に登ったのがチョモランマだ」

船長は馮帆をしげしげと見つめた。「そうか、やっぱりあんたか！　どこかで見た顔だとずっと思ってたんだ。改名したのか？」

「ああ。昔は馮華北（フォンホアベイ）という名前だった」

「何年か前にえらく注目されていたが、メディアが言ってたことは事実なのか？」

「基本的にはね。あの登山隊の大学生四人は、とどのつまり、ぼくのせいで死んだ」

船長はマッチを擦って、火が消えたパイプにまた火をつけた。「おれが思うに、登山隊の隊長と遠洋船の船長は似たところがある——いちばんむずかしいのは成し遂げることじゃなくて、あきらめることだというところだ」

「でも、もしあのときあきらめていたら、もうチャンスはなかっただろう。知ってのとおり、登山には金がかかる。ぼくらは大学生の登山隊だった。スポンサーを集めるのは楽じゃなかった」馮帆（フォンファン）は大きく息を吐いた。「ぼくらが雇ったポーターやガイドが途中でストライキを起こしたせいで、第一キャンプの設営に予定よりずっと時間をとられた。予報では嵐が来そうだった。だが、天気図を見るかぎり、嵐が来るまで少なくとも二十時間はあった。そのときにはもう、七千九百メートル地点の第二キャンプの設営を終えていたから、すぐに登頂すれば間に合うはずだった。そんな状況であきらめられると思うかい？　ぼくはアタックすることに決めた」

「さっきの星が前より明るくなっている」船長が夜空を見ながら言った。

「そりゃそうだろう。空が暗くなってきたからね」

「暗くなってきたせいじゃなさそうだ……それから？」

「それから先は知ってのとおりだよ。嵐が来たとき、ぼくらはもっとも危険な場所にいた。高度は海抜八千六百八十メートルから八千七百十メートル。ほぼ九十度の絶壁で、登山界ではチャイニーズ・ラダーと呼ばれている。頂上はすぐそこで、空は晴れ渡り、山頂の片側からひとすじの雲が出ているだけだった。それを見て、チョモランマは鋭利なナイフみたいだと思ったのをはっきりと覚えてるよ。そのナイフが空を切り裂いて、白い血が流れている、ってね。でも、たちまち視界が閉ざされて、なにも見えなくなった。だしぬけに嵐が襲ってきて、雪を巻き上げたんだ。周囲のすべてが見通すことのできない白い雪に包まれ、真っ暗闇になった。あっという間に四人が崖（がけ）から吹き飛ばされ、ぼくだけがロープを死にもの狂いでひっぱっていた。

でもそのとき、ぼくのピッケルは氷の隙間に打ち込まれているだけだった。五人分の体重を支えるなんて、とても無理だった。本能だったんだろう。ぼくはカラビナにつながれたロープを断ち切った。彼らは落ちていった……そのうち二人の遺体はまだ見つかっていない」

「五人死ぬか、四人死ぬかの問題だったわけか」

「そのとおり。登山における安全確保のガイドラインに照らしていえば、ぼくの行動はまちがっていたわけじゃない。でもそのせいで、一生、十字架を背負うことになった。……ほんとだね、あの星は妙だ。また明るくなってる」

「その話はいい。……じゃあ、あんたのいまの……〝状況〟は、その経験と関係があるのか？」

「言うまでもないだろ？　知ってるはずだ。あの当時、来る日も来る日も、朝から晩まで、メディアがぼくをどれだけ糾弾し、蔑んだか。やれ登山家として無責任だったとか、意気地のない利己的な男で、自分の命のために四人の仲間を犠牲にしたとか。……それだけは違うと証明しようとして、あのとき着ていた登山服を着て、サングラスをかけ、排水管を伝って大学図書館の屋上に登ったこともある。まさに飛び降りようとしたとき、指導教官が来て、こう言った。『そんなことで自分を許すつもりなのか？　もっと厳しい罰から逃げようとしているだけじゃないのか？』って。ぼくは、そんな罰があるんですか、と聞いた。すると、先生は言った。『もちろんあるとも。山からいちばん離れた場所を探して、そこで一生過ごしたまえ。もう二度と山を見なければいい、それだけだ』と。それを聞いて、ぼくは飛び降りるのをやめた。当然、それまでよりもっとひどく侮辱され、笑われることになったけれど、先生の言ったことは正しいとわかっていた。それはほんとうに、ぼくにとって死よりも重い罰だ。ぼくにとって登山とは生きることそのものだったからね。地質学を学んだのもそのためだ。愛してやまない山から永遠に離れ、そして良心の呵責に苛まれつづける。ぼくにふさわしいよ。だから、大学を卒業するとこの仕事に就いた。藍水号調査船の海洋地質調査エンジニアになって、海に来た——山からいちばん遠い場所にね」

船長はなんと言えばいいかわからず、長いあいだ馮帆をじっと見つめていたが、最良の選択はそのまま放っておくことだと気づいた。ちょうど頭上の空にべつの話題がある。「あの星を見てみろ」

馮帆は顔を上げて星を見ると、「おいおい、かたちが見えてきたぞ！」と叫んだ。問題の星はすでに点ではなく、小さな円盤になっていた。その円盤がみるみる大きくなり、青い光をたたえた夜空に浮かぶ小さなボールになった。

あわてたような足音が響き、二人が視線を甲板に戻すと、頭にヘッドフォンをつけた一等航海士が急ぎ足でやってきて、船長に向かって言った。「いまさっき無線が入りました。エイリアンの宇宙船が地球に接近しています。本船がいまいる赤道からいちばんよく見えるそうです。ほら、見てください。あれです！」

三人が空を見上げると、あの小さなボールは空気でも入れたように急激に膨張し、すぐに満月くらいの大きさになった。

「どのラジオ局も通常放送をストップしてこのニュースを流しています！　もっと早くから観

測されていたのが、いまになってようやく正体が確認されたようです。通信を試みても返答がないようですが、航行ルートを見るかぎり、ものすごい出力の推進手段を有しているらしく、地球に向かって猛スピードで接近しています！　月と同じくらいの大きさだとか」

見ると、空の球体はすでに月どころか、月十個分くらいの大きさになり、空のかなりの部分を占めていた。つまり、月よりもずっと地球の近くにいるということだ。一等航海士はヘッドフォンを押さえながら言った。「……止まったみたいです。ちょうど高度三万六千キロの対地同期軌道に入り、地球の静止衛星になりました！」

「静止衛星？　つまり、あそこから動かないってことか？」

「そうです。赤道上空、ちょうどわれわれの真上です！」

馮帆は静止軌道上の球体を見つめた。それはほとんど透明で、内部はかすかな青い光に満ちているようだった。おかしなことに、海水の球を見ているような感覚になった。地質調査用のサンプラーが海底から上がってくるたび、馮帆はいつも、かぎりない神秘と大きな期待の感覚に鷲摑み（わしづか）にされる。いま、その青い巨大な球体の内部は計り知れないほど深く、地球の海が太古の昔に失った一部が返ってきたかのようだった。

「見ろ、海が！」全員の視線を釘（くぎ）づけにしている球体の呪縛から最初に逃れたのは船長だった。とっくに火の消えたパイプで海面を指して叫んだ。「いったいなにが起きてる？」

船の前方で水平線が湾曲しはじめ、上向きの正弦曲線（サインカーブ）を描いた。巨大な水ぶくれのように海面が隆起し、見えない大きな手で宇宙からひっぱられているみたいに、どんどん高くせりあがっていく。

「あの異星船の質量だ！　引力が海水を引き上げてる！」馮帆はそう言いながら、こんなときでもまだ自分の脳が論理的に思考していることに驚いた。エイリアンの宇宙船は月と同じくらいの質量があり、しかも地球と月との距離の十分の一しか離れていない。対地同期軌道で静止しているおかげで、その引力によってひっぱられた海水もそこで静止している。もし静止していなければ、天を衝くような大波が世界を破壊しただろう。

水ぶくれはすでに全天を背負って立つほどの高さになっている。先端が切り落とされた円錐のかたちで、異星船の青い光を反射して輝き、夕陽の赤がその輪郭を血で染めたように際立たせていた。水ぶくれのてっぺんは気温の低い上空にあり、そこから白い雲のすじが流れ出し、消えてゆく。夕空が切り裂かれたようなその光景は、馮帆の記憶を刺激した。チョモランマ登頂のあの日……。

「あれの高さは？」船長が叫んだ。

一分ほどしてから、だれかが叫んだ。「およそ九千百メートルです！」

地球の歴史がはじまって以来もっとも恐ろしく、もっとも壮大な奇観が目の前にある。甲板にいるすべての乗組員が、その魔力に呪縛されていた。「きっと運命だ……」馮帆はうわごとのようにつぶやいた。

「なんだって！」船長は水ぶくれを見つめたまま、大声で訊き返した。

「きっと運命だと言ったんだ」

　そう、運命だ。山を避けて、太平洋までやってきた。しかし、山からもっとも遠いこの場所に、チョモランマより二百メートルも高い水の山が現れたのだ。いまはこれが、地球上でいちばん高い山だ。

「取舵5度、全速前進！　逃げるが勝ちだ！」船長は一等航海士に言った。

「逃げる？　危ないのか？」馮帆は不思議そうに聞いた。

「異星船の引力ですでに巨大な低気圧が生まれている。いまはすさまじいサイクロンになりかけている。人類史上最大の嵐が来るぞ。藍水号(ランシュイ)は木の葉みたいに空に巻き上げられるかもしれん。そうなる前に脱出できるといいが」

　そのとき、一等航海士がまわりの全員に、静かにするよう片手で合図した。ヘッドフォンを手で押さえてしばらくニュースに耳を傾けていたが、やがて口を開いた。「船長、そんな生やさしいものじゃありません！　宇宙人は地球を破壊しにきたんです。船の巨大な質量だけで地球を破壊できるそうです！　嵐どころの騒ぎじゃない。地球の大気圏に穴を空けると！」

「穴？　穴が空いたらどうなるんだ？」

「異星船の引力によって大気圏の上層部に穴が空き、風船に針を刺したみたいに空気がその穴から宇宙へ漏れ出すそうです。地球から空気がなくなってしまう！」

「どのくらいの時間で？」船長はたずねた。

「専門家によると、生命に関わるレベルまで空気が減るのに一週間もかからないだろうと。しかも、気圧が一定レベルまで下がると海水が沸騰しはじめる……ああくそ、もしそんなことになったら……世界じゅうの都市で大混乱が起きています。病院や工場に民衆が狂ったように押し寄せて酸素ボンベを奪い合っているとか……NASAのケネディ宇宙センターには、ロケット燃料の液体酸素を奪おうとする暴徒が乱入……ああ、もうおしまいだ！」

「一週間？　それじゃ、家にも帰れないじゃないか」船長はマッチを出してパイプに火を点けた。かえって落ち着いているように見える。

「そうです。家族にも会えない……」航海士は茫然として言った。

「だったら、それぞれ自分がいちばんやりたいことをやろう」馮帆は言った。だしぬけに体じゅうの血が騒ぐのを感じた。

「なにをする気だ？」船長がたずねた。

「登山だ」

「登山？　登山って……あの山に？」航海士は驚いたように、目の前にある海水の山を指した。

「そうだ。あれがいまの世界最高峰だ。だれかが登らなきゃいけない。そこに山があるんだから」

「どうやって？」

「登山だから、当然この足で――つまり泳いで、さ」

「気はたしかか？」船長は叫んだ。「高さが九キロもある水の山に泳いで登るっていうのか？　見ろ、四十五度はあるぞ！　登山とはわけが違う。止まらずに泳ぎつづけなきゃならない。ちょっとでも力を抜いたら落っこちるぞ！」

「やってみるさ」

「好きにすればいい。こんなときにやりたいことをやれなかったら、いったいいつできる？」

船長は馮帆に向かってそう言ってから、航海士に向かってたずねた。「ここから水山のふもとまでどのくらいある？」

「二十キロくらいでしょうか」

「救命艇で行くといい」船長は馮帆に言った。「食料と水は多めに持ってけよ」

「ありがとう！」

「それにしても、あんたはラッキーだな」船長はそう言って馮帆の肩を叩(たた)いた。

「ぼくもそう思うよ」馮帆は言った。「船長、あとひとつ、あなたに言っていないことがある。チョモランマで遭難した四人の大学生には、ぼくの恋人もいたんだ。だけど、ロープを切るとき頭に浮かんだのは、こんなところでは死ねない、まだ登ってない山がある、という思いだった」

船長はうなずいた。「行け」

「では……われわれはどうしますか？」航海士がたずねた。

「全速力で嵐から脱出する。一日でも長く生きのびようじゃないか」

＊＊＊

馮帆は救命艇の上に立ち、藍水号(ランシュイ)を見送った。一生を過ごすつもりだった船が遠ざかっていく。

前方には、空に浮かぶ巨大な球体の下、海水でできた巨峰が静かにそびえ立っていた。何億年も前から、ずっとそこにあったかのように。

海面はまだ静かで、見たところ波も立っていないが、少しずつ風が強まっているのを感じる。空気はすでに低気圧帯に流れ込みはじめている。馮帆（フォンファン）は、救命艇についている小さな帆を張った。風はまだ弱いものの、山に向かって吹いているから、ボートは山のふもとのほうへ順調に進んでいった。風が強まるにつれ、じょじょに帆がふくらみ、ボートのスピードは速くなった。艇首が鋭利な刃のように海水を切り裂き、わずか四十分でおよそ二十キロメートルの距離を進んだ。海面の傾斜によってボートの甲板が傾きはじめたのを感じると、馮帆は反動をつけて、エイリアン船の青い光に照らされた海へと勢いよく飛び込んだ。

水をひと掻（か）きふた掻きした時点で、彼は人類史上はじめて、泳いで山に登った人間になった。

ここからでは、海山の頂上はもう見えない。馮帆は海面から顔を上げて天を仰いだが、目の前にあるのは果てしない海水の山だけだった。斜度は四十五度。巨人が海の反対側を毛布のように手で摑んで持ち上げているところを想像した。

いちばんエネルギーの消耗が少ない平泳ぎで泳ぎながら、馮帆は一等航海士の言葉を思い出した。計算すると、ここから頂上までの距離は十三キロ前後。もし海が平面なら、どうにか体力は持つだろう。しかし、傾斜がある。つねに泳いで登りつづけなければ、滑り落ちてしまう。その事実だけをとりだしても、登頂はまず不可能だろう。しかし、この挑戦に後悔はなかった。

自分はいま、海のチョモランマに登っている。そのことだけで、いままでの人生で夢見てきたどんな登山よりも大きな達成だった。

そのとき、ふと違和感を抱いた。海山の傾斜は明らかに大きくなっているにもかかわらず、泳いで登るのに前より力を必要としなくなっている。うしろに目をやると、海山のふもとに乗り捨てた救命艇が見えた。飛び降りる前に帆は畳んでいたが、ボートは傾斜を滑り落ちることなく、山のふもとに留まっている。

試しに泳ぐのをやめてみた。周囲のようすをじっと観察すると、水の斜面を滑り落ちていないどころか、その場に浮かんでいる！　自分も航海士も莫迦だったと、馮帆は心の中で慨嘆した。液体である海水でさえ、崩れることなく傾斜をつくっているのだから、その上にいる人間や船が滑落するわけがない。

地球の重力が下に向かってひっぱる力が空の球体の引力に打ち消され、体に感じる重力は上に行くほど小さくなる。山の斜度はまったくなんの関係もない。重力にとっては、水のスロープも海水の山も存在しない。馮帆の体に働く力は、平らな海にいるときと変わらないのだ。

この山はおれのものだと、馮帆は思った。

馮帆は上に向かって泳いだ。少しずつ泳ぐのが楽になってくる。とりわけ、水面から顔を出す息継ぎがしやすくなった。体が軽くなったせいだ。重力の減少によって起きるべつの現象も明らかになってきた。水を掻いたときに跳ねる水しぶきの落ちる速度、水面に波が立つ速度、その波が進む速度が、すべて遅くなっている。海の力強さがなくなり、正常な重力下ではありえない軽やかさが現れた。

風が強まるにつれて、海面には波が立ってきたが、低重力のせいで波は高くなり、さらにその形状も変わってきた。蟬の翅ほど薄くなり、その先端がゆっくり丸まりながら落ちていく。それはまるで、巨大な鉋で海面を削ったかのようだった。透きとおるほど薄く削られた一枚一枚の鉋屑が、次々と筒状に丸まっていく。波が泳ぐ邪魔になることはなかった。波は頂上に向かって進み、むしろ彼を押し上げてくれた。重力が減少するにつれて、さらにすばらしいことが起きた。薄い波が馮帆の体を押し上げるどころか、空中へと軽く投げ上げるようになったのである。一瞬、体が完全に水面から離れるのを感じたが、すぐにべつの波に受け止められ、そしてまた投げ上げられた。彼はこうして、やわらかだが力強い海の手によって次から次へと上に送られ、山の頂上に向かってぐんぐん進んでいった。こういう場合の泳法は、バタフライがもっとも効率がいい。

風はますます強くなり、重力はますます減少した。斜面に生じる波はすでに高さ十メートルを超えている。うねりが生じるスピードはさらに遅くなった。低重力のため水の摩擦が少なく、こんなに大きな波でも音がしない。聞こえるのは風の音だけだ。体がどんどん軽くなるのを感じて、馮帆は波のてっぺんから次の波のてっぺんへと次々に跳び移るようにして泳ぎはじめたが、あるときふと気づいた。体が宙に浮いている時間のほうが水中にいる時間より長い。ぼくは泳いでるんだろうか、それとも飛んでるんだろうか。何回か、大きな波が覆いかぶさってきて、馮帆は、フィルムのような薄い波がつくるトンネルの中に入り込んだ。頭上では薄い波がゆるやかに丸まり、そこから青い光が射している。薄い円天井越しに、光の源である巨大な球体が透けて見えた。波のフィルムによって輪郭が歪(ゆが)み、涙に濡(ぬ)れた目で見ているかのようにぼやけている。

　馮帆は左腕の防水時計に目をやった。〝登山〟をはじめてから一時間が経過している。この調子なら、長くてもあと一時間で頂上に着くだろう。

　馮帆はふと藍水号(ランシュイ)のことを思い出した。いまの風速から考えると、未曾有(みぞう)の嵐が猛威をふるいはじめるのはもうすぐだ。藍水号はどうやってもその嵐から逃れることはできないだろう。彼はそのとき、船長が致命的なあやまちをおかしたことに思い当たった。船長は、船をまっすぐ山に向かって進ませるべきだったのだ。水の傾斜に重力がないなら、藍水号は平らな海を進むのと同じくらいたやすく頂上にたどりつけた。しかも頂上は、台風の目にあたる。つまり、静かだ！　そこまで考えて、彼はライフジャケットから急いでトランシーバーをとりだしたが、呼び出しに応(こた)える者はいなかった。

　馮帆は波のてっぺんからてっぺんへと飛び移るコツをつかんだ。波から波へ、二十分ほど登りつづけて、残り三分の一のところまで到達した。丸く大きな頂上は遠くないように見える。宇宙船が発する光でやわらかく輝く山頂は、馮帆を待ち受ける新しい惑星のようだった。と、そのとき、ヒューヒューという風の音が恐ろしい咆哮(ほうこう)に変わった。あらゆる方向から聞こえてくる。風はにわかに勢いを増し、二、三十メートルもある薄い高波が水面に落ちる間もなく暴風に引き裂かれた。顔を上げると、水の斜面の上で砕かれた波が乱れ髪のように空中に飛び散り、空の球体に照らされてまばゆい白光を放っていた。

馮帆は三十メートルほどの高さの波に運ばれ、最後のジャンプで空中に飛び出した。その直後、波は風に砕かれてばらばらになった。彼は前方に向かってゆっくり落ちていった。次の波が透明な羽をゆっくり広げ、彼を迎えようとしているかのように見えたが、馮帆の手がその波に触れた瞬間、光り輝く水晶のような巨大な膜は暴風に煽られ、大笑いするような奇妙な音とともに砕け散って、雪のように白い霧となった。それと同時に、さらに軽くなった馮帆の体は、落下しないどころか、荒れ狂う海面からどんどん離れ、鳥の羽根のごとく宙を舞った。

ほとんど無重量になった馮帆の体は気流に翻弄されてくるくる回転し、目が回った。光を放つ空の巨大な球体が自分のまわりで螺旋を描いているような気がした。

ようやくどうにか体をコントロールできるようになってから、自分が海山の上空を旋回していることに気がついた。山の斜面にあるいくつもの波は、この高さから見ると長い曲線のようで、それらの曲線が渦を巻き、螺旋状に山頂に集まっているのがわかる。馮帆が空中で旋回する半径はじょじょに小さくなり、スピードが速くなって、気流の渦の中心に近づいている。

馮帆が嵐の目に入ると、とつぜん風が弱まった。彼を支えていた見えない空気の手が離れ、馮帆は海山のてっぺんに向かって降下しはじめ、ついに頂上のど真ん中、かすかに青い海水に落ちた。

馮帆は水中に沈み、しばらく経ってからようやく浮上しはじめた。周囲はすでに暗くなっている。窒息の恐怖を感じたとき、自分が直面している危険にだしぬけに気づいた。水に落ちる前に最後に息を吸ったのは海抜一万メートル近い高度だったから、酸素が少なかった。さらに、いまは低重力下なので、浮上する速度も遅い。早く浮かび上がろうと泳いでも、水面にたどり着くまで肺の空気が保たないだろう。馮帆は奇妙な既視感を抱いた。吹雪に閉ざされたチョモランマの黒い闇の中に戻ったような感覚。死の恐怖がすべてを圧倒した。するとそのとき、まわりにいくつも銀色の球体があり、いっしょに浮上していることに気づいた。いちばん大きいものだと、直径は一メートルほどもある。ようやくその正体に思い当たった。気泡だ！　低重力下では、海水に大きな気泡が生じることがある。全身の力を振り絞り、いちばん大きな気泡に向かって必死に泳いだ。首を伸ばして銀色の気泡の壁に頭を突っ込むと、たちまちスムーズに呼吸できるようになった。酸素不足によって生じた眩暈（めまい）が落ち着くと、自分が気泡に包まれていることがわかった。水中にある空気の球体の中にいる。見上げると、気泡の上に、歪んだ海面がきらきら光っているのが見えた。浮上するにつれて水圧が減少し、気泡はどんどん大きくなった。頭上の球形の空間は広くなり、透明の巨大バルーンの中に入って空高く昇っているような気がした。上方の青い波は少しずつ明るくなり、まばゆいくらいになったかと思うと、ぽんという音とともに気泡が破裂し、馮帆は海面の上にいた。低重力のため、浮上の勢いで海面から一メートルほどの高さまで飛び上がり、それからゆるやかに落下した。

最初に目にしたのは、ゆっくり落ちていく無数の美しい水の球だった。大きさは大小さまざまで、大きいものはサッカーボールほど。空に浮かぶエイリアン船の青い光を反射してきらきら光っている。よく見ると、内部はたくさんの層に分かれ、それらが水晶のような輝きを放っていた。水のボールは馮帆（フォンファン）が空から落ちたときに跳ね上げた水しぶきだった。低重力のもと、表面張力によって球状になっている。手を伸ばしてさわってみると、水とは思えないような澄んだ金属音とともにちりんと割れた。

水玉をべつにすれば、海山の頂上はおだやかそのものだった。さまざまな方向から来た波がたがいに打ち消し合い、砕けた小さな波だけしか残らない。ここは嵐の中心で、荒れ狂う世界にあって唯一の静かな場所だが、その静謐（せいひつ）は、サイクロンが巻き起こすゴーゴーといううなりが通奏低音になっていた。顔を上げると、海山は巨大な井戸の中にあった。井戸の壁はサイクロンの渦が巻き上げた海水でできている。水と風がつくりだしたその濃密な壁は、海山の周囲をゆっくり回転しながら上空まで伸びていた。深い井戸の真上には異星船があり、宇宙に浮かぶ巨大なランプのように、井戸の中を青い光で照らし出す。馮帆は、巨大な球状の異星船のまわりに奇妙な雲があることに気がついた。繊維のような無数のすじが、ゆるんだ網の目のかたちをつくっている。まるで発光しているように明るい。たぶん、空気が宇宙に出ていくときに発生した氷晶雲だろう。網の目は異星船を囲んでいるように見えるが、実際には三万キロ以上も離れているはずだ。もし彼の推測が正しければ、地球の大気はすでに漏れ出している。そして、いま目にしているこの巨大な回転する井戸は、地球にとって致命傷となる穴にほかならない。

でも、そんなことはどうだっていい。馮帆は心の中で言った。ぼくは登頂に成功したんだ。

2 頂点での対話

周囲の光がいきなり変化した。明滅し、やがて暗くなってきた。見上げると、異星船が発する青い光が消えていた。そのときはじめて、あの青い光がなんだったのかに思い当たった。あれは、画面になにも映っていないときの輝きだ。空に浮かぶ巨大な球の表面はディスプレイだったのだ。そしていま、球の表面に映像が映し出された。空中から俯瞰(ふかん)した映像で、ひとりの人間が海面に仰向けに浮かんでいる。馮帆だ。三十秒ほどすると、映像は消えた。異星人は、自分たちが馮帆を見ているということを示したかったのだろう。馮帆は、まさに世界のてっぺんにいるような気分になった。

ディスプレイに二行のテキストが出現した。馮帆の知るありとあらゆる文字種が使われている。〝ENGLISH〟と〝汉语(ハンユウ)(中国語)〟と〝日本語〟はわかった。おそらく、地球上のさまざまな言語が、それぞれの言語の文字で記されているのだろう。長方形の四角い枠が単語のあいだをすばやく移動している。それにもなんとなくなじみがあった。試しにやってみると、思ったとおりだった。四角い枠は馮帆の視線によってコントロールされている。彼が〝汉语〟に視線を固定すると、枠はそこで止まった。まばたきしてみたが、なにも起きない。ダブルクリックだ！ そう思って、つづけて二回まばたきすると、言語選択メニューが消え、中国語のテキストが一行大きく表示された。

你好（ニーハオ）！」馮帆（フォンファン）は天に向かって大声で叫んだ。「聞こえますか？」

聞こえる。そんなに大声で叫ぶ必要はない。われわれは地球上の蚊一匹の羽音さえ聞くことができる。おまえたちの星から外に漏れていた電波で言語を学んだ。おまえと話がしたい。

「どこから来たんですか？」

球体の表面に静止画が現れた。無数の黒い点がびっしり集まっている。細い線がそれらをつなぎ、じっと見つめていると眩暈がするほど複雑なネットワークを形成している。明らかに星図だった。思ったとおり、その中の点のひとつが銀色に光り、どんどん明るくなった。残念ながら、天文に疎い馮帆にはちんぷんかんぷんだったが、この画像はきっとほかのだれかがどこかで記録しているはずだ。天文学者なら識別できるだろう。球体にふたたび文字が現れた。星図は残ったままで、壁紙のように、テキストの背景になっている。

われわれは山をつくった。おまえは登ってきた。

「登山が好きなんです」馮帆は言った。

好き嫌いの問題ではない。われわれは山に登らなくてはならない。

「なぜですか？　そっちの世界には山がたくさんあるのですか？」馮帆はたずねた。人類がいま異星人と話すべき問題ではないとわかっていたけれど、それでも話したかった。登山をするやつは莫迦だとまわりの人間みんなが考えている以上、山に登らなくてはならないと言い放つ異星人と話すしかない。なにより、馮帆はこうしてこの山に登ることで、異星人と対話する権利をみずから勝ちとったのだ。

山はいたるところにある。しかしわれわれの登りかたは、おまえたちとは違う。

それが哲学的な比喩なのか、たんに現実を言っているのかわからなかったので、馮帆は無知をさらけだすように言った。「では、あなたがたのところには山がたくさんあるんですね」

われわれは山に囲まれていた。その山に閉じ込められていたから、われわれは山に登るために穴を掘らなければならなかった。

この答えで謎が解けるどころか、ますますわからなくなった。長いあいだじっと考えたが、やはりどういうことなのかわからない。やがて、異星人が先をつづけた。

3　泡世界

われわれの世界はとてもシンプルだ。球状の空間で、おまえたちの尺度で言うと半径は約三千キロメートル。この空間は岩石層に囲まれていて、どの方向に向かっても、稠密な岩石の壁に行く手をふさがれる。

最初の宇宙モデルは自然にできた。宇宙は二つの部分で構成される。ひとつはわれわれが生存している三千キロメートルの球状空間、もうひとつはそれをとり囲む岩石層だ。この岩石層はあらゆる方向に無限に伸びている。そのため、われわれの世界は固体の宇宙にある泡だと考えられる。われわれはこれを〝泡世界〟と名づけた。この仮説は、稠密宇宙論と呼ばれる。もちろん、この仮説には、以下のような可能性も含まれる。すなわち、無限につづく岩石層には、われわれの世界以外にも泡があるかもしれない。しかし、それらの泡がわれわれの泡から近いか遠いかは知る由もない。これが探索をはじめる動機となった。

「でも、無限につづく岩石層など存在するわけがないでしょう。重力で崩壊しますよ」

その時点では、われわれは万有引力を理解していなかった。泡世界には重力がなく、われわれは無重力状態で生活していた。重力の存在を実感したのは、その数万年後だ。

「じゃあ、あなたがたの泡世界は、固体宇宙における惑星みたいなものということですか。おもしろい。ぼくらの宇宙と正反対ですね。本物の宇宙のネガフィルムみたいだ」

本物の宇宙？　おまえは物知らずにも、いま自分が認識しているものだけが宇宙だと思い込んでいる。本物の宇宙がどのようなものか、おまえたちにはわかるまい。われわれにもわからない。

「あなたがたの世界には、日光や空気、水はあったんですか？」

どれも存在しなかった。その必要もなかった。われわれの世界は固体だけでできていた。気体も液体も存在しなかった。

「気体や液体がなくてどうして生命が存在するんです？」

われわれは機械生命体だ。筋肉や骨格は金属でできている。大脳は集積度が非常に高いＩＣチップで、電流と磁気がおまえたちの体における血液だ。地核(コア)の放射性岩石を食物とし、そのエネルギーで生存している。われわれはだれかに製造されたのではなく、もっとも単純な単素子機械生物から自然に進化した。放射性エネルギーが岩石層の中に――まったくの偶然によって――pn接合を形成したのだ。おまえたちの〝火〟のかわりに、われわれの祖先は電磁エネルギーを発見し、それを利用した。実際、われわれの世界では火はついに発見されなかった。

「じゃあ、きっとすごく暗かったでしょうね」

光なら多少はあった。空の光はきわめて弱く、コアの壁の放射性物質によって光が生じる。その壁がわれわれにとっての空だ。空の光はきわめて弱く、放射能の変動にともない、つねに揺らめいていた。しかしその光のおかげで、われわれは目を持つように進化することができた。

コアは重力を持たないから、われわれの都市は仄暗（ほのぐら）い空中に浮いていた。大きさはおまえたちの都市と同じぐらいだろう。遠くから見ると、光を発する雲のように見える。

機械生命体の進化に要する時間は、おまえたち炭素生命体よりも長い。しかし、道が違っても、たどり着くところは同じだ。われわれもまた、われわれの宇宙の成り立ちについて深く考えるようになった。

「話を聞いていると、あなたがたの宇宙はすごく窮屈そうな気がしますが」

窮屈……新しい単語だな。そのため、広い空間を求める願望は、おまえたちよりも強い。はるか古代にはすでに、岩石層の深みへの探査行がはじまった。探索者は岩石層にトンネルを掘って進み、固体宇宙にほかの泡がないか探った。想像上の泡については多くの美しい神話が生まれ、遠い泡への幻想は泡世界文学の主体となった。しかし、こうした探索はほどなく禁止された。違反者は死刑となり、回路をショートさせられた。

「禁止された？　教会に？」

いや、われわれの世界に教会など存在しない。太陽や星空が見えない文明に、宗教は存在しないのだ。議会がトンネル探査を禁止したのには、もっと現実的な理由がある。われわれの世界には、おまえたちの世界と違って、無限に近い空間はない。生存空間は、半径わずか三千キロしかないのだ。岩石層は無限につづくと信じられていたため、こうしたトンネルはおそらくきわめて長くなることが予想された。トンネル掘削時に出る岩石を積み上げていくと、最終的に都市空間が埋まってしまう！　言い換えれば、核の球状空間を細長いトンネル空間に変形させるようなものだ。

「その問題には解決策がありますよ。掘って出た岩石は掘り進めたトンネルの中に置き、探索者が作業できる空間だけを残せばいい」

そのとおり。実際、その後の探査はそのようにして進んだ。探索者が身を置く空間は、移動可能な小さな泡となり、〝泡船〟と呼ばれた。しかし、そうは言っても、泡船に相当する分の岩石は、コア空間に置く必要がある。積み上げられた岩石は、泡船が戻るのを待って、岩石層に埋め戻すしかない。もし泡船が戻らなければ、この岩石は空間を占拠しつづける。泡船が小さな空間を盗むようなものだ。そのため、探索者は〝空間泥棒〟と呼ばれるようになった。

このせまい世界においては、ほんのわずかな空間も貴重だ。日が経つにつれ、帰還できなかった泡船の数が増え、われわれの空間のかなりの部分がそのために占拠されることになった。だから、泡船による探査は太古の昔に禁止された。法律に禁止されなくても、泡船探検はきわめて危険な営為だった。通常、泡船には数名の掘削員とパイロット一名が搭乗する。当時はまだ掘削機がなかったため、掘削員（おまえたちの世界における船の漕ぎ手のようなものだ）は簡単な工具で掘りつづけるしかなく、泡船は岩石層の中を非常に遅いペースで進んだ。体がぎりぎり入る程度の小さな空間でロボットのように働き、幽閉された状態でかすかな希望を追いつづけるには、膨大な精神力を必要とする。

泡船が帰還するさいは、掘ってきた道を戻る場合が多く、往路にくらべて道のりはかなり楽になる。それでも、多くの探索者が、ギャンブル依存者のようにわずかな発見の希望にしがみつき、安全な折り返し地点を過ぎても前進をつづけた。気づいたときには引き返す体力も物資もなくなり、泡船はそこで止まって、探索者の墓場となる。にもかかわらず、探索の規模こそじょじょに小さくなっていったものの、泡世界が外の世界を発見するという夢をあきらめたことは一度もなかった。

4　赤方偏移

泡紀元三三二八一年（これは地球の紀年法に倣った言い方だ。泡世界の紀年法は非常に複雑で、おまえには理解できない）のある日、泡世界の岩石層の空にとつぜん小さな穴が現れた。穴からは砕けた岩が飛び散って宙を漂い（泡世界には重力がない）、放射性物質が生むかすかな光できらきら光った。コア都市の兵士がただちに穴に赴くと、信じられない事実が判明した。

その穴は、八年前に探検に出た泡船、針尖号だった。針尖号は岩石層を二百キロも掘り進んでから、コアに帰ってきたのだ。生還した泡船の中では最長到達記録だった。針尖号は二十名のクルーを乗せて出発したが、戻ったとき生き残っていたのは科学者ひとりだけだった。彼をコペルニクスと呼ぶことにしよう。船長を含め、その他のクルーは、全員、コペルニクスに食われた。じっさい、クルーを栄養とすることは、初期の地層探査においてもっとも効率のいい生命維持手段だったことがわかっている。コペルニクスは、泡船探査をきびしく禁じる法律に違反したことと、他のクルーを食うという行為によって、首都で死刑に処せられることになった。その日は、コペルニクスが美しい火花を散らしてショートするのを見物しようと、死刑が執行される中央広場に数十万人が集まった。しかしそのとき、世界科学院の科学者たちがやってきて、ある重大な発見について発表した。針尖号は探査の途上、さまざまな場所から岩石サンプルを持ち帰っていたが、それらを分析した結果、地層岩石の密度は、航行距離が長くなるとともに減少していることが判明したのだ。

「重力がないのに、どうやって密度を測定するんですか?」

おまえたちのやりかたよりも複雑になるが、測定は可能だ。科学者たちははじめ、針尖号がたまたま密度の不均衡なエリアに進入したと考えた。しかし、それ以降、一世紀にわたって、多くの泡船がさまざまな方向に向かって、針尖号の航行した距離よりも長く岩石層を掘り進んで、サンプルを持ち帰った。それによって、地層密度は、すべての方向で、外に向かうとともに減少し、その減少率もほぼ同じであるという事実が明らかになり、われわれの世界に衝撃をもたらした。この発見によって、二万年以上にわたって泡世界で支配的だった稠密宇宙論は土台から揺らいだ。もし宇宙の密度分布が泡世界を中心として外に行くにつれてじょじょに減少しているのだとしたら、密度はいつかゼロになる。科学者は、データの分析によって得られた減少率をもとに、密度がゼロになる距離を計算した。その距離は、およそ三万キロだった。

「へえ、ぼくらの世界のハッブル＝ルメートルの法則（銀河の赤方偏移を観測することで明らかになった、宇宙の膨張に関する法則。宇宙のどの方向を見ても、遠くにある銀河ほど速く天の川銀河から遠ざかっていて、その後退速度は銀河までの距離に比例する）みたいですね！」

よく似ている。おまえたちは宇宙の膨張速度が光速よりも速くなることを想像できず、その距離を宇宙の果てと結論した。しかし、われわれの祖先にとって、密度がゼロになる状態がからっぽの空間であると理解することはたやすかった。こうして、新たな宇宙論が誕生した。この宇宙モデルでは、泡世界から遠ざかるほど宇宙の密度は減少し、やがて空っぽの空間になる。そしてその空間は無限につづく。この理論は空間宇宙論と呼ばれる。

しかしながら、稠密宇宙論に対する支持は根強く、信奉者たちは継ぎ接ぎで補強した新たな固体宇宙論を提唱した。いわく、密度が減少するのは泡世界の周囲をやわらかい層が覆っているからで、この層を抜けると密度の減少は停止する。彼らはその層の厚みを計算し、三百キロメートルという数字まで出してきた。この理論の実証もしくは反証はむずかしくない。泡船で三百キロ以遠の距離まで到達すればいいだけだ。実際、その距離はすぐに達成されたが、地層密度の減少はつづいていた。そこで固体宇宙論支持者たちは、計算がまちがっていた、その距離は五百キロだと言い出した。十年後、その距離も踏破されたが、密度の減少はつづいていた。

しかも、減少率は増加する傾向にあった。すると固体派は、厚みは千五百キロだったと言い出した……。

その後、ある画期的な大発見があり、固体宇宙論は永遠に葬り去られることとなった。

5　万有引力

岩石層三百キロまで侵入したその探査船は、円刀（えんとう）号という名だった。有史以来もっとも大きな泡船で、強力な掘削機と万全の生命維持システムを備え、そのおかげで岩石層の奥深くまで到達し、航行距離の記録を更新することができた。

三百キロの深み（あるいは高み）に到達したとき、船の主席科学者（彼をニュートンと呼ぶことにしよう）が、ある不思議な出来事を船長に報告した。クルーは泡船の中央に浮かんで眠るが、目が覚めるといつも泡世界側の壁に横たわっているというのだ。

船長はこの報告を気にかけず、ホームシックで夢遊病にかかり、夢うつつの状態で故郷の方向に移動してしまうんだろうと言って、まともにとりあわなかった。

しかし、泡船の中は泡世界と同様に空気がない。もし体を移動させようと思ったら、方法は二つしかない。ひとつは船壁を蹴（け）ること。空中に浮かんで寝ている以上、これは不可能だ。もうひとつは排泄（はいせつ）物を体外に噴出して、その反動で動くこと。しかし、ニュートンが排泄を行った形跡はまったく見られなかった。

船長はそれでもなおニュートンの報告を軽視し、そのせいで彼らは危うく生き埋めになるところだった。その日は、掘削が一段落し、クルー全員が疲労していたので、掘り出した岩石片をすぐに船底には運ばず、先に就寝することになった。船長も他のクルーとともに船の中央にあたる空間に浮かんで休んだが、目を覚ますと、全員、岩石に埋まっていた。

彼らが眠っているあいだに、船首にあった岩石片が、彼らともども、泡世界側の船底に移動していたのだ。ニュートンはすぐに、船内のすべてのものが泡世界の方向へ移動していることを悟った。動きがあまりに遅いため、眠っていたクルーはだれもそのことに気づかなかったのだ。

「それであなたがたのニュートンは、リンゴがなくても万有引力を発見できたんですね！」

そんなに簡単なわけがない。われわれの科学史において、万有引力の発見は、おまえたちの場合よりもはるかに困難だった。それはわれわれが置かれた環境のせいだ。われわれのニュートンは、船内の物体が一定の方向に引き寄せられる現象を発見したが、そのとき彼は、当然のように、その引力の源が、半径三千キロメートルの泡世界であると考えた。そのため、われわれの初期の引力理論は致命的な誤りを犯した。すなわち、引力を生むのは質量ではなく空間であると結論したのだ。

「どうしてそうなったのかは理解できますよ。あなたがたが置かれていた物理的環境の複雑さに照らせば、あなたがたのニュートンが考慮しなければならない問題は、ぼくらのニュートンよりはるかに複雑だったんです」

そのとおり。半世紀後ようやく科学者たちは霧の中から抜け出し、引力の本質について理解しはじめると、ほどなくおまえたちのものと似たような機器を使って万有引力定数を計測できるようになった。それでもなお、引力理論が広く認められるまでには長い年月がかかった。しかし、引力の存在が認知されるとともに、固体宇宙論は終焉を迎えた。引力は、固体が無限に広がる宇宙の存在など許さないからだ。

　空間宇宙論が最終的に勝利をおさめると、やがてその宇宙像は泡世界の住人を強く惹きつけることになった。泡世界において、不滅の物理量は、エネルギーと質量のほかにもうひとつある。空間だ。泡世界の空間は半径わずか三千キロメートルしかなく、岩石層を掘削しても、位置とかたちが変わるだけで、空間が増えることはない。そして、無重力状態であるがゆえに、コア文明は岩壁（おまえたちの世界の土地にあたる）に付着するのではなく、空中に浮かんでいる。そのため、空間とはもっとも貴重なものだ。泡世界の文明史とは、血塗られた空間争奪の歴史だ。ところがいま、空間は無限であるという事実が明らかになった。これが興奮せずにいられようか。かくして前代未聞の探査ブームが起こった。数々の泡船が外へ外へと岩石層を掘り進み、空間宇宙論の予言する三万二千キロの岩石層の外、密度がゼロの天国へ突き抜けようと試みた。

6　コア世界

ここまで来れば、話をきちんと理解しているかぎり、泡世界の真実に見当がつくだろう。

「あなたがたの世界は、惑星の中心にあったということですか？」

そのとおり。われわれの惑星はおまえたちの地球とそれほど変わらない大きさで、半径八千キロメートル。ただし、そのコアは空洞だ。空洞の半径は約三千キロ。われわれはその空洞で生まれ育った生物だ。

しかし、われわれがようやく自分たちの世界の真実に気づいたのは、万有引力が発見されてから何世紀も経ったあとのことだった。

7　地層戦争

空間宇宙論の誕生後、外の無限空間を追い求める探索行が流行したが、最初の代償は有限空間の消耗だった。あまたの泡船が大量の岩石屑をコア空間に排出した。岩石屑は都市を包囲するようにびっしりと浮かび、かつて自由に動きまわることのできた都市内部は、しだいに移動が不自由になっていった。うかつに動けば、岩石の雨を浴びることになる。こうして岩石屑に占拠された空間の少なくとも半分は、永遠にもとには戻らない。

そのころ議会にかわってコア空間を管理し守っていた世界政府は、無鉄砲に探索に出る泡船をきびしくとり締まった。しかし当初は、探索行為が行われたと発覚するころには問題の泡船が地層深くまで到達していたため、かんばしい効果が上がらなかった。やがて政府は、泡船を制止する最上の道具は泡船だと気づき、巨大な泡船艦隊を創設して、岩石層深く進入した泡船を阻止し、盗まれた空間をとり戻した。こうした行為は当然のことながら探査船の抵抗に遭い、むなしい地層戦争が長期にわたってつづいた。

「じっに興味深い戦争ですね」

しかし同時に残酷でもある。まず、地層戦争の進行はきわめて緩慢だった。なぜなら当時の掘削技術では、だいたい時速三キロ程度でしか進めなかったからだ。地層戦争は大艦主義を奉じていた。泡船が大きいほど航続力が高く、攻撃力も大きくなる。しかし、どんなに巨大な地層艦でも、その横幅はできるだけ小さくすることが望ましい。そうすれば掘削する面が小さくて済むため、航行速度が上がる。だからどのような泡船でも横幅は同じで、船の大小はおもに全長で判断された。大型戦闘艦の形状は、細長いトンネルに近い。地層戦争は三次元の戦いだ。作戦はおまえたちの空中戦に似ているが、もっと複雑だ。会敵した艦は、まず最初に船首の幅をすばやく広げ、前面の攻撃兵器の数を最大化する。このため、攻撃時の地層艦は、釘に似たかたちになる。必要なら、鷹が爪を広げるように、船首をいくつかのセクションに分割して、さまざまな方向から敵に攻撃を加えることもできる。地層戦争における戦術の複雑さは、分裂戦法にも現れている。一隻の戦闘艦は、いくつもの小さな戦闘艦に自由自在に分裂できるが、それだけでなく何隻かの戦闘艦が合体し、一瞬にして巨大な戦闘艦になることもできる。敵艦隊と遭遇したとき、分裂するのか合体するのか、高度な戦術になる。

おもしろいことに、地層戦争がさらなる探査に与えた影響は、マイナスのものだけではなかった。地層戦争をきっかけに技術革新が生まれ、高性能の掘削機のみならず、地震波計測器の発明にもつながった。この技術は地層内の通信のみならず、レーダー探査にも応用できた。また、強力な地震波は武器としても使える。もっとも精密な地震波通信設備は画像も送ることができた。

地層戦争中に登場した最大の戦闘艦は、世界政府が建造した線世界号だ。全長は百五十キロメートルにおよび、その名のとおり、縦に長い、ひとつの小さな世界だった。艦の内部は、ちょうどおまえたちの世界における英仏海峡の海底トンネルのような感じだ。英仏海峡トンネルは数分ごとに高速列車が通るが、この戦闘艦も、掘削した岩石片を船首から船尾に送る列車が通る。もちろん、線世界号も巨大な艦隊に分裂することができるが、ほとんどの時間は一隻の戦闘艦として航行していた。また、つねに直線の形状を維持しているわけではなく、航行中は長い船殻をたわめて輪をつくったり自身の進路を横切ったりして非常に複雑な曲線を描く。線世界号は最新の掘削機を搭載し、巡航速度は通常の地層戦闘艦の倍にあたる時速六キロ、最大戦速は時速十キロを超える。高性能の地震波レーダーを持ち、五百キロ離れた場所にある泡船の位置を正確に捕捉できる。また、搭載されている地震波兵器は、千メートルの距離にある標的を完全に破壊することができる。このスーパー戦闘艦は広大な地層をわがもの顔で航行する多数の泡船を一掃し、定期的に帰航して、探査船から拿捕した空間を泡世界に返還した。

線世界号の圧倒的な攻撃力により、探査活動は一時、停止の危機に追い込まれた。地層戦争において、探索者側はつねに不利な状況に置かれていた。全長十キロメートル以上の戦闘艦を建造することも、合体によってつくりだすこともできなかったからだ。そのような目立つターゲットは、たちまち線世界号や泡世界基地のレーダーに発見され、消滅させられる。探索をつづけたいなら、線世界号を破壊するしかない。長い準備期間を経て、探索連盟は百隻余の戦闘艦を集結させて線世界号を包囲し、総攻撃をかける作戦を実行した。作戦に参加した戦闘艦のうち、もっとも長いものでも、わずか五キロメートルしかなかった。この戦闘は泡世界から千五百キロメートル地点で行われたため、千五百キロ戦役と呼ばれている。

探索連盟はまず二十隻の戦闘艦を集め、千五百キロ地点で全長三十キロの集合艦をつくり、線世界号をおびき寄せた。おとりに接近した線世界号が直線の形状をとって高速でターゲットに向かいはじめたとき、探索連盟が周囲に潜伏させていた百隻以上の戦闘艦が線世界号に対し垂直方向から攻撃を加え、百五十キロメートルの巨大艦を五十に分断した。線世界号は分割された五十隻の戦闘艦としてもいまだ強い戦闘力を有していたため、双方あわせて二百隻以上がもみ合う凄惨(せいさん)きわまりない大激戦となった。戦闘艦は合体と分裂を繰り返し、しだいに敵と味方の判別がつかなくなってきた。戦役の終盤では、この惑星の地下三千五百キロに位置する戦場は、蜂の巣状に入り組んだ三次元の迷宮となり、半径二百キロにおよぶこの迷宮のあちこちで激しい白兵戦が行われた。この深度では、惑星の重力がはっきりと感じとれる。政府軍にくらべて、探索者側は重力環境に慣れていた。広大な迷宮の接近戦のなかで、このわずかな優位性が次第に大きな意味を持つようになり、最終的に探索連盟が勝利を勝ちとった。

8　海

戦争が終わると、探索連盟は戦場のすべての空間をひとつにまとめて、半径五十キロの球形空間をつくり、泡世界からの独立を宣言した。独立してからも、探索連盟は泡世界の探索運動との協調をつづけ、コアからやってきて連盟に参加する探査船が引きも切らなかった。彼らがもたらす空間のおかげで連盟の領土は増大の一途をたどり、ついには高度千五百キロ地点に前線基地が建設された。長い戦争によって疲弊しきっていた世界政府にそれを阻止する力はなく、探査の合法性を認めるしかなかった。

高度が上がるにつれて地層の密度は低くなり、掘削も容易になった。重力の増大によって岩石屑の処理も容易になり、以降の探査は飛躍的にペースが上がった。戦後八年め、螺旋号という探査船が三千五百キロを走破し、惑星の中心から八千キロ、泡世界のへりから五千キロの高度に到達した。

「おお、ついに地表にたどりついたんですね！　大平原や本物の山脈を目にしたわけだ。さぞや感動したことでしょう」

「…………」

感動などない。螺旋号は海底を突き破って海に出た。

そのとき、地震波計測器の画像が乱れて空白になり、通信は完全に途絶した。螺旋号より少し低い高度にいた泡船は、ある音を聞いた。おまえたちの空気音に変換すると、「ゴーッ」という音だ。それは、螺旋号の船内に海水が雪崩れ込む音だった。泡世界の機械生命体も、船内の機器も、水に触れることなど想定されていない。生命体と機器の回路がショートして生じた巨大な電流は、浸入した海水をほとんど瞬間的に蒸発させた。螺旋号のクルーと機器は、海水が船内に浸入した直後、爆弾のように爆発した。

　螺旋号が消息を絶ったあと、連盟は十隻余の探査船をさまざまな方向に送り出したが、すべての船が同じくらいの高度で同じ目に遭った。泡世界は、謎めいたゴーッという音以外、なんの情報も得られなかった。観測モニター画面に二度、結晶のような奇妙な波形が現れたが、それがなんなのかわからなかった。後続の泡船は、上方に向かってレーダー地震波を発信したが、戻ってきたエコーはまったく理解不可能だった。対象は空間でもなく岩石層でもない。

　空間宇宙論は一時、根底から揺らいだ。学界はまたしても新しい宇宙モデルについて議論をはじめた。新しい理論では、宇宙は半径八千キロとされた。消えた探査船は宇宙の果てに触れ、虚無に呑み込まれたと考えられたのだ。

　探査は厳しい試練に直面していた。戻らなかった泡船が占有していた空間は、理論上はいつかとり戻せるものだと考えられていたが、宇宙の果てに触れた船の空間は永遠に損なわれてしまう。ここに来て、もっとも信念強固な探索者たちも動揺した。地層の奥深くにあるわれわれの世界では、空間は、いちど失われるととりかえしがつかない。探索連盟は、最後の五隻を送り出すことにした。高度五千メートルに接近したら速度をギリギリまで落として上昇する。もし同じように不測の事態が起きた場合は探査を中止すると決めた。

そこからさらに二隻を失ったが、三隻めの岩脳号が大きな発見をもたらした。高度五千メートルに達した岩脳号は、極端に遅いスピードで注意深く上方へ掘り進んでいった。海底に近づいたとき、海水はそれまでの泡船のように船体上部にある岩石層を突き崩して瞬時に雪崩れ込むのではなく、岩石層の割れ目から高圧水流となって吹き出してきた。岩脳号の全長は二百五十メートルあり、高地層探査船としては体積が大きいほうだったため、海水が船内空間に充満するまでに一時間近くかかった。船内の地震波計測器は、接水爆発を起こすまでのあいだ海水の状態を記録し、完全なデータと画像を連盟に送りつづけた。こうして、コア人ははじめて〝液体〟を目撃した。

太古の昔は、泡世界にも液体が存在した。灼熱のマグマだ。しかしその後、地質が安定し、マグマは凝固して、コア空間ではただの固体となった。科学者の中には理論的に液体の存在を予言した者がいたが、そんな神話のような物質がこの宇宙に存在するなどだれも信じていなかった。エコー画像ではじめて液体を目のあたりにした彼らは、驚愕のまなざしで白い水流を見つめた。水面は船内で少しずつ上昇し、あらゆる物理の法則に反するこの悪魔の物質が、接触した対象物の形状にかかわらず自在に姿を変えて、どんなに微細な隙間にも入り込んでいった。それに触れた岩石の表面は、性質に変化を起こしたように色が深くなり、光の反射が強くなった。もっとも興味深いのは、ほとんどの物体がその物質の内部へ沈んでいくのに対し、爆発した体と機器のかけらの一部はその物質の表面に浮かんでいたことだ。そうしたかけらの性質は、沈んでいった物質の性質となんら変わるところがなかった。コア人は、この液体物質を〝無形岩〟と名づけた。

その後の探査は比較的順調に進んだ。探索連盟のエンジニアは簡単な導管を開発した。これは、長さ二百メートルのパイプで、先端にドリルがついている。ドリルが岩石層を突破すると、先端の蓋が開き、海水を内部に引き込む。パイプの基底部にはバルブが設置されている。ドリルつき導管を搭載した泡船は五千メートルの高度まで上昇した。導管は海底の岩石層を首尾よく貫通し、海中に出た。なんといっても、掘削はコア人にとってもっともなじみ深い技術だ。しかし、彼らがまったく知らない技術もある。密封だ。泡世界には液体も気体も存在しないため、密封技術が存在しなかった。導管の基底部のバルブにも隙間があり、弁を開かなくても海水が漏れていた。

しかしのちに、むしろそれが幸運だったことがわかった。もしバルブを完全に開けていたら、高圧で飛び出した海水の運動エネルギーは、小さな隙間からちょろちょろ浸み出す海水とはくらべものにならないほど大きく、まわりのものすべてをレーザー光線のように切断しただろう。閉じられたバルブの隙間から漏れる水流は、コントロールできる程度の勢いと量だった。泡船の探索者たちが、目の前で海水が噴き出すのを見ているところを想像してみたまえ。全員が震え上がったことだろう。

原始時代のおまえたちが電気について無知だったのと同じく、この時代の彼らは液体について無知だった。金属の容器に注意深く水を溜めると、泡船は導管を岩石層の中に残して下降しはじめた。探索者たちは研究サンプルである海水を慎重に見守っていたが、すぐにまた新しい発見があった。無形岩は透明だった。前回、亀裂から噴出した海水には土砂が混じっていたため、それがわからなかったのだ。泡船が下降をつづけるにつれ、温度が上昇した。探索者たちは恐怖とともに目撃した。無形岩は生命体だ。それは生きていて、表面は怒りで煮えくり返り、無数の泡が恐ろしい形状をなしている。しかしその怪物は、生命力を見せつけると同時にひとりでに消耗し、幽霊のような白い影となって空中に消えた。容器に入っていた無形岩が白い悪魔の影となって失せた直後、船内の探索者たちは相次いで身体に異常を感じた。回路がショートして体内で火花が散った。彼らは大きな花火のように体を光らせて、苦しみながら死んでいった。連盟基地では地震波通信の画像を通してこの恐ろしい光景をモニター越しに目撃していたが、船の監視カメラもほどなくショートして、機能を停止した。救援に向かった泡船も同様の運命をたどった。下降してくる泡船とドッキングして救援に向かった乗員も、同じようにショートして命を落としたのである。まるで無形岩が、空間に充満する見えない死神に変身したかのようだった。しかし科学者たちは、ドッキング後に起きたショートが最初のときほど激しくないことに気づき、このような結論を出した。すなわち、空間の体積が増加すると、無形死神の密度は低下する。その後さらに多くの命を犠牲にして、コア人はついに、彼らが一度も接触したことのなかった物質形態、すなわち〝気体〟を発見した。

一連の発見はついに泡世界の政府を動かした。世界政府はかつての仇敵と手を握り、探査事業に乗り出すことを決意した。探査に対する投資は急増した。最後のブレイクスルーは目前だった。

9　星空

水蒸気の性質はじょじょに理解されはじめたものの、密封技術がないため、コアの科学者はしばらくのあいだ、コア人の生命と機器に対する被害を防ぐことができなかった。しかし、四千五百メートル以上の高度であれば、無形岩は死んだ状態で、沸騰することはない。そこで、コア政府と探索連盟は四千八百メートルの高度に共同で実験室を設立し、高性能の長い導管を装備して、無形岩の研究を進めた。

「それでようやく、アルキメデスの仕事にとりかかったわけですね」

そのとおり。しかし、忘れないでほしいが、われわれの先祖は、原始の時代、すでにファラデーの仕事をなし遂げていた。

無形岩実験室で、科学者たちは水圧や浮力の法則などを相次いで発見した。それと同時に、液体に対する密閉技術も発達し、態勢が整った。無形岩の中を航行することは、地層の中を航行するよりも格段に容易であるということに、われわれはついに気がついたのだ。船体の水密性と耐圧性さえ万全なら、掘削などしなくても、無形岩の中を想像もできないスピードで上昇することができる。

「泡世界のロケットですか」

水中ロケットだ。卵形の金属製耐圧容器で、動力は持たず、内部には探索者一名——泡世界のガガーリンと呼ぼう——しか乗船できない。ロケット発射台は、高度五千メートル地点の地層を掘削した広大なホール空間に設置された。発射の一時間前にガガーリンはロケットに乗り込み、密閉式のハッチを閉めた。すべての機器と生命維持装置の安全を確認したのち、自動掘削機がホール上部の厚み十メートルほどの岩石層を突き破ると、ゴゴゴという音とともに上方の無形岩の圧力で天井が崩落し、ロケットは深海の無形岩の中に没した。海中に舞い上げられた土砂がある程度落ち着いたとき、ガガーリンはダイヤモンド製の透明な船窓越しに、発射台の二基のサーチライトの光が無形岩に二本の柱をつくっているのを目にした。

泡世界には空気がなく、光は散乱することもビームを放つこともない。コア人がこんなかたちの光を見たのはこれがはじめてだった。そのとき、地震波計測器が発射命令を受信した。ガガーリンはレバーを引き、ロケットを岩石層に固定しているアンカーのロック解除ボタンを押した。ロケットは少しずつ海底を離れ、じょじょに加速しながら、無形岩の中を上方へと向かっていった。

科学者は、海底の水圧から、上方にある無形岩の厚みを約一万メートルと計算していた。なにごともなければ、ロケットは十五分で無形岩層を突破できるはずだ。しかし、その過程でなにが起こるか、だれにもわからなかった。

静寂の中、ロケットは上昇をつづけた。船窓から見えるのは底知れない暗闇だけだった。ごくたまに、船窓から洩れる光の中、無形岩の中を漂う塵が、ロケットの速度を証明するかのように、猛スピードで下方へと去っていくのが見えた。

ガガーリンはパニックに陥った。彼は固体の世界で生活していた生命だ。はじめて無形岩の空間に進入し、よりどころのない虚無に心身すべてをからめとられた。十五分とはなんと長い時間だろうか。コア文明十万年の探査の歴史を凝縮したその時間には、永遠に終わりがないように思えた……。ガガーリンの精神が崩壊しかけたそのとき、ロケットはこの惑星の海面に出た。

浮上の慣性で、ロケットは海面から十メートル以上も高く空中に飛び上がった。海面に落下するとき、ガガーリンは船窓から眼下に果てしなく広がる無形岩の表面を見た。その巨大な平面には波がきらきら輝いていたが、表面に反射する光がどこから来ているのか考える余裕はなかった。ロケットが海面に落ちると、しぶきとなった無形岩が白い花をまわりに撒き散らした。ロケットはおだやかに海面に浮かび、波にかすかに揺れていた。

ガガーリンは注意深くハッチを開け、おそるおそる外を覗いた。すぐに、やわらかい海風を感じた。しばらくして、ようやくそれが気体だと悟って、恐怖に戦慄した。実験室でダイヤモンドの管を水蒸気が流れていくところは見たことがあった。しかし、この宇宙に、これほど莫大な量の気体が存在するなど、だれも夢想だにしなかっただろう。ガガーリンは、無形岩が沸騰して変化したあの気体とは異なり、その空気が自分の体をショートさせないことに気づいた。

後年、彼は回想録でこう述べている。

『わたしは、かたちのない大きな温かい手に撫(な)でられているように感じた。その巨大な手はわれわれの知らない無限に大きな存在の手だった。わたしはその前に立ち、新しい自分に生まれ変わったことを感じた』

ガガーリンが顔を上げて遠くを眺めたその瞬間、コア文明の十万年にわたる探査の歴史は、ついに報われた。

彼は、きらめく星空を見たのだ。

10　山はいたるところにある

「ほんとうに困難な道のりだったんですね。それほど長い歳月を費やして、ようやくぼくらと同じスタートラインにたどりついた」馮帆(フォンファン)は感動した面持ちで言った。

だから、おまえたちは幸運な文明だ。

そのとき、宇宙空間に漏れた大気が形成した氷晶雲の面積がさらに大きくなり、空は一面きらきら輝きはじめた。異星船の光が氷晶雲に反射して、きらびやかな虹ができている。眼下では大気の巨大な井戸がゴーゴーと音をたてて渦巻き、巨大な機械が地球を少しずつすりつぶしているかのようだった。山頂の周囲はさきほどよりも静かで、砕けた波もなくなり、海面は鏡のようだった。馮帆はまた北チベットの高山湖を思い出した……。それから、思考を無理やり

現実に引き戻し、

「あなたがたはなにをしにきたのですか?」とたずねた。

偶然通りかかっただけだ。ここに知的生命の文明があるのを見て、だれかと話してみたくなった。この山を登ってきた者と話そうと考えた。

「そこに山があるなら、だれかがかならず登ってくる」

そのとおり。登山とは、知的生命の本能だ。知的生命なら、だれでもみな、より高い場所に立ち、より遠くを見たいと願うものだが、その欲求は、生存に必要なものではない。たとえばおまえだ。もし生き延びたいなら、山から遠く離れるはずだ。しかし、おまえは登ってきた。高みへ登りたいという欲求を進化が知的生命に与えたのには深い理由がある。しかしその理由は、われわれにもまだわからない。山はいたるところにある。われわれはまだ、山のふもとにいる。

「ぼくは山頂にいますよ」馮帆は言った。彼は、世界最高峰を制覇したという栄誉を他人に否定されることが許せなかった。たとえその相手が異星人であっても。

おまえは山のふもとにいる。われわれはみな、山のふもとにいる。光速は山麓だ。空間の三次元も山麓だ。光速と三次元空間というせまい谷に閉じ込められて、おまえたちは……窮屈に思わないのか?

「生まれてからずっとそうだから、それがあたりまえだと思っています」

では、これから言うことは、おまえたちにとってあたりまえではないかもしれない。宇宙を見て、おまえはなにを感じる？

「果てしない広がりとか、無限の大きさとか」

窮屈だと感じないのか？

「どうしてですか？　宇宙は、ぼくの目には無限に見えます。科学者たちの観測によると、たしか、二百億光年先まで広がっているとか」

では教えてやろう。この宇宙は、半径二百億光年の泡世界だ。

「………」

われわれのこの宇宙は泡だ。さらに大きな固体の中にある空洞だ。

「まさか。そんな固体があれば、すぐさま自重で重力崩壊するのでは？」

いや、しない。少なくともまだ当分は。この気泡は、超固体の中で膨張している。重力が崩壊を引き起こすというのは、有限の固体の話だ。もしわれわれの宇宙を包む固体が無限なら、崩壊することはない。むろん、推測でしかないが。この超宇宙たる固体が無限かどうか、だれにもわからない。無数の仮説がある。たとえば、重力は、より大きな尺度では別の力に相殺されるという。電磁力がミクロの尺度では核力に相殺されるのと同じだ。このような力をわれわれは感じることができない。泡世界にいると万有引力を感じないのと同じだ。われわれが収集した資料によれば、おまえたちの科学者の中にも、宇宙が気泡のかたちをしているのではないかと推測している者がいるようだ。おまえが知らないだけだ。

「その固体というのはなんなんですか？　もしかしたら……岩石？」

わからない。五万年後、目的地に着いたらわかるだろう。

「あなたがたはいったいどこに向かっているんです？」

宇宙の果てだ。これは泡船で、針尖号という。この名前を覚えているか？

「覚えています。泡世界で最初に地層密度減少の法則を発見した船だ」

そうだ。われわれにどんな発見ができるのか、まだわからない。

「超固体宇宙にはほかにも気泡があるんですか？」

すでにそんなところまで考えが至ったのか。

「考えずにはいられないでしょう」

巨岩の中にいくつも小さな泡があると考えてみろ。泡があるとしても、発見するのは困難だろう。それでも、われわれはそれを探しにいく。

「あなたがたはほんとうに偉大です」

よし。楽しいひとときだった。そろそろ行かねばならない。五万年は長い。時間を無駄にはできない。しかし、知り合えてよかった。覚えておくがいい。山はいたるところにある。

氷晶雲にさえぎられて、最後の数行はよく見えなかった。天の巨大なディスプレイがじょじょに暗くなった。巨大な球体も小さくなり、すぐに小さな点になって、夜空の目立たない星のひとつとなった。現れたときよりも速いスピードだった。その星は天を疾駆して、西の空に消えた。

空は漆黒に戻り、氷晶雲と巨大な嵐の井戸は見えなくなった。空には暗い混沌（こんとん）があるだけだ。

周囲のゴーゴーという風の音があっという間に小さくなり、すぐに低いうなりとなって、やがて完全に消滅した。あたりは波の音だけになった。

馮帆は体が下に落ちていくのを感じた。周囲の海面はゆっくりとかたちを変えはじめていた。真円だった海山の頂は巨大なパラソルを広げるように平たくなっていく。海水の山は消滅しようとしていた。馮帆は九千メートルの高さから落下しつつある。感覚では二、三分だろうか。馮帆が浮かんでいる水面がとうとう通常の海面の高さに達し、下降が止まった。馮帆の体は落下の慣性で海の中に沈んだ。しかしさいわい、それほど深くまで沈み込むことはなく、すぐまた海面に浮かび上がった。

周囲はすでに正常な海面だった。海水の高山は、まるで最初から存在しなかったかのようにあとかたもなく消えている。嵐もすでに去った。まだ風は強いものの、吹いている時間は短く、海面に波を立てているだけだった。もうすぐ、海はおだやかになるだろう。

空の氷晶雲はほとんど消えて、きらめく星空がまた現れた。

馮帆は星空を見上げ、はるか遠い世界を想像した。あまりにも遠い。光でさえ疲れ果てるだろう。太古の昔、彼らの惑星の海面に浮上した泡世界のガガーリンは、いまの馮帆と同じように星空を見上げたはずだ。荒涼たる空間と苛酷な時間のはるかな隔たりを越えて、両者の魂は通じ合った。

馮帆はとつぜん吐きけを催した。血の味がする。海抜九千メートルの海山の頂上で、馮帆は高山病にかかっていた。肺水腫を起こしている。危険な状態だとすぐにわかった。とつぜん重力が増加したために体がついていけず、動けない。ライフジャケットを頼りに海面に浮かんでいるだけだ。藍水号(ランシュイ)はどうなっただろう。いま、半径一キロメートルの範囲内に船がないことは明らかだった。

海山の頂上に登ったときは、自分の人生に悔いはないと感じ、心静かで、死んでもいいとさえ思った。しかしいま、彼はとつぜん、世界でもっとも死を恐れる人間になった。岩石でできた〝世界の屋根〟を制覇し、今度は海水でできた地球最高峰にも登頂した。次はどんな山だろう。なんとしても生き延びなければ、その答えがわからない。数年前のチョモランマの吹雪のときに抱いた感覚が甦(よみがえ)ってきた。この感覚が、仲間や恋人とをつなぐロープを切断させ、仲間を死の世界へ送ったのだ。いまはそれが正しかったとわかる。もしいま、なにかを裏切ることで自分の命を救えるのであれば、馮帆(フォンファン)は躊躇(ちゅうちょ)なく裏切るだろう。

生き延びなければ。山はいたるところにあるのだから。

訳者あとがき

大森　望

いまから四百年後、太陽が大爆発を起こし、地球は滅亡する――そんな予測が発表される。生き延びるには、太陽系を脱出するしかない。だが、人類全員を乗せられるだけの宇宙船を建造することは不可能。そこで人類は、一万基以上の巨大な〝地球エンジン〟を地上に建設し、地球そのものを宇宙船として、はるか四・三光年の彼方へ旅立つことを決意する……。

この〝宇宙船地球号〟の長い旅を抒情的なタッチで鮮やかに描き出した劉慈欣の短編「流浪地球」（二〇〇〇年発表）は、二〇一九年に中国で実写映画化。《三体》三部作の世界的大成功によって、原作者の劉慈欣が現代中国の〝至宝〟とも呼ばれる国民作家になっていたことも手伝ってか、映画『流浪地球』は、中国のSF映画としては空前の大ヒットを記録。国内だけで四十六億元を超える興行収入を稼ぎ出し、中国全土に一大ブームを巻き起こした。二〇二二年七月現在、中国で公開されたすべての映画の歴代興行収入ランキングでも、『流浪地球』は5位にランクインしている（ちなみに7位は『アベンジャーズ／エンドゲーム』）。この映画は、

Netflixを通じて世界に配信され、日本でも大きな話題になったから、ご覧になったかたも多いのではないか（日本語タイトル『流転の地球』）。

僕も配信がスタートしてすぐに視聴したが、最先端のSFX技術と迫力満点の映像に目をみはった反面、原作とはまったく違う（ひと昔前のハリウッドSF大作的な）内容に唖然とした。原作と共通するのは、「人類滅亡を免れるため、はるかケンタウルス座に新天地を求め、地球にエンジンをとりつけて太陽系脱出をはかる」という基本設定のみ。キャラクターもプロットも、小説とはまったく別物になっている。映画『流転の地球』を観て、「最近は中国SFが評判らしいけど、ストーリー的にはこんなもんか」と思った人こそ、本書巻頭に収録された原作をぜひひとも読んでみてほしい。映画版とはまるで違う、《三体》の劉慈欣らしい「流浪地球」を体感できるはずだ。

——と、話が先走ったが、本書は、KADOKAWAが翻訳権を得た劉慈欣のSF短編十一編を中国語版から日本語訳した作品集二冊のうちの一冊にあたる。この十一編は原著者側のセレクションによるもので、中国語版ではばらばらの作品集（『帯上她的眼睛』『梦之海』『信使』など）に分かれて収録されている。とはいえ、劉慈欣にとって最初の英訳版短編集にあたる*The Wandering Earth*とまったく同じラインナップなので（ただし、「白亜紀往事」は、長尺版が単独で英訳出版されたためか、現行版の*The Wandering Earth*からは割愛されている）、海外出版用に編まれた代表作選集と考えても、そう的はずれではないだろう。そのせいかどうか、短編というには長めの作品（いわゆる中編）がほとんどを占め、日本語訳を一巻本で出すには分量が多すぎる。そこで、原著者サイドの了解を得たうえで、作品間のつながりやバランスに配慮しつつ、この十一編を本書『流浪地球』（六編収録）と『老神介護』（五編収録）の二冊に分割。二冊を同時に刊行することになった。ゆるやかにつながっている作品同士はひとつの巻にまとめてあるので、二冊のうちどちらを先に読んでも（あるいは、どちらか片方だけしか読まなくても）問題ない。もっとも、一冊読めばもう片方も読みたくなるに決まっているので、両方いっしょにお求めになることをおすすめする。

　本書の巻頭を飾る「流浪地球」は、かつてSFマガジン二〇〇八年九月号に「さまよえる地球」のタイトルで阿部敦子（あべあつこ）さんによる邦訳が掲載されていたものの、あいにくこれまで書籍には収録されておらず、日本語で読むには同誌のバックナンバーを探すしかない状況だった。劉慈欣短編集の表題作としてこうして新訳版をお届けできることを喜びたい。

　ついでに本書『流浪地球』のその他の収録作を簡単に紹介しておくと、「ミクロ紀元」は、宇宙に新天地を探し求める旅に出た主人公が、変わり果てた地球に帰還する物語。続く「呑食者」では、恐竜のような姿をした食欲旺盛（おうせい）な侵略者が太陽系に飛来し、地球文明が家畜化の危機にさらされる。《三体》に通じる侵略SFと言ってもいいだろう。「呪い5・0」は、一転して、現代の太原（たいげん）市を舞台にコンピュータ・ウイルスが猛威をふるうドタバタ破滅SFコメディ。「中国太陽」では、希望に満ちた宇宙開発の夢が高らかに謳（うた）い上げられ、最後の「山」では、大海原に突如出現した高度一万メートルの山のてっぺんで元アルピニストが思いがけない遭遇を果たす。思う存分に大風呂敷を広げまくった作品が並び、読み終えたらだれかに話したくなること請け合い。劉慈欣ファンはもちろん、まだ《三体》シリーズに手を出しかねている人にもぜひ読んでいただきたい。

もう一冊の『老神介護』についても簡単に触れておこう。表題作は、ケン・リュウの英訳から中原尚哉氏が翻訳したものが「神様の介護係」のタイトルでケン・リュウ編『折りたたみ北京 現代中国SFアンソロジー』（早川書房）に収録されていて、日本の読者にもおなじみ。現在、横山旬氏によるコミカライズが〈コミックウォーカー〉で進行中だが、今回はじめて中国語からの日本語訳が実現した。また、その後日譚にあたる「扶養人類」も、「老神介護」のすぐあとに収録されている。その他、蟻文明と恐竜文明の衝突が思わぬ災厄を招く「白亜紀往事」（短編版）や、地球の内部を貫通する巨大なトンネルが建設される「地球大砲」など、地球の過去と未来を描く五編を集めている。『流浪地球』が宇宙編なら、『老神介護』は地球編というところだろうか。

この『流浪地球』『老神介護』の二冊に収められた十一編と、既刊の『円 劉慈欣短篇集』（大森望、泊功、齊藤正高訳／早川書房）収録の十三編、それに西村ツチカ絵・池澤春菜訳で刊行されている物語絵本『火守』（KADOKAWA）を合わせると、現在までに邦訳刊行された劉慈欣短編は二十四編。劉慈欣の全短編四十編のうちの半数以上が訳されたことになる。改作などを除くと、残る未訳は、「梦之海」「朝闻道」「思想者」「镜子」など十作あまりなので、いつかどこかであと一冊、邦訳短編集が出ることに期待したい。

本書および『老神介護』の翻訳にあたっては、北京大学准教授で中国オタク文化の研究者でもある古市雅子さんがまず中国語テキストから日本語に翻訳し、その原稿を大森が英訳版および原テキストを参照しつつ改稿。ゲラの段階でふたたび古市さんに（中国版短編集と突き合わせながら）綿密にチェックしてもらいつつ、最終稿を作成した。例によって、科学的な記述に関しては、畏友・林哲矢氏にチェックしていただいた。また、KADOKAWAの郡司珠子編集長および校正担当の鷗来堂・山本和之氏、亀割潔氏にも入念に見ていただいたが、もし誤りがあれば、仕上げを担当した大森の責任です。二冊のすばらしいカバー画は、イラン出身のイラストレーター／コンセプトアーティストのAmir Zand氏に新たに描き下ろしていただいた。目を惹くブックデザインは須田杏菜さん。記して感謝する。ありがとうございました。

以下、各編について、原題（括弧内）と脱稿日（原稿末尾に記載のあるもののみ）と初出データのほか、簡単な補足情報を付す。

●流浪地球（流浪地球）　二〇〇〇年一月一二日脱稿　《科幻世界》二〇〇〇年七月号

設定については冒頭で触れたとおりだが、地球にエンジンをつけて動かすという印象的なアイデアは、この短編の独創ではない。バックミンスター・フラーの『宇宙船地球号操縦マニュアル』によって、宇宙船地球号（Spaceship Earth）という言葉が人口に膾炙したのは一九六九年のこと。これはあくまでも、エネルギー問題を再検討するために地球を巨大な宇宙船に見立てようという思考実験だったが、それより七年さかのぼる一九六二年に公開された東宝映画『妖星ゴラス』では、地球の六千倍の質量を持つ黒色矮星ゴラスとの衝突を避けるため、南極に千基あまりのジェットエンジンを設置して地球の軌道を変える「地球移動作戦」が描かれる。中学生のころ、この映画をテレビで観て夢中になったという山本弘氏が『妖星ゴラス』を現代的にリメイクしたのが『地球移動作戦』（二〇〇九年）。こちらは地球を動かすためにピアノ・ドライブと呼ばれる架空の推進方法が採用されている。

映画『流転の地球』を観て、「もしかしてこれ、『妖星ゴラス』が元ネタ？」と思う人がいるかもしれないが、原作短編「流浪地球」を読めば、劉慈欣が目指しているのが現代版『妖星ゴラス』でないことは明らかだろう。移り気な民衆が科学者の予想に一喜一憂したり、てのひらを返すように態度を変えたりというモチーフは《三体》三部作でも（あるいは『老神介護』収録の「地球大砲」などでも）くりかえされている。それにしても、この小説にこんな結末をつけられるのは、地球広しといえども、劉慈欣ひとりだけではないか。第12回（二〇〇〇年度）中国科幻銀河賞（現在の銀河賞）特等賞受賞。『二〇〇〇年度中国最佳科幻小説集』収録。

●ミクロ紀元（微紀元）　一九九九年七月二十日脱稿　《科幻世界》二〇〇一年四月号

本編も、「流浪地球」と同じく、太陽爆発（スーパーフレア）による地球文明の滅亡を逃れるため、太陽系外に新天地を求める旅に出た主人公の物語。ただし、こちらが乗り込むのは宇宙船地球号でも巨大な移民船でもなく、小型の探査船。〈先駆者〉と呼ばれるクルーのひとりだった主人公は、二万五千年の時を経て、ついに懐かしの地球に帰還する。そのとき、変わり果てた地球で彼を出迎えたものとは……。

蟻びいきの劉慈欣らしい、コミカルなワンアイデア・ストーリーで、前向きな結末が印象に残る。『二〇〇一年度中国最佳科幻小説集』に採録。二〇一八年には、中国の〝高考〟（普通高等学校招生全国統一考試。日本の共通テストと違って、この試験の点数で、どの大学に入れるかがほぼすべて決まる）の論述問題に、SF作品としては初めて一部が抜粋して出題され、大きな話題になったらしい。本書をゲラで読んだ筒井康隆氏は本編がイチ推しとのこと。

●呑食者（呑食者／別題・人和呑食者）《科幻世界》二〇〇二年十一月号

『円　劉慈欣短篇集』に収録されている短編「詩雲」の前日譚にあたる侵略SF。呑食者文明と人類文明の関係は、のちの《三体》の三体文明と人類文明の関係に似ていなくもない。やがて《三体》という大輪の花を咲かせることになる種子のひとつと言ってもいいだろう。本書をゲラで読んだ石田衣良氏は、表題作「流浪地球」と並んでこの作品がお気に入りだとか。呑食者に侵略されたあとの地球がいったいどうなったのか、この続きが知りたい人は、ぜひ「詩雲」をどうぞ。大牙もふたたび登場します。二〇〇二年度中国科幻銀河賞読者賞受賞。

●呪い5・0（太原之恋／別題・太原诅咒）二〇〇九年一月十日脱稿　二〇一〇年二月、《九

州幻想・赍书铁巻》初出

　当初は無害なコンピュータウイルスだと思われていた〝呪いのプログラム〟から始まるドタバタ終末SF。著者のコメディ作家としての才能が全面的に開花した異色作で、本国では「これ、ほんとに劉慈欣が書いたの？」と疑う声もあったらしい。

　主な舞台となる山西省の省都・太原は、二千五百年の歴史を有する中国の古都。五百万を超える人口を擁する大都市でもある。山西省の娘子関（じょうしかん）発電所に長く勤務していた劉慈欣にとっては、実際にたびたび訪れる慣れ親しんだ街だったのかもしれない。SF作家としてのキャリアとコンピュータ・エンジニアとしてのキャリアが渾然一体（こんぜんいったい）となって生まれた壮絶なバカSFだ。本書をゲラで読んだ恩田陸（おんだりく）氏にはとくに大ウケで、これが一番のお気に入りらしい。

　作中に登場する潘大角（パンダージャオ）は、作家で建築家の潘海天（パンハイテイエン）がモデル。一九七五年生まれの潘海天は、中国SF第三世代を代表する作家のひとりで、銀河賞を何度も受賞。ヴォネガットやブラッドベリを愛好し、〝ソフトSF〟を標榜（ひょうぼう）する。ネット上では〝大角〟名義で活動。のちに大ブームを巻き起こしたネット発のシェアード・ワールド・ファンタジー《九州》シリーズの創始者のひとりでもある。本編の初出は、その潘海天をはじめとする七人の作家が二〇〇五年に創刊したSF／ファンタジー小説誌《九州幻想》の二〇一〇年一・二月号（赍书铁券号）。作中の〈SFキング〉は実在のSF雑誌（中国名は〈科幻大王〉）で、劉慈欣も「カオスの蝶」など数編を寄稿している。

●中国太陽（中国太阳）二〇〇二年八月十八日《科幻世界》二〇〇二年一月号

〝スパイダーマン〟と呼ばれる高層ビルの窓拭きたちが、思いがけない仕事にスカウトされる。農村と都市の格差は、劉慈欣がしばしば扱う問題のひとつ。小学校しか出ていない農村出身の〝盲流〟（出稼ぎ労働者）が大都会で夢をつかみ、やがて中国の宇宙開発を支える労働力になる――そんな希望に満ちた未来を力強く語る一編。二〇〇二年度中国科幻銀河賞受賞。『二〇〇二年度中国最佳科幻小説集』に採録された。

作中に登場するスティーヴン・ホーキングは、一九四二年生まれのイギリスの理論物理学者。筋萎縮性側索硬化症（ALS）を患い、〝車椅子の物理学者〟と呼ばれた。サイエンスライターとしても名高く、一九八八年に刊行された一般向け科学解説書『ホーキング、宇宙を語る　ビッグバンからブラックホールまで』は日本でもベストセラーになった。劉慈欣はホーキング博士を評して、「たとえ体は車椅子に縛りつけられていても、彼の心はだれよりも遠いところまで、光の速さで旅している」（大意）と語り、代表作のひとつ「朝闻道」（未訳）にもホーキング博士を登場させている。本編発表当時は存命だったが、二〇一八年三月、英国ケンブリッジの自宅で病没した。

●山（山）二〇〇五年十月十日脱稿《科幻世界》二〇〇六年一月号

チョモランマで仲間を死なせたことから登山を辞め、山からもっとも遠い海の上で生活していた男が、思いがけず世界でもっとも高い山と出会う。それは、エイリアンの巨大宇宙船の重力によって海がひっぱりあげられてできた山だった……。

泳いで山に登る前代未聞の〝登山〟シーンもすばらしいが、エイリアンが語る彼らの世界の物語がまたとんでもない。読みながら、英国SFの鬼才バリントン・J・ベイリーの某作（短編集『ゴッド・ガン』所収）を思い出しました。作中に出てくるモチーフは、『老神介護』収録の短編「彼女の眼を連れて」および「地球大砲」とも一部共通している。

なお、教育雑誌〈新課堂 科普童话〉二〇一四年九期号に掲載された「海水高山」は、この作品の短縮版。ヨットレースの最中、〝海山〟に遭遇した主人公がヨットで〝登山〟を試みるという内容で、邦訳して二十枚ほどの掌編に改作されている。

文庫版への付記

というわけで、角川文庫版『流浪地球』をお届けする。本書は、二〇二二年九月にKADOKAWAからハードカバーで刊行された劉慈欣短編集を文庫化したもの。単行本は、同時刊行された『老神介護』ともども好評を得て、重版を果たした。表題作「流浪地球」に触れた箇所を中心に、いくつか書評の一部を抜粋して引用しよう。

劉慈欣は技が大きい。柔道で言えば、大外刈り、一本背負い、巴投（ともえな）げなどを次々に繰り出す。決して寝技には持ち込まない。……［「流浪地球」で描かれる］世界規模の危機に対し人類はどうふるまうか。今に重ねれば事態は温暖化に似ている。当然ながら理と利に沿って議論百出。首脳部が立てた方針に民衆は反発する。

この構図、どこか懐かしい。ＳＦ初期のアメリカの巨人たち、Ｒ・ハインラインやＩ・アシモフ、Ａ・Ｃ・クラークに似ているのだ。科学と文明が出会う時に何が起こるか、そういう問いを未来に投射する。つまり劉慈欣はＳＦの王道を行っているのだ。

（池澤夏樹（いけざわなつき）、二〇二二年十月八日付・毎日新聞）

……「流浪地球」は、急速に膨張し始めた太陽に飲み込まれるのを防ぐため、地表に一万二千基のエンジンを取り付けて、地球ごと太陽系から脱出することになった世界の話である。「宇宙船派（宇宙船に乗って地球から脱出する派閥）」と「地球派（地球ごと太陽系から脱出する派閥）」の対立や、地表に出ることができなくなった人類の地下生活の描写、太陽系から脱出するために他の星の引力を利用するアイデアなど、この設定を支えるために、機関銃のように「ホラ話」が飛び出てくる。終盤の唖然（あぜん）とする展開も含め、「ホラ話」で構成された巨大な建造物を眺めているような気分に浸ることができる。

（小川哲（おがわさとし）、二〇二二年十二月九日付・読売新聞）

……物語はある少年の「ぼくは夜を見たことがなかった」という独白で始まる。自転が止まった時代の地球に育つ少年は、プラズマの炎を噴き上げる地球エンジンが地球を公転軌道から押し出し、小惑星帯をくぐり抜けて、星の海へと出ていく私たちの姿を語る。成長と共に彼が見つめる対象は地球を動かす工学から社会の変容と対立へ、人類という種に対する考察から内省へと移り変わっていく。ハードSFの傑作だ。

（藤井太洋(ふじいたいよう)、〈カドブン〉二〇二二年八月）

このように書評などで高く評価されただけでなく、この新訳版「流浪地球」は、二〇二三年、日本SF大会参加者が投票で選ぶ星雲賞の海外短編部門（第54回）を受賞。「円」、『三体』、『三体Ⅱ　黒暗森林』に続いて、劉慈欣に四つめの星雲賞をもたらした。

また、訳者あとがきの冒頭でも触れた映画「流浪地球」の大ヒットを受け、中国では主役のひとりにアンディ・ラウを迎えて続編（物語の時系列では前日譚にあたる）の「流浪地球2」が製作され、二〇二三年一月に中国と北米で同時公開された。前作同様こちらも大ヒットして、中国国内で約八千万人を動員、中国映画歴代国内興行ランキングで10位に入っている（二〇二三年十一月時点）。「流浪地球」に続いて「2」を監督した郭帆(グオファン)は一躍、中国映画界を代表する巨匠となり、いまや大スター並みの人気を誇る。なお、この「流浪地球2」は、日本では二〇二四年春に劇場公開が予定されている。

二〇二三年十月には、成都で世界SF大会が開催され、劉慈欣が（カナダのロバート・J・

ソウヤーとともに）ゲスト・オブ・オナー（主賓）をつとめた。メイン会場は、ザハ・ハディド事務所が設計を担当し、この大会のために八カ月で建設されたという「成都SF館」。千六百万の人口を擁する古都・成都がSF一色に包まれ、中国のSFパワーをまざまざと思い知らされた。

本書に収められた短編群から、その中国SFの若々しいエネルギーを感じとっていただければさいわいです。

二〇二三年十一月

SFと「科幻」——劉慈欣文学の魅力

加藤徹（明治大学教授）

サイエンス・フィクションを、日本人は「空想科学」と訳し、中国人は「科幻」（科学幻想）と訳す。

空想科学と科幻。英訳は同じSFでも、文学ジャンルとしての両者の性格は違う。

私たちが暮らしているこの地球は、二つの世界に分かれている。ゴジラ的な映画を作れる「空想科学」系の国々と、作ることが許されない「科幻」系の国々だ。

日本人は、怪獣が東京を焼き、自衛隊の戦車を踏みつぶす映画を好む。アメリカ人も、宇宙人がホワイトハウスを壊し、UFOが米空軍の戦闘機をハエのようにバタバタと落とす映画を楽しむ。イギリス人も、十八世紀の小説『ガリバー旅行記』でガリバーが小人国の王宮の火事を小便で鎮火して以来、実在の国家や社会をシニカルに風刺するはたらきをSFに託してきた。日本をふくむ空想科学系の国々では、SFの使命は思考実験だ。いま私たちの目の前に存在する強大無比な国家やイデオロギー、宗教、社会が崩壊したら、私たちはどう行動するか。思考実験、つまり考えること、が空想科学の醍醐味である。小松左京は『日本沈没』や『物体O』を発表できた。彼は日本の作家だった。

「科幻」系の国々は違う。これらの国々では、SFといえども、現実の自国政府とは無縁な「幻想」つまり浮世離れしたファンタジーでなければならない。

もし、自国の首都を怪獣や宇宙人など外部の侵略者が焼き払うシーンを描いたら？　もし、現在の国家や執政党が崩壊し自国の軍隊も人民を守るうえで無力だと作品の中で書いたら？「科幻」系の国々では、たとえ虚構でも、そんな空想を発表した作家は、ただではすまない。中国において、SFが長いあいだ不毛だった一因は、ここにある。

劉慈欣氏は、中国を代表する「科幻作家」である。科幻作家の必須条件は、クレバーであることだ。

劉氏の出世作『三体』の物語は「文化大革命」から始まる。未読のかたへのネタバレを避けるため詳しくは書かないが、中国政府や中国の人民の目から見て、この作品はクレバーで、安心して推奨できる。「文化大革命」は、一九六六年から七六年まで続いた混乱期だった。電信の機器も技術も、アナログで未熟だった。当時の中国は貧しかった。米ソをさしおいて、社会を恨む中国人が最初に宇宙人と交信する、というあの物語の冒頭は、科学的には不自然だが、科幻としては正しい。「文革」は、中国共産党があやまちであったと失敗を認めている、唯一の時代だからである。

本書に収められている短編もクレバーだ。「呑食者」で、宇宙からの侵略者がむさぼり食うのは、中国ではなくて「ヨーロッパの首脳のひとり」である。

「呪い5・0」は、中国の科幻小説では珍しく、実在の中国本土の都会が火の海になる。が、ここにもクレバーな配慮が周到にめぐらされている。まず、舞台は北京ではない。漫画家の魔夜峰央氏が自分が住んでいた県をディスったギャグ漫画『翔んで埼玉』を発表したのと同様、劉氏は舞台として自分が育った山西省を選んだ。また、劉氏の作品は内省的で重厚なのに、この作品に限っては筒井康隆氏のスラップスティック小説や横田順彌氏のハチャハチャSF作品のようである。氏は意図的に、おバカ作品の筆致を徹底した。都市が壊滅する理由も、外部からの侵略者という外因ではなく、内因である。さらに自分自身を作品の中に滑稽な描写で登場させた。外国人が見ると悪ふざけのようだが、実は、どの一つの要素が欠けても「幻想」ではなくなる。ギリギリの作品なのだ。

科幻は、現実社会との間合いに対する深謀遠慮を余儀なくされる反面、想像力の面では幻想の特権をフルにいかすことができる。

そもそも、およそ三千年の歴史をもつ中国文学の歴史において、歴代の知識人や作者は、国家権力の統制の網の目をかいくぐるクレバーさと、現実をのみこむ気宇壮大な想像力をあわせもってきた。

その意味で、科幻は、正統な中国文学である。劉氏は、漢文や漢詩、『三国志演義』や『西遊記』などの古典小説、魯迅や老舎や巴金など近代小説の系譜につらなる中国文学者だ。

劉氏の作品の魅力は、壮大な想像力と、残酷なまでのリアルな「人間」の描写にある。この二つとも、中国文学の特徴である。

本書の収録作品でいえば、「ミクロ紀元」には、漢文の故事成語「蝸牛角上の争い」や「南柯の夢」に通じる奇想天外な面白さがある。前者は、昔、カタツムリの左の角にある国と右の角にある国とが「大戦争」をしたが、宇宙的規模の視点から見れば、地上の国家どうしの戦争もつまらないことにこだわった争いにすぎない、という寓話。後者は、人間が夢の中でミクロ化してアリの国の文明国にまぎれこむ、という説話。中国人は昔からSF的な発想に富んでいた。

「中国太陽」と「山」は、唐の詩人・王之渙（六八八年—七四二年）の漢詩「鸛鵲楼に登る」の詩境に通じる。「白日、山に依りて尽き／黄河、海に入りて流る／千里の目を窮めんと欲し／更に上る、一層の楼」という王之渙の詩は、中国でも日本でも学校の授業の教材としてよく採られている。目の前に広がる壮大な景色に満足せず、もっと遠大な世界を見るためさらなる高みにのぼるのだ、という熱い精神を詠んだ詩である。

一九六三年生まれの劉慈欣氏の子ども時代は「文化大革命」だった。当時、中国の人民は、子どもも含めて真っ赤な表紙の『毛主席語録』を手にふりかざし、内容を暗記した。毛沢東が演説の中で引用した漢文古典の四字熟語「愚公移山」は、劉氏の科幻のバックボーンの一つとなっている。

むかし「愚公」つまり「おバカなじいさん」という九十歳の老人がいた。家の前にある巨大な山が邪魔なので、山を移そうとした。人間がバケツで運べる土の量なんて、ほんのちょっぴりだ。人の一生なんて、悠久の天地から見れば一瞬だ。が、愚公は言った。「わしが死んでも、せがれがおる。せがれが死んでも、孫がおる。人間は子々孫々、限りがない。が、山はどんなに大きくとも、土の高さは増えぬ。土をちょっとずつ運べば、だんだん減る。いつか必ず平らにできる」。愚公の情熱は天帝を感動させ、山は動き、広大な平野が開けた――と「愚公移山」の寓話は伝える。

子どものころから「愚公移山」を暗記してきた中国人にとって、「流浪地球」の世界観は、すんなり胸に響く。

劉慈欣作品の最大の魅力は、中国文学の特徴でもあるが、「人間」の描写である。人間の愚かさ、業の深さ、ちっぽけさを残酷なまでに描く。そのうえで人間への希望を捨てきれない。それが人間だ、という人間の真実を描くのが、中国文学三千年の伝統である。

「流浪地球」での、加代子の死や五千人の処刑のようなことは、リアルな中国史ではよくある

ことだ。「呑食者」の大牙は、

「もう二度とモラルを語るな。宇宙において、それは無意味だ」

とうそぶく。「宇宙」を「中国」に置き換えると、科幻ではなくなる。大牙が、存亡をかけた死闘の末、地球人を、

「おまえたちはもっとも傑出した戦士だった！」

と激賞するのは、『三国志』で、蜀の諸葛孔明の死後、彼と死闘をくりひろげた魏の司馬懿が孔明を「天下の奇才なり」と感嘆した構図と同じである。「公論は敵讐より出づるにしかず」（頼山陽が三国志の英傑を詠んだ漢詩の名句）。血戦をくりひろげた相手からの評価こそ、最も公平で、万鈞の重みがある。

日本の中学校の国語の教科書は、中国の作家・魯迅の短編「故郷」を載せる。魯迅は、人間の愚かさと小ささを、毒を含んだユーモアをまじえてシニカルに描きつつ、それでも、人間への希望を捨てきれない。劉慈欣文学には、魯迅と共通するものがある。

本書の二人の訳者のうち、古市雅子氏は北京大学の現役の教員であり、日本最高の中国通の一人である。SFの専門家である大森望氏とのコンビネーションにより、劉慈欣氏のSF作家としての才能と、中国文学者としての魅力の双方を満喫できる、最高の日本語訳が誕生した。今回の文庫化により、中国文学の世界に接する日本の読者が増えることを、喜びとしたい。

本書は二〇二二年九月、小社より刊行された
単行本を文庫化したものです。

流浪地球（るろうちきゅう）

劉慈欣（りゅうじきん）

大森 望（おおもりのぞみ）　古市雅子（ふるいちまさこ）＝訳

令和６年 １月25日　初版発行

発行者●山下直久

発行●株式会社KADOKAWA
〒102-8177　東京都千代田区富士見2-13-3
電話　0570-002-301（ナビダイヤル）

角川文庫 24003

印刷所●株式会社暁印刷
製本所●本間製本株式会社

表紙画●和田三造

ISBN 978-4-04-114557-9　C0197

◇◇◇

角川文庫発刊に際して

角川源義

第二次世界大戦の敗北は、軍事力の敗北であった以上に、私たちの若い文化力の敗退であった。私たちの文化が戦争に対して如何に無力であり、単なるあだ花に過ぎなかったかを、私たちは身を以て体験し痛感した。西洋近代文化の摂取にとって、明治以後八十年の歳月は決して短かすぎたとは言えない。にもかかわらず、近代文化の伝統を確立し、自由な批判と柔軟な良識に富む文化層として自らを形成することに私たちは失敗して来た。そしてこれは、各層への文化の普及滲透を任務とする出版人の責任でもあった。

一九四五年以来、私たちは再び振出しに戻り、第一歩から踏み出すことを余儀なくされた。これは大きな不幸ではあるが、反面、これまでの混沌・未熟・歪曲の中にあった我が国の文化に秩序と確たる基礎を齎らすためには絶好の機会でもある。角川書店は、このような祖国の文化的危機にあたり、微力をも顧みず再建の礎石たるべき抱負と決意とをもって出発したが、ここに創立以来の念願を果すべく角川文庫を発刊する。これまで刊行されたあらゆる全集叢書文庫類の長所と短所とを検討し、古今東西の不朽の典籍を、良心的編集のもとに、廉価に、そして書架にふさわしい美本として、多くのひとびとに提供しようとする。しかし私たちは徒らに百科全書的な知識のジレッタントを作ることを目的とせず、あくまで祖国の文化に秩序と再建への道を示し、この文庫を角川書店の栄ある事業として、今後永久に継続発展せしめ、学芸と教養との殿堂として大成せんことを期したい。多くの読書子の愛情ある忠言と支持とによって、この希望と抱負とを完遂せしめられんことを願う。

一九四九年五月三日

角川文庫海外作品

絵のない絵本
アンデルセン
川崎芳隆＝訳

私は都会の屋根裏部屋で暮らす貧しい絵描き。ひとりの友もなく、毎晩寂しく窓から煙突を眺めていた。ところがある夜、月がこう語りかけてきた――僕の話を絵にしてみたら。アンデルセンの傑作連作短編集。

小さい人魚姫
アンデルセン童話集
アンデルセン
山室　静＝訳

人間の王子に恋をした美しい人魚姫は、魔女に頼み、美しい声と引きかえに足を手に入れる。王子と結婚できなければ海の泡と消えてしまう人魚姫は……表題作ほか、「親指姫」など初期代表作12話を収録。

雪の女王
アンデルセン童話集
アンデルセン
山室　静＝訳

物がゆがんで見えるようになる悪魔の鏡のかけらが刺さったカイ。すっかり人が変わってしまった彼は美しい雪の女王に連れ去られてしまう。仲よしの少女ゲルダは彼を探して旅にでるが……中期代表作10話収録。

十五少年漂流記
ジュール・ヴェルヌ
石川　湧＝訳

荒れくるう海を一隻の帆船がただよっていた。乗組員は15人の少年たち。嵐をきり抜け、なんとかたどりついたのは故郷から遠く離れた無人島だった――。冒険小説の巨匠ヴェルヌによる、不朽の名作。

八十日間世界一周
ジュール・ヴェルヌ
江口　清＝訳

十九世紀のロンドン。八十日間で世界一周ができることに二万ポンドを賭けたフォッグ卿は、自ら立証の旅に出る。汽船、列車、象、ありとあらゆる乗り物を駆って波瀾に富んだ旅行が繰り広げられる傑作冒険小説。

角川文庫海外作品

海底二万里 (上)(下)

ジュール・ヴェルヌ
渋谷 豊＝訳

1866年、大西洋に謎の巨大生物が出現した。アメリカ政府の申し出により、アロナックス教授は、召使いのコンセイユとともに怪物を追跡する船に乗り込む。順調な航海も束の間、思わぬ事態が襲いかかる……。

地底旅行

ジュール・ヴェルヌ
石川 湧＝訳

リデンブロック教授とその甥アクセルは、十二世紀アイスランドの本にはさまれていた一枚の紙を偶然手にする。そこに書かれた暗号を解読した時、「地底」への冒険の扉が開かれた！

タイムマシン

H・G・ウエルズ
石川 年＝訳

タイム・トラベラーが冬の晩、暖炉を前に語りだしたことは、巧妙な嘘か、それともいまだ覚めやらぬ夢か。「私は80万年後の未来世界から帰ってきた」彼がその世界から持ちかえったのは奇妙な花だった……。

宇宙戦争

H・G・ウエルズ
小田麻紀＝訳

イギリスの片田舎に隕石らしきものが落下した。地上にあいた巨大な穴の中から現れたのは醜悪な生き物。それが火星人の地球侵略の始まりだった。SF史に燦然とかがやく名作中の名作。

1984

ジョージ・オーウェル
田内志文＝訳

ビッグ・ブラザーが監視する近未来世界。過去の捏造に従事するウィンストンは若いジュリアとの出会いをきっかけに密かに日記を密かに書き始めるが……人間の自由と尊厳を問うディストピア小説の名作。

角川文庫海外作品

変身

フランツ・カフカ
中井正文＝訳

平凡なセールスマンのグレゴール・ザムザは或る朝、巨大な褐色の毒虫へと変じた自分を発見する……徹底的なリアリズムの手法によって、人類の苦悩を描き出す、カフカの代表作。

不思議の国のアリス

ルイス・キャロル
河合祥一郎＝訳

ある昼下がり、アリスが土手で遊んでいると、チョッキを着た兎が時計を取り出しながら、生け垣の下の穴にぴょんと飛び込んで……個性豊かな登場人物たちとユーモア溢れる会話で展開される、児童文学の傑作。

鏡の国のアリス

ルイス・キャロル
河合祥一郎＝訳

ある日、アリスが部屋の鏡を通り抜けると、そこはおしゃべりする花々やたまごのハンプティ・ダンプティたちが集う不思議な国。そこでアリスは女王を目指すのだが……永遠の名作童話決定版！

ジャングル・ブック

キップリング
山田　蘭＝訳

ある夜、ジャングルで虎に追われた男の子が、オオカミの棲む洞穴に迷いこんできた。母オオカミにモーグリと名付けられ、ジャングルの掟を学びながらたくましく成長していく。イギリスの名作が甦る！

人生は廻る輪のように

エリザベス・キューブラー・ロス
上野圭一＝訳

国際平和義勇軍での難民救済活動、結婚とアメリカへの移住、末期医療と死の科学への取り組み、そして大ベストセラー『死ぬ瞬間』の執筆。死の概念を変えた偉大な精神科医による、愛とたたかいの記録。

角川文庫海外作品

ライフ・レッスン
エリザベス・キューブラー・ロス
デーヴィッド・ケスラー
上野圭一＝訳

「ほんとうに生きるために、あなたは時間を割いてきただろうか」。幾多の死に向き合い、自身も幾度となく死の淵を覗いた終末期医療の先駆者が、人生の最後で遂に捉えた「生と死」の真の姿。

Xの悲劇
エラリー・クイーン
越前敏弥＝訳

結婚披露を終えたばかりの株式仲買人が満員電車の中で死亡。ポケットにはニコチンの塗られた無数の針が刺さったコルク玉が入っていた。元シェイクスピア俳優の名探偵レーンが事件に挑む。決定版新訳！

Yの悲劇
エラリー・クイーン
越前敏弥＝訳

大富豪ヨーク・ハッターの死体が港で発見される。毒物による自殺だと考えられたが、その後、異形のハッター一族に信じられない惨劇がふりかかる。ミステリ史上最高の傑作が、名翻訳家の最新訳で蘇る。

Zの悲劇
エラリー・クイーン
越前敏弥＝訳

黒い噂のある上院議員が刺殺され刑務所を出所したばかりの男に死刑判決が下されるが、彼は無実を訴える。サム元警視の娘で鋭い推理の冴えを見せるペイシェンスとレーンは、真犯人をあげることができるのか？

わたしの生涯
ヘレン・ケラー
岩橋武夫＝訳

幼い頃、病魔に冒され、聴力と視力、言葉を失ったヘレン。大きな障害を背負った彼女を、サリバン先生は暖かく励ました。ハンディキャップを克服すべく博士号を受け、ヘレンは「奇跡の人」となる。感動の自伝。

角川文庫海外作品

アルケミスト
夢を旅した少年

パウロ・コエーリョ
山川紘矢・山川亜希子＝訳

羊飼いの少年サンチャゴは、アンダルシアの平原からエジプトのピラミッドへ旅に出た。錬金術師の導きと様々な出会いの中で少年は人生の知恵を学んでゆく。世界中でベストセラーになった夢と勇気の物語。

星の巡礼

パウロ・コエーリョ
山川紘矢・山川亜希子＝訳

神秘の扉を目の前に最後の試験に失敗したパウロ。彼が奇跡の剣を手にする唯一の手段は「星の道」という巡礼路を旅することだった。自らの体験をもとに描かれた、スピリチュアリティに満ちたデビュー作。

星の王子さま

サン＝テグジュペリ
管　啓次郎＝訳

砂漠のまっただ中に不時着した飛行士の前に現れた不思議な金髪の少年。少年の話から、彼の存在の神秘が次第に明らかに……生きる意味を問いかける永遠の名作、斬新な新訳で登場。

パワー・オブ・ザ・ドッグ

トーマス・サヴェージ
波多野理彩子＝訳

1920年代、モンタナ州。完璧な兄と朴訥な弟は、牧場を共同経営し、裕福に暮らしていた。しかし弟が結婚、次第に家族のタブーが露わになっていく。本邦未発表の名作、初訳。

新訳　ハムレット

シェイクスピア
河合祥一郎＝訳

デンマークの王子ハムレットは、突然父王を亡くした上、その悲しみの消えぬ間に、母・ガードルードが、新王となった叔父・クローディアスと再婚し、苦悩するが……画期的新訳。

角川文庫海外作品

新訳 ロミオとジュリエット
シェイクスピア
河合祥一郎＝訳

モンタギュー家の一人息子ロミオはある夜仇敵キャピュレット家の仮面舞踏会に忍び込み、一人の娘と劇的な恋に落ちるのだが……世界恋愛悲劇のスタンダードを原文のリズムにこだわり蘇らせた、新訳版。

ガリバー旅行記
ジョナサン・スウィフト
山田　蘭＝訳

寝ている間に手足と体をしばられ、台車にのせられて小人国の都につれてこられたガリバー。小山のような人間に、都は大さわぎ！　左足を鎖でつながれたガリバーは、小さな皇帝と会うが……。

クリスマス・キャロル
ディケンズ
越前敏弥＝訳

文豪ディケンズの名声を不動のものにしたクリスマス・ストーリーの決定版！　冷酷非道な老人が、クリスマス前夜に現れた3人の精霊によって自らの人生を反省し、人間らしい心をとりもどしていく。

椿姫
デュマ・フィス
西永良成＝訳

美貌の高級娼婦マルグリットはパリの社交界で金持ちの貴族を相手に奔放な生活を送っていた。だが、青年アルマンに出逢い、彼女は初めて「愛」というものを知る。パリ近郊の別荘に駆け落ちした2人だが……。

白夜
ドストエフスキー
小沼文彦＝訳

ペテルブルグに住む貧しいインテリ青年の孤独と空想の生活に、白夜の神秘に包まれた一人の少女が姿を現し、夢のような淡い恋心が芽生え始める頃、この幻はもろくもくずれ去ってしまう……。

角川文庫海外作品

罪と罰（上）（下）

ドストエフスキー
米川正夫＝訳

その年、ペテルブルグの夏は暑かった。大学を辞めた、ぎりぎりの貧乏暮らしの青年に郷里の家族の期待が重くのしかかる。この境遇から脱出しようと、彼はある計画を決行するが……。

トウェイン完訳コレクション ハックルベリ・フィンの冒険

マーク・トウェイン
大久保 博＝訳

自由と開放の地を求め、相棒の黒人ジムとミシシッピ川を下る筏の旅に出るハックルベリ。様々な人種や身分の人々との触れ合いを通して、人間として本当に大切なもの、かけがえのない真実を見出してゆく。

トウェイン完訳コレクション トム・ソーヤーの冒険

マーク・トウェイン
大久保 博＝訳

わんぱく少年トムは、宿なしっ子ハックを相棒に、騒動を巻き起こす。海賊気どりの家出、真夜中の殺人の目撃、洞窟で宝探し、そして恋。子供の夢と冒険をユーモアとスリルいっぱいに描く、少年文学の金字塔。

シャーロック・ホームズの冒険

コナン・ドイル
石田文子＝訳

世界中で愛される名探偵ホームズと、相棒ワトスン医師の名コンビの活躍が、最も読みやすい最新訳で蘇る！ 女性翻訳家ならではの細やかな感情表現が光る「ボヘミア王のスキャンダル」を含む短編集全12編。

シャーロック・ホームズの回想

コナン・ドイル
駒月雅子＝訳

ホームズとモリアーティ教授との死闘を描いた問題作「最後の事件」を含む第2短編集。ホームズの若き日の冒険など、第1作を超える衝撃作が目白押し。発表当時に削除された「ボール箱」も収録。

角川文庫海外作品

怪談・奇談

ラフカディオ・ハーン
田代三千稔＝訳

庶民詩人ハーンは、日本の珍書奇籍をあさって、陰惨な幽霊物語に新しい生命を注入した。盲目の一琵琶法師のいたましいエピソードを浮き彫りにした絶品『耳なし芳一のはなし』等、芸術味豊かな四十二編。

小公女

バーネット
羽田詩津子＝訳

たった一日で、富豪の令嬢からみじめな下働きへ――。過酷な運命に翻弄されるセーラ。それでも逆境に負けず気高く生きる少女に、ある日魔法のようなできごとが！　バーネットの世界的名著を読みやすい新訳で。

小公子

バーネット
羽田詩津子＝訳

天使のように愛くるしいセドリックの、少年版シンデレラ・ストーリー！　すべての人を幸せにする天性の魅力に、この本を読んだ人も、かならず心癒やされます。

秘密の花園

フランシス・ホジソン・バーネット
羽田詩津子＝訳

両親を亡くしたメアリは、親戚の広い屋敷のなかでひとりで過ごしていた。閉ざされた庭園を見つけ、ひょんなことから鍵を手に入れた彼女は、庭の再生に熱中してくうちに、奇跡を体験する――。児童文学の名作。

嵐が丘

E・ブロンテ
大和資雄＝訳

ブロンテ三姉妹の一人、エミリーは、このただ一編の小説によって永遠に生きている。ヨークシャの古城を舞台に、暗いかげりにとざされた偏執狂の主人公と、その愛人との悲惨な恋を描いた傑作。

角川文庫海外作品

華麗なるギャツビー
フィッツジェラルド
大貫三郎＝訳
途方もなく大きな邸宅で開いたお伽話めいた豪華なパーティー。デイジーとの楽しい日々は、束の間の暑い夏の白昼夢のようにはかなく散っていく。『失われた時代』の旗手が描く〝夢と愛の悲劇〟。

夜はやさし（上）（下）
フィッツジェラルド
谷口陸男＝訳
精神科医ディック・ダイヴァーは、患者でもあり妻でもある美しいニコルと睦まじい結婚生活を送っていたが、若き女優ローズマリーとの運命の出逢いが彼の人生を大きく変えてしまう——。

ベンジャミン・バトン 数奇な人生
フィッツジェラルド
永山篤一＝訳
生まれたときは老人だったベンジャミン・バトン。彼は時間の経過と共に徐々に若返っていく。彼を最後に待つものは——（「ベンジャミン・バトン」）。フィッツジェラルドの未訳の作品を厳選した傑作集。

ロウソクの科学
ファラデー
三石　巌＝訳
たった一本のロウソクをめぐりながら、ファラデーはその種類、製法、燃焼、生成物質を語ることによって、科学と自然、人間との深い交わりを伝える。時を超えて読者の胸を打つ感動的名著。

シャーロック・ホームズ 絹の家
アンソニー・ホロヴィッツ
駒月雅子＝訳
ホームズが捜査を手伝わせたベイカー街別働隊の少年が惨殺された。手がかりは、手首に巻き付けられた絹のリボンと「絹の家」という言葉。ワトソンが残した新たなホームズの活躍と、戦慄の事件の真相とは？